ADA
Chicago
New York
STAATEN

AMY BLOOM

Die unglaubliche Reise der Lillian Leyb

ROMAN

Aus dem Amerikanischen von
Adelheid Dormagen

| Hoffmann und Campe |

Die Originalausgabe erschien 2007
unter dem Titel *Away*
bei Random House, New York.

2. Auflage 2008
Copyright © 2007 by Amy Bloom
Für die deutschsprachige Ausgabe
Copyright © 2008
by Hoffmann und Campe Verlag, Hamburg
www.hoca.de
Satz: atelier eilenberger, Leipzig
Druck und Bindung: Friedrich Pustet, Regensburg
Printed in Germany
ISBN 978-3-455-40091-5

HOFFMANN
UND CAMPE

Ein Unternehmen der
GANSKE VERLAGSGRUPPE

Inhalt

Für meine Familie

3. Juli 1924

Und dort verloren, eine goldene Feder in einem fremden, fremden Land

*E*s ist immer das Gleiche: Die besten Feste werden von Leuten mit Sorgen gefeiert.

Hundertfünfzig Mädchen säumen den Bürgersteig vor dem Goldfadn Theatre. Sie ergießen sich auf die Straße und hinunter bis zur nächsten Ecke, und Lillian Leyb, die ihre ersten fünfunddreißig Tage in diesem Land damit verbracht hat, marineblaue Seidenblumen aufzutrennen, bis ihre Hände ganz blau waren, kommt sich vor wie auf Ellis Island, nur dass diesmal ausschließlich junge Frauen anstehen: amerikanisch aussehende Mädchen, die Kaugummi kauen und auf hochhackigen Schuhen über den kaputten Gehsteig stöckeln, aber auch Mädchen, die so neu im Land sind, dass sie noch braun gefranste Schultertücher über ihrem geflochtenen Haar tragen. Die Straße erinnert sie an ihr Dorf an einem Markttag, nur zigfach größer. Ein Junge spielt Harfe; ein Mann ist da mit seinem Akkordeon und einer schrecklichen Promenadenmischung; eine Frau verkauft

Strohbesen aus einem Korb auf ihrem Rücken, die einen Riesenfächer hinter ihrem Kopf bilden; ein Farbiger im rosa Anzug und in schwarzen Schuhen mit rosafarbenen Gamaschen singt; und müde Frauen, die so aussehen wie die, die Lillian von daheim in Turov kennt, lächeln über das Lied oder den Sänger. Einige der Mädchen haben sich an der Taille gefasst und wirbeln, rote Wunderkerzen in der Hand, umeinander herum. Ein großes Mädchen mit schwarzen Zöpfen schlägt das Tamburin. Ein paar der amerikanisch aussehenden Mädchen machen an der Ecke ein Feuer, stupsen Kartoffeln rein, klauben sie wieder heraus. Zwei ältere Frauen, blass und dunkeläugig, zerren ihre blassen, dunkeläugigen Kinder hinter sich her. Wie können sie nur, denkt Lillian, sie sollten einen Nachbarn bitten, auf die Kinder aufzupassen. Oder die Kinder einfach in Gallagher's Bar and Grill zurücklassen und auf Gott vertrauen, aber dergleichen sagt man nur, wenn man kein Kind hat. Lillian zwingt sich dazu, die Kinder anzulächeln, als sie an den Frauen vorbeigeht; sie riechen nach Unglück.

Lillian hat Glück. Das hatte ihr Vater zu ihr gesagt; er erzählte es allen Leuten, nachdem sie zweimal in den Pripiat gefallen und weder ertrunken noch an Lungenentzündung gestorben war. Er sagte, gescheit zu sein sei gut (und Lillian sei gescheit, sagte er), und hübsch zu sein sei nützlich (und Lillian sei recht hübsch), aber Glück zu haben sei besser als beides zusammen. Er hatte gehofft, sie würde ihr Leben lang Glück haben, und damals hatte sie es.

Du selbst bist deines Glückes Schmied, auch das sagte er, und Lillian nimmt Judith, das einzige ihr bekannte Mädchen, bei der Hand, und sie drängen sich durch die Menge hindurch bis nach vorn. Dann werden sie selbst genau dorthin gedrängt, wo sie hinwollen: zum Nähzimmer des Goldfadn Theatre. Sie finden sich wenige Zentimeter entfernt von einer düster aussehenden, zornigen Frau mit einem schwarzen, festen Haarknoten. (»Litauerin«, sagt Judith sofort; ihre Mutter war aus Litauen).

Plötzlich stehen zwei Männer direkt vor ihnen, die, sogar die naivsten Greenies merken das, Sterne am Firmament des Lebens sind, Besucher von einem helleren, schöneren Planeten. Mr Reuben Burstein, Besitzer des Goldfadn und des Bartelstone Theatre, Impresario der Second Avenue, mit breitem Brustkorb, schwarzer Seidenweste und grauem Haar, das nach hinten gebürstet ist wie bei Beethoven. Und sein Sohn, Mr Meyer Burstein, gefeierter Star des Theaters, der Mann, dessen Yankl in *The Child of Nature* so tragisch gut aussah, der so kraftvoll als Tänzer, so angenehm als Tenor war, dass die Frauen im Publikum weinten, als wären sie von ihren Männern verlassen worden, sobald er als Yankl die nicht jüdische Russin Natascha umwarb; und nachdem Yankl sich umbrachte, nicht gewillt, die arme schwangere Natascha zu heiraten und als Christ zu leben, weinte das ganze Publikum, nicht unzufrieden über seinen schönen qualvollen Tod. Meyer Burstein, mit schickem schwarzem Filzhut, einer Zigarette und ohne Weste über seinem Seidenhemd, ist größer als sein Vater.

Die beiden Männer bewegen sich durch die Menge wie Gärtner, die auf englischen Landsitzen Blumenbeete inspizieren, wie Plantagenbesitzer an einem Markttag. Was auch immer, Lillian ist das egal. Sie will die Blume sein, die Sklavin, das hübsche oder das verachtete und notwendige Ding, solange sie das Ding ist, das den anderen vorgezogen wird.

Der ältere Mr Burstein steht dicht bei Lillian und macht eine Ansage. Seiner Stimme zu lauschen ist so schön, dass die Mädchen wie blöd dastehen, einige mit Tränen in den Augen, während seine Stimme anschwillt, donnernd erklingt, auch wenn er ihnen bloß mitteilt, dass Miss Morris (die Litauerin) eine Liste herumgehen lassen wird, auf die sie oder stellvertretend jemand anders ihre Namen und ihre Fertigkeiten schreiben sollen, und dass Miss Morris sie alle befragen und danach bestimmen wird, wer am morgigen Abend für eine zweite Befragung zurückkehren soll. An dieser Stelle entsteht Gemurmel; es war schon nicht leicht, sich für einen Abend loszueisen, und Lillian glaubt, dass die Unglücksmütter und die Frauen, die aussehen, als wären sie von Brooklyn her zu Fuß gekommen, nicht wieder da sein werden.

Miss Morris kommt auf Lillian zu. Judith und Lillian haben für diesen Augenblick geprobt. »Sehr gut, danke«, wenn die Frage anscheinend um ihre Gesundheit geht; »Ich bin Näherin, mein Vater war Schneider«, wenn die Frage die Wörter »nähen«, »Kostüm« oder »Arbeit« enthält; »Ich besuche Abendkurse«, mit strahlendem Lächeln als Antwort auf irgendeine Frage, die sie nicht versteht. Judith wird die Arbeit bekommen. So wie die Dinge nun mal stehen, weiß Lillian, dass ein Mädchen, das nähen und Englisch sprechen kann, eine bessere Wahl ist als ein Mädchen, das gerade angekommen ist und beides nicht richtig kann.

Lillian studiert Reuben Bursteins Profil; der Impresario sieht aus wie jemand von daheim. Sie hat seine volle, glatte Stimme gehört, und wie einen kleinen Kratzer auf der Wange, wie eine Krümmung des kleinen Fingers einer vor langer Zeit verletzten

Hand, beides, Krümmung und Verletzung, längst vergessen, hat sie darunter Jiddisch herausgehört.

Lillian regt sich. Sie drängt sich dicht an Reuben Burstein und sagt: »Ich heiße Lillian Leyb. Wie Sie hören, spreche ich sehr gut Jiddisch, und ich spreche auch sehr gut Russisch.« Sie gräbt die Nägel in ihre Handflächen und wechselt zum Russischen über: »Wenn es Ihnen lieber ist. Mein Englisch macht Fortschritte.« Sie fügt auf Jiddisch hinzu: »*Az me muz, ken men*«, was heißt: »Wenn man muss, kann man.« Als Reuben Burstein lächelt, bringt sie noch vor: »Und ich versteh mich auf Näharbeit jeder Art.«

Die Bursteins schauen sie an. Miss Morris, die tatsächlich eine litauische Mutter hatte, aber hier in der Lower East Side geboren ist, die achte Klasse absolviert hat und korrektes Brooklyn-Englisch spricht, schaut sie ebenfalls an, ohne Begeisterung. Die zusammengedrängten Frauen glotzen, als hätte Lillian gerade ihren Rock bis zur Taille hochgehoben und der Welt ihren nackten Hintern gezeigt; es ist genauso vulgär, genauso peinlich, genauso wirkungsvoll.

Der ältere Mr Burstein rückt noch näher an Lillian heran. »Keck«, sagt er und hält ihr Kinn in seiner Hand, als werde er sie auf den Mund küssen. »Wirklich keck. Keck ist gut.« Er winkt mit der anderen Hand Miss Morris zu, die gerade verkündet, dass die Mädchen Vierergruppen bilden sollen, damit sie besser zu ihnen sprechen kann. Sofort gibt es fünfzehn Gruppen mit jeweils vier Frauen. Lillian verliert Judith aus den Augen. Sie fühlt sich wie ein Hund, der über eine Gartenmauer springt. Sie lächelt zu Reuben Burstein hoch; sie lächelt Meyer Burstein an; auch Miss Morris lächelt sie sicherheitshalber an.

Lillian hat die Ermordung ihrer Familie ausgehalten, den Verlust ihrer Tochter Sophie, eine Überfahrt, die einem Todesmarsch glich, engstes Zusammenleben mit Fremden in der Zweizimmerwohnung ihrer Cousine Frieda, wo es nach Menschen und Urin und Gebratenem riecht, nach Ungewissheit und Armut. Wie gerufen, denkt sie und lächelt diese drei Personen an, den neuen König, die neue Königin und den neuen Prinzen in ihrem Leben, als wäre sie gerade aus einem weichen hohen Federbett aufgestanden, um sich an einem besonders schönen Morgen zu erfreuen.

Reuben Burstein sagt auf Jiddisch: »Komm morgen früh wieder, kluge Miez.« Meyer Burstein sagt: »Mal ehrlich, wie ist dein Englisch wirklich?« Und Lillian artikuliert sorgfältig: »Ich besuche Abendkurse.« Sie macht eine Pause und fügt hinzu: »Und sie laufen sehr gut, danke.«

Lillian hatte acht Stunden gebraucht, um von Ellis Island zum Battery Park in Manhattan zu gelangen, und weitere vier, um das Wohnhaus ihrer Cousine Frieda zu finden. Sie hatte den Brief von Cousine Frieda mit der Wegbeschreibung zur Great Jones Street gelesen, während sie in drei verschiedenen Reihen im Registry Room anstand, wo ein Arzt beobachtete, wie sie alle die Treppen hochstiegen, und Ausschau danach hielt, ob es Zeichen von Lähmung, einem schwachen Herzen oder von geistiger Zurückgebliebenheit gab. (»Immer munter voran«, hatte ihr ein Mann auf der Überfahrt geraten. »Idioten können die in Amerika nicht gebrauchen. Außerdem«, und er zeigte Lillian eine Karte mit Geschriebenem darauf, »wenn du etwas siehst, was dem hier ähnelt, dann kratz dich am rechten

Ohr.« Lillian versuchte sich die Form der Buchstaben einzuprägen. »Was steht da?« »Was glaubst du? Da steht: ›Kratz dich am rechten Ohr.‹ Tust du das, glauben die, du kannst Englisch lesen. Mein Bruder hat mir die Karte geschickt«, sagte der Mann und steckte sie wieder in seine Tasche, wie jemand mit Geld.)

Platz für Familie oder liebe Freunde wäre genug, hatte in Cousine Friedas Brief gestanden. Sie hätten ein kleines Unternehmen für Näharbeiten und könnten Leute einstellen, bis die auf eigenen Beinen stünden. Es sei ein großartiges Land, schrieb sie. Es gebe alles zu kaufen, für jedermann, man müsse nicht zu den feinen Leuten gehören. Es folgte eine Liste mit Sachen, die Frieda vor Kurzem gekauft hatte: eine Nähmaschine (in Raten, aber sie besaß sie schon), weißes Mehl in Papiersäcken, Kondensmilch, süß wie Sahne, ohne schlecht zu werden, Nestlés Kakaopulver, um sich abends etwas zu gönnen, Haarnadeln, genau passend zu ihrer Haarfarbe, ausgezeichnete Strümpfe für nur zehn Cent. Es gebe Sachen hier, von denen man in Turov nicht das Geringste ahnte.

Nachdem Lillian durch die letzte Tür mit der Aufschrift PUSH TO NEW YORK gegangen war, zeigte sie ihren Brief einem Mann, der das Gepäck auf die Fähre brachte; er lächelte und zuckte mit den Achseln. Sie hielt den Brief mitsamt der Adresse in Blockschrift ein Dutzend Mal Gesichtern entgegen, die ausdruckslos oder, schlimmer noch, wissend und zweifelnd dreinschauten; sie hielt ihn ohne große Hoffnung Leuten hin, die selbst nicht lesen konnten und sie zur Seite schoben, als wären sie von ihr beleidigt worden. Sie hätte sich nicht träumen lassen, dass vor ihrem neuen Zuhause, in ihrem neuen Land – nach den Straßenbahnen und den Männern mit Schildern auf

Bauch und Rücken, den Frauen in kurzen Röcken, den farbigen Jungen mit Stühlen auf dem Rücken und Bildern von glänzenden Schuhen um den Hals, dem Paar, bestehend aus einem alten Mann in roter Hose und einem jungen Mädchen mit rotem Hut, das Schnürsenkel, Fächer, Bleistifte und gesalzene Kringel verkaufte, die so lecker rochen, dass Lillian sich den Mund zuhalten und trocken schlucken musste –, dass das Erste, was sie sehen würde, als sie schließlich die Great Jones Street erreichte, eine Frau in Nachthemd und Männermantel war, die weinte. Lillian beobachtete, wie die Frau einen Stuhl aufklappte, einen Porzellanteller aus ihrer Tasche nahm und ihn auf ihrem Schoß hielt. Passanten legten ein paar Münzen darauf.

Cousine Frieda war die Treppe heruntergelaufen und hatte Lillian umarmt. »Liebe kleine Lillian«, sagte sie. »Mein Haus ist dein Haus.« Frieda war dreißig. Lillian erinnerte sich an Frieda von einer Familienhochzeit, wo ihre Cousine sie mit in den Wald genommen hatte und sie wilde Himbeeren gepflückt hatten, bis es dunkel wurde. Lillian beobachtete die Frau auf der anderen Straßenseite, die regungslos auf dem Stuhl saß, während ihr die Tränen das Gesicht herunterrollten und über ihre großen, weichen Brüste auf den Münzteller tropften.

»Zwangsräumung«, sagte Frieda. »Kannste nicht zahlen, kannste nicht bleiben.« Auf Jiddisch sagte sie: *»Es is schwer zu machn a lebn.«*

Sie wollte sichergehen, dass Lillian begriff. Sie wolle Lillian nicht ängstigen, sagte sie, alles würde gut werden zwischen ihnen, aber Lillian solle sich darüber im Klaren sein, wie schnell es passiert, dass einer ein Zuhause hat, wie Lillian jetzt bei ihrer Cousine Frieda, und plötzlich keines mehr, wie die Frau da drüben, die am Vormittag herausgeworfen worden war. Lillian verstand.

Frieda nahm Lillian bei der Hand und überquerte mit ihr die Straße. Sie legte einen Penny auf den Teller und sagte: »Tut mir leid, Mrs Lipkin.« Als Frieda Lillian die Treppe zu ihrer Wohnung hinaufführte, sagte sie zu ihr: »Armes Ding«, und deutete über die Schulter auf ein kleines Zimmer mit einem Bett und zwei Holzkisten. »Du teilst es mit Judith.«

Die Lektion in Sachen Mrs Lipkin hatte Lillian, die noch immer alles, was sie besaß, in Yitzak Nirenbergs Lederranzen trug, durchaus beeindruckt.

Es ist immer derselbe Traum. Sie ist tot. Auch blind ist sie. Alles, was sie sehen kann, ist ein explodierendes Rot unter den Augenlidern, als läge sie an einem strahlenden Junitag in Turovs entlegenstem Feld auf dem Rücken und schlösse die Augen vor der Mittagssonne. Die ganze Welt, Bäume, Vögel, Schornsteine, ist ausgeblendet; es gibt nichts als einen sanft herabfallenden weißen Himmel, der ihr Bettlaken wird. Ein Strohhalm bohrt sich durch bis zu ihrer Wange, und sie wischt ihn weg und spürt getrocknetes Blut auf ihrem Gesicht. Sie reibt sich die Augen und fühlt die Blutklümpchen, die ihre Lider verklebt haben. Sie rollen ihr die Wangen hinab und in den Mund, feste Kügelchen Blut, hart wie Pfefferkörner, die auf ihrer Zunge weich werden, und sie spuckt sie in die Hand, und die Hand wird rot.

Sie sieht jetzt alles von allen Seiten. Den roten Fußboden. Ihren Mann, der im Eingang liegt, über und über voll Blut, sodass sein Nachthemd davon ganz schwarz und steif ist. Auf dem

Boden zwischen ihnen befinden sich Gegenstände: Großmutters geviertelte Teekanne, der umgedrehte Eimer, das Tuch, das ihren Privatbereich abgrenzte. Eine Hand. Ihre Mutter liegt auch auf dem Boden, ausgeweidet wie ein Huhn durch ihre Schürze hindurch, die wie ein Vorhang an jeder Seite ungleichmäßig an ihr herabfällt. Lillian steht nackt in dem roten Zimmer, und die Farbe weicht zurück wie das Wasser bei Ebbe.

Ihr Vater liegt mit dem Gesicht nach unten an der Vordertür und hält noch sein Hackmesser gegen die Eindringlinge umklammert. Seine eigene Axt steckt tief in seinem Nacken. Das Bettchen ihrer Tochter ist leer. Eine zweite Hand liegt auf dem Boden daneben, und sie kann die feine Goldlinie von Ossips Trauring sehen.

Lillian wacht von ihrem eigenen Schreien auf.

Judith sagt: »Böse Träume.«

Lillian nickt, und Judith sagt vernünftig und nicht unfreundlich: »Die musst du mir nicht erzählen.«

Und Lillian erzählt ihr nicht, dass sie die Männer unter ihrem Schlafzimmerfenster flüstern gehört hatte, dass die Wände des Hauses an einigen Stellen so dünn waren, dass sie einen Mann auf der anderen Wandseite husten hörte und einen zweiten seufzen, und es kommt Lillian so vor, als hätte sie aufgehört zu atmen. Die kleine Sophie lag auf dem Bauch, träumte und saugte am Zipfel der Steppdecke. Die Männer rammten die Schultern gegen die Tür, und Lillian griff nach Sophie. Die Wände bebten heftig. Noch hielt die Tür, aber es war ein altes Haus, brüchiges Holz, brüchiger Lehm, alles voller Löcher, lang und dick wie Bleistifte, und um die Tür herum bröckelte der Mörtel ab. Die Wand würde jeden Moment nachgeben.

Lillian legte die Hand über Sophies Mund. Sophies Augen öffneten sich weit in der Dunkelheit, und Lillian fühlte, wie Sophie ihre Lippen gegen Lillians feuchte Handfläche presste, um kleine Küsse im Dunkeln zu geben. Lillian flüsterte in Sophies Ohr: »Kein Laut, *ketzele*.« In dem Vorderzimmer stieß ein Mann, den keiner von den Leybs je gesehen hatte, eine Axtschneide in den Hals ihres Vaters, und Lillian drückte Sophie noch fester an sich. Ossip stand in dem dunklen Zimmer auf, und der Mond kam kurz hervor, und Lillians letzter Anblick von ihrem Mann war der eines großen hageren Ritters in einem elfenbeinfarbenen Nachthemd, der nach seiner Brille tastete.

Der Sohn des Mannes, der sein Vieh unweit von Leybs Gerste weidete, erstach Ossip, als dieser das Vorderzimmer betrat, und Ossips Körper stürzte vor den Vorhang, der für ein bisschen Privatsphäre sorgen sollte. Er kroch zur Eingangstür hin.

Lillian wickelte ihren blauen Wollschal um Sophies Hals und Schultern und steckte die Enden in ihr Nachthemdchen. Ossip schrie auf. Lillian schob das kleine Fenster hoch und nahm Sophie auf den Arm. Sie küsste sie auf die Stirn. »Lauf zum Hühnerstall«, sagte Lillian. »Versteck dich hinter den Hühnern. Leise. Schnell. Ich hab dich lieb.«

Sie hob Sophie aus dem Fenster, hielt sie bis zum allerletzten Moment, damit der Aufprall gedämpft wurde. Vielleicht hat sie »Ich hab dich lieb« zu leise gesagt, geht es ihr ständig durch den Kopf, aber sie konnte es nicht wiederholen, sie konnte es nicht über den Hof hinweg rufen. Sie hörte den dumpfen Plumps von Sophies kompaktem kleinen Körper und hörte genau, wie sie tapfer *Oh, oh* sagte. Sie hörte Sophies Schritte, unschlüssig, dann in direkter Linie auf den Hühnerstall zu.

Lillian schob den kleinen Strohsack und Sophies Puppe unter ihr Bett, und als sie aufblickte, sah sie einen Mann hereinkommen, der den Vorhang zurückzog. Er starrte Lillian an, während er seine Möglichkeiten abwägte oder den Abend vielleicht schon bereute (diese Toten werden das Vieh seines Vaters nicht zurückbringen; womöglich ist das nicht einmal der Jude, der einen Fluch über seinen Vater verhängt hat). Die Zeit stand für einen Moment still, das einzige Geräusch in dem anderen Zimmer von zwei Männern, die Wertgegenstände (den Kiddusch-Becher, einen kleinen silbernen Bilderrahmen, eine Kupferpfanne; mehr ist nicht zu holen) in einen Kopfkissenbezug fallen ließen; das war rasch erledigt, und über allem hörte sie das anhaltende leise Pfeifen des Schutzmanns, als er mit seinem Stock über den Zaun fuhr. Der Mann kam mit seinem Messer auf Lillian zu, und auch Lillian wägte ihre Möglichkeiten ab. Sie stand auf und sah ihm ins Gesicht, rechnete sich aus, dass ein Kampf und ein langes Sterben Sophie am ehesten eine Chance gäben. Sie stürzte sich auf ihn mit der verzögerten, sich durchsetzenden Klarheit, dass ihr körperliches Unheil bevorstand. Der Mann schlug nach Lillians Nachhemd, durchschnitt es von ihrer Achsel bis fast zum Saum, und es fiel an ihr herab.

Als sie jetzt neben Judith in diesem warmen, engen Bett liegt, spannt sich ihre Haut beim Anprall jener kalten Nachtluft, da sie noch Sekunden zuvor geschwitzt hatte. Sie krümmte ihre Hände zu Klauen, um auf seine blauen Augen loszugehen, blutunterlaufen, aber dennoch himmelblau, und er holte wieder aus, um Lillian ernstlich aufzuschlitzen, und der Schutzmann rief die Männer jetzt beim Namen. Er erhob seine Stimme freundlich und bestimmt, als hätte er Jungen dabei erwischt, wie sie

Flaschen hinter einer Scheune zerschmetterten oder ein Mädchen auf dem Markt belästigten. »Geht nach Hause, Kameraden. Große Nacht für alle, geht nach Hause. Genug.« Und der Mann hieb ihr mit dem Messer quer über die Brust, von der Schulter bis zur Hüfte, und schüttelte dann den Kopf, als hätte sie seine Zeit vergeudet. Der Schutzmann rief erneut. Die Männer stiegen mit gestreckten Beinen über die Leichen von Lillians Eltern und ihrem Mann, und einer stieß eine Teetasse auf den Boden; vielleicht aus Versehen, eine flüchtige Nachlässigkeit, als er sein Messer am Tischtuch ihrer Mutter abwischte. Danach stiefelten die drei Männer über die eingetretene Eingangstür hinweg ins Freie und verschwanden auf dem Hauptweg, der vom Hühnerstall wegführte.

Lillian versteht die kühle Distanz, die Judith sie nach dem Abend am Goldfadn Theatre spüren lässt, nur zu gut. Es tut ihr leid. Das heißt, sie hat vor, sich bei Judith zu entschuldigen, sollte Judith nicht auch Arbeit bekommen. Sie hat vor, ein gutes Wort für Judith einzulegen, wenn ein gutes Wort einzulegen etwas ist – Großzügigkeit, Loyalität, Aufrichtigkeit zeigen –, was bei den Bursteins des Goldfadn Theatre gut ankommt.

Lillian hatte ihr Spitzenhöschen und ihre Strumpfwaren gewaschen und sie auf den Heizkörper gelegt, der nachts eiskalt wird. Bei Tagesanbruch sind ihre Strümpfe noch feucht. Lillian schlüpft an Judith vorbei aus dem Bett und geht in ihrer kalten Unterwäsche und den feuchten Strümpfen zur Second Avenue.

Judith gleitet in die warme Kuhle, die Lillian hinterlassen hat. Lillian ist in das Rettungsboot geklettert und hat keine Leiter für Judith heruntergelassen, hat nicht einmal dran gedacht.

Hat keine Leiter heruntergelassen, nicht einmal so etwas wie ein Seil hat sie für Judith heruntergelassen, ohne die sie doch nie vom Goldfadn erfahren hätte. Judith schlief schon fünf Wochen neben Lillian, seit Lillians erstem Tag in Amerika, und in diesen fünf Wochen hat Lillian ins Kissen geschrien und Judiths Unterrock mit beiden Händen gepackt, als wäre er eine Decke oder ein Körper, und Judith musste ihn zurückziehen und Lillian und ihren bösen Traum abschütteln. Jeden Morgen geht das so: Lillian schreit, der Teekessel pfeift, und die drei anderen Nachtschläfer, die Männer im Wohnzimmer, stehen auf und gehen in die Küche, wo sie Tee trinken und Brot essen, bis Lillian und Judith sich angezogen haben. Es hatte vier Nachtschläfer gegeben, Judith und die drei Männer, was nicht allzu schlimm war, und mit Lillian sind es jetzt fünf, dazu zwei weitere Männer, Tagschläfer, die Judith nur sieht, wenn sie hereinkommen und sich in das Bett legen, das Judith und Lillian gerade verlassen haben. Einer hat eine Socke unterm Bett verloren, und Judith hat sich ausgemalt, wie er nun den ganzen Tag nur mit einer Socke herumläuft und sich die Hacke wund scheuert.

Nach dem Essen gehen die Männer nach draußen, und Judith, Lillian und Frieda breiten die Näharbeiten auf dem großen Tisch aus. »Lillian ist Anfängerin«, sagt Frieda. Lillian führt die Idiotenarbeiten aus, die Judith früher gemacht hat: Vorderstiche auftrennen, seidene Blütenblätter für die Hüte aussortieren, rosafarbene Federn an rosafarbenen Filz heften, Knöpfe entfernen. Ihre Fingerspitzen sind übersät von winzigen geschwärzten Löchern, wo sie sich selbst hundertmal gestochen haben und der Farbstoff eingesickert ist. Judith und Frieda sprechen Jiddisch oder Russisch und etwas Englisch, wenn es um

Dinge geht, für die nur englische Wörter existieren (*movies, subway, pizza pie*), und Lillian versucht sich daran.

Selbst wenn Lillian am 4. Juli zu Hause geblieben wäre, hätten nur Frieda und Judith eine Tasse Tee getrunken. Lillian war an der Reihe, Garn zu kaufen und den Packen Schnittmuster abzuholen. Frieda (»Nenn mich Fritzi«, sagt sie zu jedem) zahlt ihnen einen Dollar am Tag, abzüglich der Miete selbstverständlich und des Geldes für das Frühstück, das sie macht (»Ich würde euch doch nicht hungern lassen«, sagt sie zu Judith).

Frieda schläft auf zwei zusammengerückten Stühlen in der Küche. Das tut ihrem Rücken gar nicht gut, und sie hat sich nicht darum gerissen, Kostgänger zu haben, eine tragische Cousine und sechs weitere Leute, die bei ihr wohnen. Sie hat sich nicht darum gerissen, allmonatlich mit Italienern um das Privileg zu feilschen, Akkordarbeit in ihrer Wohnung ausführen zu dürfen, doch sie betrachtet das alles als eine weitere Stufe auf der großen Leiter nach oben. Sie fühlt das glatte, matte Holz unter ihren Händen, sie sieht, wie sie mit beiden Beinen fest auf dem Boden steht; sie träumt fast jede Nacht von ihrer geistigen Heimat, der Fifth Avenue, und da schlendert sie mit ihren Freundinnen, gut gekleideten Frauen, die seidene Fesseln in Riemchenschuhen zur Schau stellen und von stattlichen, wohlhabenden, Zigarre rauchenden Männern (glatt rasiert, redegewandt) Komplimente empfangen; sie steigen die polierten Marmorstufen zu ihrem Brownstone-Haus hinauf, wo Frieda im Walzertakt mit flatterndem Rock von Raum zu Raum tanzt, während sie einen flüchtigen Blick auf die strahlenden Porzellanarmaturen in ihrem modernen Badezimmer mit seinem schwarz-weiß gekachelten Boden erhascht; überall nur Gasheizung, Silberplatten auf

Marmortischchen, die überquellen von Trauben, Bananen, Mangos und Mandarinen, und auf ihrem damastenen Himmelbett liegen weiße Laken sowie ein Dutzend weißer Kissen.

In den siebenundfünfzig Häuserblocks der Lower East Side gibt es an diesem Tag im Juli 1924 hundertundzwölf Süßwarenläden, dreiundneunzig Metzgereien, siebzig Bars, dreiundfünfzig Bäckereien und fünfhunderttausend Juden. Wenn Frieda aus dem Küchenfenster schaut, dem einzigen Fenster, sieht sie die Chance.

Lillian möchte ebenfalls eine Chance sehen. Sie wartet am Eingang des Theaters und versucht sich vorzustellen, dass eine warme Sonne auf sie herabscheint und ihren Schlüpfer trocknet. Sollte sie diese Arbeit bekommen, wird sie Judith eine Kleinigkeit kaufen.

Eine Woche war es her, dass Judith das erste Mal richtig mit ihr gesprochen hat. Zwei Stecknadeln hingen ihr im Mundwinkel. Während Judith arbeitete, bewegten sie sich ruckweise, aber kaum merklich, als sie Lillian zuflüsterte, dass man am nächsten Sonntag Näherinnen im Goldfadn Theatre einstellen würde. Jedes Mädchen der Stadt von Delancey bis zur Fourteenth Street werde dorthin gehen. Judith war auf dem besten Weg, ein amerikanisches Mädchen zu werden. Sie verschenkte ihr Schultertuch – sie erzählte Lillian, dass sie es *wegschenkte*, sie wollte es unbedingt loswerden – und kaufte eine kleine blaue Jacke bei Kresge's. Judith hat die amerikanischen Laufschuhe und die grüne Bluse vom Straßenverkäufer, zweite Wahl, aber sehr gut, und sie lernt Englisch in Windeseile. Lillian findet Judiths Englisch schon recht gut, es klingt wie das, was man im Radio hört.

Auf dem Weg zum Goldfadn hatte Judith sie an Bergen von Pferdeäpfeln, weinenden Kindern, Männern, die Feuerwerk verkauften, vorbeigelotst, und unterwegs kauften sie Hot Dogs mit Senf und Sauerkraut; der Mann spendierte ihnen eine Extraportion, da Judith das gewisse Etwas hat. Genau so sagte sie zu Lillian: »Ich habe das gewisse Etwas«, so wie man sagt: »Ich bin Rechtshänder.« Lillian könnte auch das gewisse Etwas haben. Damals in Turov gab es Leute, die meinten, sie hätte das gewisse Etwas, aber nicht hier. Im Englischen ist sie das hässliche Stiefkind; die Leute verspüren keinen Impuls, ihr Sachen zu schenken; sie wollen sie nicht einmal in ihrem Blickfeld haben.

Und so stehen die Dinge. Sie träumt von der Ermordung ihrer Familie. Sie registriert beim Aufwachen das Geräusch ihres eigenen Schreiens und Judiths warmen Körper. Sie isst Brot und Kohl mit Fremden in einem kleinen schmutzigen Zimmer. Sie näht und trennt Stiche auf, um billige Hüte herzustellen, setzt blaue Blütenblätter zusammen und zerlegt rissig gewordene Seidenblumen, und das alles macht sie schlecht. Sie erlernt die Sprache eines Landes, das ihr Angst einjagt, damit sie sich tiefer darin eingraben und eine sichere Höhle für sich bauen kann, denn sie hat kein anderes Zuhause. Sie geht mit Judith die Essex Street entlang, Samstagabend, acht Uhr, um die moderne Welt anzuschauen, sich wie ein Trampel unter Amerikanern zu bewegen.

Sie klopft wieder an die Tür des Goldfadn.

Sie malt sich aus, dass sie alles tut, was einer der Mister Bursteins von ihr wünscht. Sie weiß nicht viel, aber vielleicht übt dieses Nichtwissen sogar einen größeren Reiz auf die Männer aus als anderes, etwas, das, wie Lillian sich ausmalt, Prostituierte tun, und wenn sie wüsste, was es wäre, würde sie es auf der Stelle einstudieren.

Miss Morris öffnet die Tür. »Oh«, sagt sie, »du bist pünktlich. Komm rein.« Und Lillian ertappt sich nicht dabei, wie sie den Reißverschluss an der Hose des jüngeren Mr Burstein aufmacht oder wie sie auf dem Schoß von Mr Reuben Burstein sitzt; stattdessen zieht sie einen sauberen Kittel an und nimmt Platz neben einem dicken hübschen Mädchen namens Pearl mit braunen Locken und einem rosafarbenen freundlichen Lächeln. Miss Morris überreicht ihr ein goldenes Samtüberkleid und weist sie an, die Taille um fünf Zentimeter enger zu machen, Lady Macbeth habe etwas an Gewicht verloren.

Sie ist weitergegangen, sie ist durch ein schreckliches Dunkel gereist und hat zufällig das umzingelte Jerusalem gefunden, das gerettete Jerusalem.

Äpfel und Birnen

Lillian möchte das nicht als Angewohnheit verstanden wissen und auch nicht als Stehlen. Sie borgt etwas, sagt sie sich, sie borgt nur wie besessen von den anderen Kostgängern. Pennys, die aus Joes Tasche gerollt sind, wenn er betrunken auf dem Sofa liegt, nie mehr als zwei alle paar Tage, um sich etwas für anständige Strümpfe zusammenzusparen, für einen breiteren Ledergürtel, damit ihr Kleid eng sitzt. Sie isst die Extrascheibe Brot, die Joachim übrig lässt. Jeder Tag im Goldfadn Theatre ist eine Chance, und man kann nicht darauf warten, dass die Chance einen findet. Frieda sagt das die ganze Zeit, sie redet ununterbrochen über die Chance, als wäre sie ein schöner Mann, der vorbeireitet, bei dessen Anblick man sich die Haare schütteln, sich in die Wangen kneifen und ihm pfeifend in den Weg springen müsste. Frieda glaubt derart fest an die Chance und an das Vorwärtskommen, dass sie Lillian nicht anschreit, weil sie eine Arbeit bei Goldfadn angenommen hat und sie unterbesetzt mit den Hüten zurücklässt. Frieda denkt nach und wendet sich Joe zu, bestärkt ihn in seinem Interesse an Judith, die bei Goldfadn leer ausgegangen ist und jetzt kein Spülwasser auf Lillian schütten würde, wenn die in Flammen stünde. Frieda ermutigt Judith, Joes gute Eigenschaften in Betracht zu ziehen (»Er ist ehrlich«, sagt Frieda, »und er würde nicht trinken, wenn er eine Frau hätte«). Frieda hat Lillian das Sofa angeboten, für den Fall, dass sie allein schlafen will, nicht neben Judith, die ihr am liebsten im Schlaf die Kehle durchschneiden würde, das zumindest meint Frieda, aber Lillian schläft lieber neben einer Frau, die sie hasst, die einen spitzen Ellbogen in Lillians Nieren ausfährt, die einen schweren Arm auf Lillians Haar legt, wenn sie sich umdreht, als ein zusätzliches Fünfcentstück für das Sofa auszugeben. Wenn alle mitspielen, könnte Frieda Joe und Judith als Paar auf das Bett lotsen und Lillian auf das Sofa, wobei sie ihr etwas mehr berechnen würde als Joe, der ein Mann ist und ihnen jeden Tag auf dem Heimweg Kohlen und Brennholz mitbringt, aber ihr ist klar, wie Lillian darüber denkt.

Frieda lehnt sich aus dem Fenster, um Lillian auf ihrem Weg zum Goldfadn zu beobachten. Sie ist nicht allzu überrascht von der kleinen Lillian, und sie ist auch nicht traurig. Sie hat so dies und das gehört, und es kann nicht schaden, wenn die eigene Cousine jemandes Geliebte im Goldfadn Theatre ist.

Lillian ist niemandes Geliebte; sie wäre gern die von Meyer Burstein, wenn er es wollte – jedes Mädchen in der Theaterschneiderei wäre das gern, auch die Schauspielerinnen und die Frauen, die sich nach seinen Auftritten einfinden, sogar verheiratete, deren Männer verlegen danebenstehen, wie Bauern, die ihre Frauen dem Herzog anbieten und sich glücklich schätzen, wenn ihr Leben von seinem Interesse berührt wird.

Meyer Burstein treibt es vielleicht mit jemandem, aber nicht mit Lillian, und da er nichts mit Lillian hat, gibt es keinen Grund zu der Annahme, dass er nun hinter ihr her ist, doch wie kommt es, dass Meyer Burstein sie zu Tee und Kuchen ins Royale einlädt? Lillian hat in der Seitenkulisse gestanden und *Macbeth* gesehen, gefolgt von *Flowers Among the Thorns*; sie hat *The Queen of the Moon* gesehen (worüber Meyer sagt, ursprünglich handle es von einem König – nicht einer Königin – und seinen beiden undankbaren Töchtern sowie der einen guten), und sie hat siebzehn Stücke über New York, New Jersey und Odessa angeschaut (ebenfalls Fantasiereiche wie auch die Catskills) und über die Rückkehr des verlorenen Sohns, die Assimilierung und Verfolgung der Juden, und jetzt lauert sie wie eine Bühnenarbeiterin auf die vergessene Zeile, das verlorengegangene Requisit, das verpasste Stichwort. Aber Meyers Darbietung packt sie noch genauso wie beim ersten Mal, als sie ihn gesehen hat. Er ist der Romeo für die Julia alias Ida Liptzin, auf die Lillian verzichten könnte, so wie die, einem Spaniel gleich, mit ihren dichten Wimpern klimpert und derart schroff und herrschsüchtig über die Bühne fegt, als wäre sie Mrs Montague, die sich auf eine Abendgesellschaft vorbereitet, und nicht ein junges liebeskrankes Mädchen. Aber Meyer ist ein wunderbarer Romeo, ungestüm, zärtlich, vor Leidenschaft brennend, und es gibt sogar einen trockenen Kaffeehaushumor, der – da ist Lillian sich gewiss – von Burstein stammt, nicht von Shakespeare (womit sie recht hat; die Bursteins haben das Beste von Shakespeare genommen, haben einige Belanglosigkeiten in der Handlung weggelassen, die Amme reichlich mit weiteren Zeilen bedacht, eine Rolle, die eindeutig für das jiddische Theater geschrieben worden ist, und ein paar kluge Streichungen vorgenommen, die Romeo, einen verliebten Jungen – von Natur aus ein Witz für das Publikum des Goldfadn –, in einen leidenschaftlichen, erwachsenen Mann verwandelt haben, der hin- und hergerissen zwischen Pflicht und Liebe ist, was jeder versteht). Frauen werfen weiße Rosen, die Meyer-Burstein-Blumen, und Männer rufen Bravo.

Meyer hat Lillian gesagt, sie solle direkt nach der Aufführung in seine Garderobe kommen. Er möchte, dass sie seine Verwandlung erlebt. Wenn er die Hand in die Cold Cream taucht, sich die Fettschminke und den Puder wegwischt, die geschwärzten Brauen abreibt, die blauen Tupfen um die Augenwinkel und die weißen Dreiecke an den Augenrändern, die rosafarbenen Striche über seinen Wangen, ist es, als zöge er sich aus. Lillian steht mit gefalteten Händen an der Tür. Meyer stellt sich hinter einen Wandschirm und kommt langsam wieder hervor in einem marineblauen Morgenmantel mit Paisleymuster über dunkler Hose, um den Hals ein fleckig weißes Handtuch. »Komm rein«, sagt er, »nimm Platz. Ich bin im Nu fertig.« Er reinigt sich das Gesicht, und dann, als hätte er gerade bemerkt, dass Wasser auf seinen Morgenmantel tröpfelt, wirft er ihn über den Stuhl und baut sich, nur in Unterhemd und langer Hose, vor Lillian auf. Ossip sah nicht so aus. Dies hier ist ein schöner Mann, wie ein schöner Rappe.

Er zieht sich ein sauberes Hemd an, das so glatt gebügelt ist, dass die Brust wie Eis glänzt, und steckt es in die Hose. Als er sein Jackett überzieht, bleibt der Kragen hochgestellt. Lillian streckt die Hand aus und zieht sie gleich wieder zurück. Meyer lächelt: »Stimmt was nicht?« Lillian nickt, und mit laut pochendem Herzen rückt sie das Revers von Meyer Burstein zurecht, dem gefeierten Schauspieler, und fühlt seine Brustmuskeln. Er bietet ihr den Arm an, und sie gehen die drei Blocks zum Royale, und es ist wie ein Traum.

In der Ecke des überfüllten Raums sitzt Meyers Vater schon an einem Tischchen, neben ihm ein dünner, düsterer Mann, der so schäbig wirkt wie die Bursteins elegant. Meyer küsst seinen Vater und nickt dem anderen zu. Lillian hat keine Ahnung, wie sie sich jetzt benehmen soll; sie ist noch nie mit reichen Männern aus gewesen, sie hat noch nie ein Rendezvous gehabt, zumindest nicht das, was man hier darunter versteht (Küsse hinter der Scheune, ein nicht enden wollender Abend mit Ossips stummen, finster blickenden Eltern und seinen käsebleichen Schwestern). Sie war noch nie in einem solchen Café gewesen: Theatervolk, Frauen mit Make-up und paillettenbesetzten Hüten, die mit Zigarettenspitzen wedeln und Männern in Samtcapes Kusshände zuwerfen und Rauch aus glänzend roten Mündern in ihre Richtung pusten, wobei die Männer lachen, als hätten sie etwas Munteres und Komisches, möglicherweise Obszönes gehört, und all der Trubel, der offensichtlich um den Tisch der Bursteins herum herrscht.

Reuben Burstein küsst ihr die Hand, und Meyer hilft ihr auf einen beängstigend geschwungenen Stuhl. Lillian stößt mit dem Knie an das schmiedeeiserne Tischbein. Reuben Burstein sagt auf Englisch: »Wir freuen uns, dass du dich zu uns gesellst«, und dann auf Jiddisch: »Du bist im Moment der große Schwarm meines Sohns.« Meyer bestellt für sie beide Essen, legt die Hand auf ihre Rückenlehne und sagt, er müsse bloß für einen Augenblick seine Runde machen.

Der dünne Mann schaut von Lillians Brüsten zu Meyers stattlichem Rücken, der in der Menge verschwindet. Er blinzelt ihr ganz entsetzlich zu, als hätte er die Tiefe ihrer Begierde, ihrer Verzweiflung und ihrer Berechnung erkannt, als wären jeder gestohlene Penny und das bisschen fremder Puder und jeder eingesteckte Knopf zusammengezählt und verbucht. Sie wendet sich ab, zu Reuben hin. Sie wird ein Gespräch mit Reuben Burstein beginnen, auch wenn es sie umbringt; sie wird diesen dünnen Mann mit dem pechschwarzen Haar, den stechenden dunklen Augen und der Haut, so glatt, weiß und blutleer wie Kerzenwachs, nicht wieder ansehen. Reuben Burstein stellt den Mann vor: »Mein liebster Freund …«

»Dein einziger Freund«, sagt der Mann. »Der Rest alles Schnorrer, Sklaven und *four-flushers*.«

Das letzte Wort ist Englisch, und Lillian kennt es nicht. Sie ist überzeugt, dass der Mann ihr vor Augen halten will, wie viel sie nicht weiß.

»Yaakov Shimmelman«, sagt Reuben.

Der Mann verbeugt sich und reicht Lillian seine Visitenkarte. Lillian lacht, als sie die Karte liest.

YAAKOV SHIMMELMAN

Schneider, Schauspieler, Dramatiker.

Autor von *Die Augen der Liebe*.

Hosen bügeln und ändern.

»Was ist daran komisch?«, fragt Yaakov kühl.

»Nein, nein, nichts ist komisch«, sagt Lillian. Es ist aussichtslos, so zu tun, als hätte sie nicht gelacht.

Yaakov wendet sich an Reuben Burstein.

»Sie hat über meine Karte gelacht. Sie hat sie komisch gefunden. Du hast gesehen, dass sie gelacht hat.«

Vielleicht ist er verrückt, und jedermann weiß es, aber das nützt Lillian nichts; er ist Reuben Bursteins alter Freund, wie sie gerade gehört hat, der beste Freund von Reuben Burstein. Sie hat ihr Leben durch Lachen ruiniert.

»Sie ist nicht komisch«, sagt Lillian. »Ich war überrascht. Ich war …«

Yaakov legt seine Hand auf die von Lillian.

»Ich habe dich nur geneckt, *ketzele*. Natürlich ist sie komisch. Es ist wahr, es ist absolut tragisch«, und auf Englisch fügt er hinzu: »Abso-tiv-ly, pos-a-lootly, aber das macht sie nicht weniger komisch. Für Leute wie uns«, und er schaut sie genau an, um zu sehen, ob sie jemand wie er ist, und er scheint zufrieden, »macht es das noch ein bisschen komischer.«

Lillian bemerkt, dass Reuben Burstein ihr über den Rücken streicht, während er ihr sagt, dass Yaakov Shimmelman harmlos ist, nur nervös, niemand, vor dem man Angst haben muss.

Yaakov schiebt einen Teller mit Hering und ein Körbchen Roggenbrot zu ihr hin. »Um Himmels willen, iss, Mädelchen. Die Bursteins zahlen, und für einen Schneider und eine Näherin, für Leute wie uns, heißt das, es ist Zeit zu essen.« Reuben mahnt seinen Freund, sich zu beruhigen und dem Kind keine Angst einzujagen.

Meyer kommt zurück zu seinem Vater und dessen bestem

Freund, die Gefallen an Lillian finden und ihr Heringsschnittchen machen und Slibowitz aus Yaakovs Flasche eingießen. Meyer trinkt Yaakovs Schnaps von vergammelten Früchten aus der Alten Welt nicht; Yaakov hat, was Meyer betrifft, nichts zu bieten.

Meyer schaut auf Lillians zerstochene, verfärbte und schwielige Hände. »Du solltest dir Handschuhe zulegen«, sagt er. »Jeder trägt heutzutage Handschuhe, passend zur Kleidung.«

Er möchte sie nicht in Verlegenheit bringen, und es ist ihm nicht peinlich, dass sie Näherin ist. Doch, es ist ihm peinlich, dass sie Näherin ist, aber sie ist ein gut aussehendes Mädchen und nicht dumm, und ihre Armut und die Tatsache, dass sie Näherin ist, macht sie reizvoll; er ist der Typ von Mann, meint er, der eine richtige Frau will, kein angemaltes Püppchen oder Society Girl.

Lillian lächelt Meyer an und steckt die Hände in die Taschen, und Yaakov packt Meyer am Revers, als wollte er aus Spaß den Rowdy spielen, wo er doch nur halb so groß wie Meyer und ein Niemand ist, und er sagt auf Englisch, sodass Lillian das meiste entgeht: »Du willst, dass sie Handschuhe trägt, du große Nummer, dann kauf ihr Handschuhe. Du willst, dass die Handschuhe zur Kleidung passen, beschaff ihr die Kleidung. Von dem, was sie verdient, kann sie sich nicht mehr als das Band in ihrem Haar leisten.«

Meyer sagt: »Zufällig hat sie eine recht gute Stelle. Sie arbeitet für Hattie, und wir behandeln die Mädchen fair.«

Reuben Burstein hält sich aus dem Streit heraus. Er beobachtet alle Hereinkommenden. Er wird geküsst und umarmt, mal auf russische Art, mal auf die weniger überschwängliche französische Art und Dutzende Male auf die allgemeingültige und zeitlos theatralische Art. Hübsche rosafarbene Hände legen sich auf seinen dicken Unterarm; ältere Hände, noch schön geformt, aber mit Altersflecken und zitternd, tätscheln seine Schultern, weisen ihn darauf hin, wer sie einst waren; Männer, die sich an die Zeit erinnern, als das Goldfadn noch ein Raum über einer Imbissstube war, kommen vorbei, um herauszufinden, ob jene Erinnerung Reuben Burstein noch etwas bedeutet. Reuben beobachtet Meyer, will sehen, wie er Yaakov behandelt, wie das Mädchen Meyer behandelt, will sehen, wozu man die pfiffige Lilluschka mit den ruinierten Händen vielleicht gebrauchen kann.

Yaakov blinzelt Lillian an und sagt auf Jiddisch: »Zwei Dinge: ein Wörterbuch, zum Beispiel Russisch-Englisch, und was ich lieber als ein Wörterbuch habe, ist ein Thesaurus. Nennt dir alle Wörter, die dem Wort gleichen, nach dem du suchst.«

Lillian nickt. Ein Thesaurus.

»Außerdem, hör mir zu.«

Lillian hat den Kopf abgewandt, blickt Meyer nach, der sich wie eine Sonne durch die Menge bewegt.

»Sollte es sich herausstellen, dass es nicht klappt, wendest du dich an mich, falls es dir nicht gefällt, Meyers Protegé zu sein«, und als übersetzte er aus dem Französischen, fügt er hinzu: »seine *kallehniu*«, was nicht Protegé bedeutet, sondern *kleine Braut*. Lillian ist sich darüber im Klaren, dass Yaakov ihr gerade einigermaßen taktvoll mitteilt, ihre tatsächliche Beschäftigung bestehe darin, Meyers Geliebte zu sein, auch wenn der Mann selbst es nicht erwähnt hat.

Nach drei Wochen des Herumspazierens im Park und zwei Abenden im Kino und vielem Händchenhalten und Küssen sagt Meyer schließlich: »Ich würde gern mehr Zeit mit dir verbringen.«

Lillian hat darauf gewartet. Er kann sich das Werben sparen; er weiß, wo sie wohnt, er weiß, wie sie lebt; er erkundigt sich nicht nach Einzelheiten, aber sogar Juden, die in hübschen Brownstone-Häusern in Brooklyn wohnen, wissen, wie Juden in der Great Jones Street leben. Möglicherweise hat er sie für ein anständiges Mädchen gehalten, das ob einem solchen Angebot entrüstet und untröstlich wäre, aber Lillian hat ihr Möglichstes getan, Meyer ins Bild zu setzen, dass dies nicht der Fall ist, dass sie seine Annäherungsversuche willkommen heißt (wenn er beim Spazierengehen jedes Mal wie ein Gentleman auf die Fahrbahnseite wechselt, streift sie mit ihren Brüsten an seinem Arm entlang) und dass sie, obwohl sie die Ehe nicht ablehnt, keinerlei politische Meinung dazu hat und die Vorstellung sie nicht beunruhigt, dass zwei Leute durchaus glücklich in einem Arrangement leben können ohne Trauschein oder große Feier im Concourse Plaza Hotel, mit weißem Brautkleid, gemieteten Wagen, einer miesen Fünf-Mann-Kapelle, die »If You Knew Susie« spielt, wenn die Gesellschaft in Schwung kommt, was massig Geld kostet, das Lillian viel eher für Dinge auszugeben wüsste, die man wirklich braucht (benötigt, verlangt, fordert und auch begehrt, ersehnt, erstrebt, wünscht; Lillians Thesaurus ist ihr ständiger Begleiter). Der Buchhändler hat ihr das *Webster*-Wörterbuch verkauft, gut und nützlich für das, was es ist, und *Roget's Thesaurus*, der eine kleine Geschichte für jedes Wort bereithält. Das ist wie das da, teilt ihr Roget mit; das hier bezieht sich auf das andere; der Mann auf der Straße würde das so ausdrücken, und dann gibt es das Antonym, eingeführt von Mr C.J. Smith im Jahre 1867, was genau, exakt und durch und durch das Gegenteil von dem ersten Wort ist. Trösten: jdn. froh stimmen, aufheitern, unterstützen, beleben, aufrichten; idiomatisch: ein Quell des Trostes sein. Anderseits: jdn. mit Sorge erfüllen, beunruhigen, quälen, aufwühlen, betrüben. Ihr Wörterbuch und insbesondere ihr Thesaurus und die Aussicht, Meyer Bursteins Konkubine zu werden, trösten sie wie die Hand einer Mutter.

Lillian hat Meyer das alles so gut wie möglich klargemacht, und er hat ihr mehrmals beim Spazierengehen und einmal, als sie Hot Dogs aßen, gesagt: »Du bist ein sehr vernünftiges Mädchen.« Lillian liebt Hot Dogs, sie ist jetzt eine Kennerin und versteht es, genau auf die Wurst zu deuten, die sie haben will, nicht auf die weiter hinten, und sie würde einen Nathan's Hot Dog jederzeit einem Shabbat-Rippenstück vorziehen. Lillian nickt und lächelt. Genau das hat sie sich selbst gesagt. Sie ist nicht tot, sie ist nicht das, was Yaakov gern ›leichenhaft‹ nennt. Sie ist nur vernünftig.

Das Hohelied der Liebe

Meyer Burstein hat gehandelt. Er mietet eine kleine Wohnung für sich und Lillian in der Second Avenue, einen Straßenblock vom Theater entfernt. Er hat sich zurechtgelegt, was er seinen Eltern beim Essen sagen wird. »Ich kann wunderbar dort übernachten, wenn ich zwei Vorstellungen hintereinander gespielt habe, und muss Ma nicht mitten in der Nacht stören; was ich an Taxikosten spare, reicht für die Unterkunft, eigentlich bloß ein Zimmer in der Second Avenue.« Und seine Mutter schaut ihn an und sagt: »Das klingt plausibel, Liebling«, und sein Vater, der den Vermieter kennt, der den Schlosser kennt, der den Nummer-eins-Importeur von Sprungfedermatratzen und Bettgestellen in der Lower East Side kennt und der mit ihnen allen im Namen von Meyer gesprochen hat, nickt, als hätte er sich mit der Unabhängigkeit seines Sohnes abgefunden.

Meyer kauft Lillian eine Eistüte, und sie gehen zur Second Avenue.

»Komm rauf«, sagt er, »ich habe eine Überraschung für dich.«

Wäre sie ein anderes Mädchen, würde sie die Arme um seinen Hals schlingen und seinen gestärkten Kragen vor Glück zerknittern, würde alles bewundern und bitten, die Wohnung dekorieren, Quasten an den Vorhängen befestigen und ein kleines Lieblingsstück mitbringen zu dürfen, das die Wohnung zu der ihren macht. Lillian lässt ihr Buch fallen. Sie schaut sich um. »Wunderschön«, sagt sie. Sie schaut beglückt auf den Kühlschrank, sie schaut ins Badezimmer und sieht die Wanne. Sie setzt sich auf den Rand und blickt zu Meyer hoch wie eine Katze, die gerade entdeckt hat, wo das Sonnenlicht hinfällt. Meyer drückt ihr einen Schlüssel und fünf Dollar in die Hand. »Diese Nacht wird unsere Nacht sein, unsere Nacht der Nächte«, sagt er, »ich bin um elf zurück.«

Es könnte romantisch werden, denkt Lillian. Seufzen. Essen, während man sich tief in die Augen schaut. Sie findet schöne Servietten und auch ein hübsches Wachstuch für den Tisch. Wenn es große Gesten geben, wenn das Hähnchen aus einer leidenschaftlichen Anwandlung heraus auf dem Boden landen sollte, möchte sie alles bereithaben. Sie liebt das Vorbereiten, sie liebt das Einkaufen, sie liebt die farbenfrohe Route durch all das frische Obst und wie der Italiener sie mustert, sich ein Urteil bildet, dann lächelt, ihr eine Handvoll Weintrauben mit einer schönen, sehr kleinen Schere in Vogelform vom Stiel schnippelt und anbietet. Sie steckt die Beeren in den Mund und wünscht sich nichts anderes, als auf dem Fass vor dem Obst- und Gemüsehändler zu sitzen und die Büschel süßer glasiger Trauben zu betrachten und die silberne Schere, die einzig zu deren Abschneiden da ist, und ihr neues Leben als Frau mit fünf Dollar und einem reichen Liebhaber.

Sie stellt den Kapaun auf die Anrichte, dazu kleine Teller, die auf ihn zu führen und wieder weg, ganz nach polnischer Art: kalte Kartoffeln mit Dill, Hering und Zwiebelscheiben in Sahnesauce, Heringssalat, Möhrensalat, weiße Brötchen, weich werdende Butter, zwei jener weißen Weintrauben, die sie immer wieder neu arrangiert in der Silberschale von Copeland and Perlmutter, die Meyer letzte Woche gekauft hat; sie ist wie die seiner Mutter, hat er gesagt, ein kleines Geschenk, um unser Haus zu einem Zuhause zu machen. Sie nestelt ein letztes Mal an den Weintrauben herum, um die silbernen Trauben zu kopieren, die sich am Schalenrand entlangziehen und nach unten dicke Tropfen bilden. Sie ordnet die amerikanischen Plätzchen mit dem rosafarbenen Zuckerguss, die Meyer so mag und zu Hause nicht bekommt, fächerförmig an. Zu Hause gibt es immer noch *rugelach* und *teiglach*, so mit Honig verkrustet, dass ihm die Zähne wehtun, sagt Meyer, weshalb er seine Mutter gezwungenermaßen enttäuschen muss. Lillian weiß das, weil Meyer ihr die ganze Geschichte vom vergangenen Freitagabend erzählt hat, jede Einzelheit, als ginge es um eine große Sache, als ob sie jetzt, da die Wahrheit über die allzu süßen Teigbällchen, seine schmerzenden Zähne und seine bestimmte, aber nicht unfreundliche Zurückweisung und das folgende eisige Schweigen seiner Mutter enthüllt ist, deutlich sehen könnte, wie die Dinge liegen. Lillian sieht zwei Dinge: Meyer sollte sich nicht über *teiglach* beschweren, und es wird ein Weilchen dauern, bevor die Näherin Lillian privat zum Essen bei den Bursteins eingeladen wird. Esther Burstein backt die *rugelach* am Freitagmorgen noch selbst, und Lillian würde allein deretwegen kommen. Sie würde ihre Spucke nicht für die rosa Plätzchen verschwenden.

Lillian schreitet auf den rot und rosafarben geblümten Teppichen hin und her, sie streckt sich auf dem grünen Damastsofa aus. Sie schüttelt das weinrote Seidenkissen auf, das Meyer vom Theater geliehen hat, um ein kleines Loch im Sitz des Rattanstuhles zu verdecken. Die Leuchten an der Wand sind niedrig. Lillian hängt einen rosafarbenen Schal über die eine, dann über beide. Es sieht so aus, als weinten die Wände rosa Tränen. Sie legt die Schals zurück in die Schublade.

Lillian betrachtet das Zimmer. Es gleicht einer Bühnenkulisse für eine romantische Komödie. *The Spring Flowers*, denkt sie. *The Maiden and the Mensch.* Es hatte Tage gegeben, aufeinanderfolgende Tage, an denen sie aufwachte und sich selbst beobachtete, wie sie in der Tragikomödie von Friedas Wohnung gähnte. Sie hatte auf der anderen Seite des Zimmers gestanden und sich am Waschbecken beobachtet. Sie hatte sich gesagt: Eine junge Frau in Amerika würde jetzt frühstücken. Sie würde Tee trinken. Eine junge Frau, die hofft, ihren Freund zu treffen (ihren Verehrer, ihren Schatz und auch ihren Herzensbrecher, ihren Schwarm), sie würde dies hier anziehen, das sagen, würde den Lippenstift auftragen. Lillians Leben in Turov war keine Aufführung gewesen. Sie war Tochter, sie war Ehefrau, sie war Mutter. Sie spielte damals keine Rolle auf Teufel komm raus.

Das ist streng genommen nicht wahr. Sie spielte die pflichtbewusste Tochter, die ihrem Vater am liebsten die Pfeife aus dem Mund geschlagen hätte, da er erbärmlich wenig für ihren Weizen erzielt hatte, sodass es ihr vorkam, als hätten sie umsonst gearbeitet. Sie gab vor, ihr Mann sei gerissen und liebenswürdig, damit die Leute ihn nicht übervorteilten. (»Ich überlasse das Ossip«, sagte sie allen. »Er hat den besseren Geschäftssinn.

Ich überlasse das einfach ihm«, behauptete sie an jedem Markttag und dachte dabei: Möge Gott mich nicht auf der Stelle dafür strafen.) Wie jede Mutter täuschte sie Geduld und Güte vor, und das von November bis April zwanzig Mal am Tag, um ja nicht auf Sophie loszugehen, sich ja nicht zu wünschen, ihr auch nur einmal einen Klaps dafür zu geben, dass sie die Asche auf dem Bettvorleger verstreut und darin herumgemalt hatte, wo es doch bloß eine Art Winterkoller für sie beide war. All das kommt ihr jetzt nicht wie Heuchelei vor; es kommt ihr vor wie die warme, opake Innenseite ihres Lebendigseins, ihres Zusammenseins mit Sophie.

Lillian zwängt sich in das Negligé-Ensemble, das Meyer für sie dagelassen und über die Schlafzimmertür drapiert hat. Es ist lächerlich. Aufreizend enge Spitze über den Brüsten, hauchdünner grüner Chiffon, der bis zu ihren Knöcheln hinabfließt. Billiger Stoff, weiß Lillian, er wird zu schnell warm, wenn sie ihn zwischen den Fingern reibt. Sie kann im Spiegel das Dunkel ihrer Brustwarzen und das Dunkel zwischen ihren Beinen sehen, drei Steine auf dem Grund eines trüben Bachs.

Es ist zehn. Dann elf. Die Vorstellung endet um elf; es ist Mitternacht. Lillian nimmt sich einen Hähnchenschenkel und eine Flasche Wein und legt die Füße auf den Tisch. Vielleicht kommt er auch gar nicht. Es ist nicht nett, sich so zu verspäten, aber es ist nicht schrecklich, dass er nicht kommt. Es ist unhöflich (grob, unelegant, ungehobelt und auch ohne gesellschaftlichen Schliff). Sie hat das Essen gekauft, das er mag, und das dämliche Nachtgewand angezogen und den Abend damit verbracht, auf ihn zu warten, hat nur in ihrem Wörterbuch geblättert, bereit, Sex zu haben, und willens, jedem, der es wissen möchte, zu sagen, dass Meyer ihr Liebhaber ist, willens, seine Geliebte zu sein (Liebste, Flamme, Angebetete, Liebchen), so er das möchte.

Lillian nimmt sich den zweiten Schenkel. Hähnchen und Wein sind nicht übel, und das Zimmer ist ausreichend warm (ihr kann es gar nicht zu warm sein; nur die Kälte macht ihr Angst), und sie hat das Wörterbuch bei sich und die Tageszeitung *Forverts*, in der sie begonnen hat einen Brief aus der *Bintel-Brief*-Beilage zu lesen: von einem anständigen jungen Mädchen – und es sind alles anständige Mädchen, denkt Lillian, man könnte nicht einen ganzen Zeitungsteil mit Briefen von *gerissenen* Mädchen füllen, *deren Beine geschäftsmäßig weit geöffnet sind.* Die Schreiberin des Briefes macht sich Sorgen um ihren Verlobten, den Talmudschüler, der die beiden letzten Freitage nicht zum Shabbatessen mit dem *anständigen Mädchen* und ihrer *erwartungsvollen Familie* erschienen ist. Jemand – und Lillian kann sich diesen Jemand ausmalen: ein neugieriges, gehässiges Weibsbild aus dem dritten Stock, selbst sitzengelassen – hat den Talmudschüler im Tanzlokal gesehen, wo er den Shabbat bei einem Tango feierte.

Und so findet Meyers Vater sie, die nackten Füße auf dem Tisch, das grüne Negligé auf den weißen Schenkeln hochgerutscht und in lautes Gelächter ausbrechend angesichts des Leidens eines anständigen Mädchens.

»Oh, *Gottenyu*, Mr Burstein«, sagt sie und steht auf, wobei sie das Negligé herunterzieht und sich im Zimmer umsieht wie eine Frau, die im Feuer gefangen ist.

»Ich habe einen Schlüssel«, sagt Reuben Burstein. »Musst nicht aufstehen, iss dein Hähnchen zu Ende.«

»Ich bin schon auf, ich hole meinen Morgenmantel«, sagt Lillian. Sie errötet so stark, dass ihr die Ohren von innen wehtun.

»Das hat gut ausgesehen, wie du dagesessen hast.« Seine Augen funkeln.

Um ein bisschen besser zu verstehen, was hier um Mitternacht in Meyers Wohnung geschieht, sagt Lillian: »Aus Schicklichkeit Ihnen und mir selbst gegenüber sollte ich mir etwas zum Überziehen holen.«

Reuben Burstein zuckt mit den Achseln. Er scheint ihr zuzublinzeln. Oh, denkt Lillian und setzt sich wieder hin, ohne Morgenmantel. Sie legt die Beine zurück auf den Tisch. Ihre Füße lehnen sich an die Schale, die der von Mrs Burstein gleicht, ihre Zehen streifen die silbernen Trauben. Beide beobachten, wie der Saum ihres Negligés hochgleitet und bei ihren Knien haltmacht. Er nimmt ihr gegenüber Platz, als wartete sie auf ihn, als hätte sie ihm dieses köstliche Mahl zubereitet und als wäre er pünktlich. Er isst eine Traube.

»Wenn du dich so wohlfühlst«, sagt er. »Ich jedenfalls fühle mich wohl.« Er setzt den Hut ab und zieht sein Jackett aus und legt beides auf den Rattanstuhl mit dem burgunderroten Kissen. Er schaut auf den Stuhl und lacht.

»Jemand verdankt mir das Kissen da, Lilluschka.«

»Richtig«, sagt Lillian. »Ich verdanke es Ihnen.«

Reuben Burstein geht an ihr vorbei und öffnet einen kleinen Wandschrank, in den Lillian nicht einmal hineingeschaut hat, und nimmt ein Handtuch heraus. Er schlägt den minzgrünen Bettüberwurf und die waldgrüne Decke zurück, schiebt die kleinen quadratischen minz- und waldgrünen Schmuckkissen, die Meyer gerade erst gekauft hat, auf den Boden und verdreht dabei die Augen.

Lillian blickt ihn an. »Das Bett hat Meyer gekauft.«

Reuben hält in seinem Treiben inne.

»Ja«, sagt er, »und die Kissen dort, da bin ich mir sicher, und das sind bestimmt auch Meyers Laken.« Er hebt das Handtuch hoch und wartet.

Es ist jetzt ein Wettstreit. Wenn sie nichts gesagt hätte, hätte Reuben es in die Hand genommen. Sie hätten der Gentleman und das Milchmädchen, Reuben Burstein und die Näherin gespielt, er berührt von ihrer unschuldigen Schönheit, sie voller Ehrfurcht vor seiner imponierenden Präsenz. Aber wie soll das gehen, wenn sie solche Dinge sagt wie: Das ist das Bett Ihres Sohnes, in dem Sie mit mir vögeln wollen, wenn sie Reuben als einen Mann hinstellt (als wüssten sie beide das nicht ganz genau, aber warum es extra betonen), der mit der Geliebten seines Sohnes vögelt, während sie ein besonderes Negligé trägt, das sein Sohn für einen besonderen Abend ausgewählt hat?

»Ein Handtuch wirft man in die Wäsche. Du hast gebadet, mehrmals, du brauchst ein frisches Handtuch. Handtücher sind kein Problem.«

Reuben legt das Handtuch straff auf die Bettmitte, und wenn er kommt, wird er es, obwohl sie sich inzwischen überall auf der Matratze getummelt haben, hingekriegt haben, sie rechtzeitig beide zurück auf das Handtuch zu bugsieren.

Meyer ist auf dem Weg, nicht so langsam, dass man eine Bemerkung dazu machen würde, nicht so schnell, dass man nicht seinen grünen Anzug, seine dunkelbraunen Wildlederschuhe genau in Augenschein nehmen könnte. Er konnte sich nicht durchringen, einen roten Schlips zu tragen, nicht einmal zu einem schwarzen Anzug; er ist verwundert über die Unverfrorenheit von Männern, die ihren roten Schlips in der City an Samstagabenden anhaben, Männer, denen diese Itaker-Bälger anscheinend egal sind, genauso wie seine eigenen Leute, deren Jungen beim Anblick der roten Schlipse den Finger in den Mund stecken, fest dran lutschen und schreien: »He, Mister! He, Ethel!« Es ist eine lange Viertelmeile vom südöstlichen Ende des Parks zu dem schattigen Promenadenweg. Vaseline Alley. Bitches' Walk. Nicht etwa Via della sowieso oder Rue de etwas Nettem – nein, unflätige Wörter, er kann sie in der lauten deklamierenden Stimme seines Vaters hören, seiner Ich-bin-Reuben-Burstein-und-darf-ich-Ihnen-meinen-bescheidenen-Helfer-Gott-vorstellen-Stimme. Lillian sagt, dass Meyer die moderne Stimme hat, die Stimme, die zum Aussehen eines Filmstars passt. »Ihr Vater steht für die Alte Welt«, sagt sie.

Wenn Lillian hier wäre – nun, hier würde Lillian nicht sein, aber wenn dies ein anderer Spazierweg wäre –, könnte er sich bei ihr unterhaken und sich wohlfühlen. Sie könnten durch den Park spazieren, einfach so, an einem Sonntagnachmittag, er würde ihr schöne Stellen zeigen, sie würden Eis lutschen. Das Erste, was er bei einer ihrer ersten Verabredungen tat, war, dass er ihr ein Eis kaufte; irgendetwas an Eis lieben sie alle, die Greenies. Sie aß Kokosnusseis, und ihre Augen weiteten sich vor Überraschung, sie aß Ananaseis und lachte, und als er ihr Cremeschokolade auf die Zunge löffelte, schloss sie die Augen und stöhnte, und Meyer dachte, dass es vielleicht möglich wäre, von Lillian im Bett erregt zu werden, wenn es etwas mit Eis zu tun hätte. Mit Lillian würde er Meyer Burstein sein, der gefeierte Schauspieler der Second Avenue, ausgelassene Komödie an einem Abend, herzzerreißende Tragödie am darauffolgenden, nach jeder Vorführung Frauen mit Blumen, und nicht nur Blumen, am Eingang, und er wäre nicht so.

Als er zweiundzwanzig war, hatte Reuben zu ihm gesagt: »Komm, wir gehen uptown.« Sie spazierten zum Times Square, wo sein Vater vor den hübschesten Prostituierten an seinen Hut tippte, den vorbeischlendernden Homos flüchtig zulächelte und die Stricher, die sich auf dem Herald Square verkauften, mit einem betrübten Blick bedachte. »Hartes Leben haben die«, meinte er. »Vielleicht gibt dir einer Geld, vielleicht geben sie dir einen Schlag auf den Kopf. Niemand hilft ihnen, deshalb sind sie ihrerseits auch nicht gerade nett. Vielleicht nehmen sie einem Burschen das Geld ab, vielleicht Schlimmeres. Bei den Mädchen ist es dasselbe.« Sie aßen in Thompson's Lunch Room, und Meyer beobachtete, wie ein Mann mit blauem Lidschatten hinüberlangte und die Fliege seines Gegenübers zurechtrückte. Nachdem die Fliege gerichtet war, tätschelte der Mann mit dem blauen Lidschatten die Wange des anderen. In der Ecknische saßen zwei gut aussehende Männer in eleganten Anzügen Seite an Seite. Meyer konnte sehen, dass sie sich unter dem Tisch an den Händen hielten.

»Tunten«, sagte Reuben und bestellte das Essen.

Meyer machte ein Geräusch, von dem er annahm, es drücke Abscheu aus.

Reuben zuckte die Achseln. »Wem tun sie weh?«

Sein Vater führte ihn wieder nach Downtown zurück, an die Rückseite der Everard Baths, und sagte: »Hier gehen Männer rein. Es ist sauber.« Reuben machte eine Kopfbewegung zu einer extavaganten Bronzetür auf der anderen Straßenseite und tippte an seinen Hut, um den großen schwarzen Türsteher in braunem Mantel mit goldenen Schulterstücken zu begrüßen. Der Türsteher nickte und hob die Hand zu seiner goldbesetzten Kappe. »Willst du ein Klassebordell«, sagte Reuben, »dann musst du in ein französisches.« Sie nahmen wieder die U-Bahn, und Reuben hob die Augenbraue beim Anblick der öffentlichen Toilette auf dem Bahnsteig.

»Gefährlich«, sagte er. »Jede Sekunde könnte die Polizei aufkreuzen. Es könnte sogar ein Bulle sein, der zu dem armen *schmuck* sagt: ›Komm mal her!‹, ja doch.«

Meyers Vater hatte mit ihm einen fünfstündigen Milieuausflug zu einer Tuntenvorführung gemacht, ohne ihn etwas zu fragen.

Meyer hat den Park fast durchquert. Der Mann auf dem hinteren Ende der Bank an der Ecke, der neben dem schwarz gelockten Schlägertyp in enger Hose und Matrosenjacke sitzt, flankiert von einer alten Schwuchtel, die mit violett geschminkten Augen zwinkert und mit den Fransen eines weißen Seidenschals spielt, der dem von Reuben Burstein gleicht – ein Gedanke, von dem Meyer hofft, dass er schnell vorbeizieht –, dieser Mann am hinteren Ende schaut auf. Er könnte irgendein Mann im grauen Anzug sein, irgendein nicht jüdischer Geschäftsmann, blond wie ein Husar natürlich, womit Meyers Schande vollkommen wäre. Der Mann hebt den pomadigen Kopf wie eine Schlange und beobachtet Meyers Gang.

Meyer hat einen guten Gang; seit seinem zweiten Lebensjahr ist er über die Bühne gegangen. Er kann schlendern, er kann stolzieren, dabei nachdenklich blicken, ganz in tragische Gedanken verloren, er kann wie der blinde Ödipus stolpern. Er kann, wenn es sein muss, hüpfen wie Heidi aus der Schweiz. Meyer gönnt es sich, unauffällig zu dem Mann zurückzublicken und einen halben Taktschlag langsamer zu gehen. Er holt Atem, als richtete sich ein rosa Scheinwerferspot auf ihn. Er atmet tief, bis ins Zwerchfell, ein und senkt die Schultern, sodass sie noch breiter, ja quadratisch aussehen unter dem Jackett. »Die Schultern«, sagt sein Vater gern, »sind das, was bei einer Frau die Brüste sind. Sie signalisieren etwas. Sie überreden.« Meyer zieht das Kinn etwas ein, um die Wirbelsäule aufzurichten. Er ist so groß und breit, wie die Natur es ihm ermöglicht.

Der Mann steht auf. Sie gehen Seite an Seite weiter, und Meyer beobachtet ihre Füße auf dem Kiesweg. Er muss immer an den Vorfall denken, der sich letzten Monat im Park zugetragen hat. Ein Mann wurde von Rowdys überfallen, sie drückten ihn zu Boden und knebelten ihn mit seinem eigenem Schlips, rissen Zweige von den Ahornbäumen und rammten sie dem armen Bastard in den Hintern und noch Schlimmeres. Er starb, das hatte Meyer gehört, und die Zeitung schrieb in ihrer scheußlich gehässigen Art, dass das »warme Feuchtgebiet« trockengelegt worden sei.

»Endlich hat es aufgehört zu regnen«, sagt der Mann. »Stimmt«, sagt Meyer. »Ich mag Ihren Anzug«, sagt der Mann. »Ach, der ist von Macy's«, sagt Meyer. »Ich habe genauso einen«, sagt der Mann. »Ah ja«, sagt Meyer.

Es gibt Mammutsträucher, manche so hoch wie ein zweistöckiges Gebäude; andere sind gebeugt von jahrelangem Wind und bilden grüne, von Brombeergestrüpp überwachsene Baldachine. Sie sind sehr beliebt. Meyer und der blonde Mann schauen sich suchend um: nach der Polizei, Dieben, Angreifern, weiteren Paaren. So ist das, wenn man andersherum ist; Begierde steigt in einem auf wie ein Champagnerstrahl, das Blut sprudelt, man ebnet sich ein Stückchen Erde, sodass der Kies einem nicht die Knie des grünen Anzugs ruiniert, und drückt die schwarzen dornigen Äste aus dem Nacken, und statt Parfüm oder die schwache Spur von Moschus oder Vanille oder Zimt von einer Frau wahrzunehmen, ist es der Duft von seinem neuen Ledergürtel und seiner Baumwollunterhose und der Geruch von ihm, und da hat man es wieder. Das ist es, was Meyers Leben zerstört; wie ein Löwe, der sich an das Haus seiner Mutter heranschleicht, ist dieser Geruch. Warme Haut und Gras und dieser konzentrierte, ausgeprägte Duft: Zwiebel, Salz, Tier. Die Luft flimmert ein bisschen, als der Mann seinen Schwanz herauszieht. Meyer würde gern für einen Augenblick schnuppern, aber man kniet nicht da und schnuppert wie ein Junge in einer Bäckerei, wenn man vor einem Fremden auf die Knie gesunken ist, und Meyer schließt die Augen und öffnet den Mund und denkt: Das ist es.

Unter den Bettdecken legt Lillian ihren Kopf auf Reubens dicke sommersprossige Schulter und ihre Hand ins graue, haarige Feld auf seiner Brust. Sie hat noch nie einen so alten Mann nackt gesehen, sie möchte genau hinschauen; es ist wahrscheinlich besser, nicht hinzuschauen, aber was sie deutlich in der letzten Stunde gesehen hat, die breite Brust, den mächtigen Bauch, Arme wie die eines Hufschmieds, ist in Ordnung.

Reubens Augen sind geschlossen, und so schließt Lillian

auch ihre. Sie haben irgendwie mehr Zeit, als sie gedacht hat, und sie entspannt sich. Schläfrig, unbekümmert, wohlig, sich treiben lassend in Meyers Bett mit Meyers Vater, hat sie das Gefühl, sie fiele durch die Laken, die Matratze, den Linoleumboden, durch den New Yorker Regen, der seit zwei Tagen anhält, durch die löchrige Asphaltstraße, durch das Meer und den Sand darunter, durch die berstenden Felsen und die brennende Lava im Mittelpunkt der Erde, bis in das Leben, bevor alle umgebracht wurden.

Sie öffnet die Augen. Es ist äußerst schmerzhaft, allerdings nicht etwas, dem man lieber Einhalt gebieten würde. Es ist, als gebäre man, als schlafe man mit jemandem zum ersten Mal; man will es für das, was es mit sich bringt, für das, was aus dem Leben wird, wenn der Schmerz nachlässt. Im Jiddischen klingt das Wort für Brombeere, *ozhene*, dunkler und süßer. Das Wort für Regen, sintflutartigen Regen, *mablen*, ist beunruhigender und kälter und ernster. Was da in Turov im November vom Himmel fällt, ist stahlhart; es könnte einem das Haus wegreißen, die Tiere ertränken, die Kehle durchschneiden. Bettgeflüster ist nicht: »Oh, Puppe, bist du umwerfend«, sondern es sind Worte, die sich wie die Zunge selbst anfühlen, Lieder, die das Herz dem Mund diktiert: meine Schöne, meine Herzenslust, mein süßes Seelchen.

Als hätte er sie gehört, sagt Reuben: »*Zeiskeit.*« Reizendes Ding. Auf Jiddisch, auf Englisch, auf Russisch und selbst in seinem wohlfeilen Französisch hat er genau die Entfernung von der Gegenwart bis zur Zukunft vermessen, von möglichen Verlusten bis zu geschätzten Gewinnen, von seiner Frau Esther bis zu seiner Geliebten Gloria, zwanzig Jahre Altersunterschied, Brooklyn und Brownsville, Mittwochabend und ein Wochenende im

Jahr für die Reise nach Pittsburgh, der sich Esther entzieht. »Du möchtest zweitrangige Schauspieler in drittklassigen Theaterstücken in einer viertrangigen Stadt sehen?«, sagt Esther Burstein. »Wer hält dich zurück?« Aber Reuben kann Lillian zumindest ein paar Bücher mitbringen. Warum nicht? Sie brennt darauf, Englisch zu lernen. Er kann ihr anständige Kleidung beschaffen; sie muss nicht wie eine Hure aus der Fourteenth Street aussehen. Er kann sie gemeinsam mit Yaakov, der sie anhimmelt, zum Essen ausführen. Und wenn er sich immer vor Augen führt, dass er sie nicht liebt, dass er zu alt ist, um wieder damit anzufangen, dass er so ist, wie er ist, dass Liebe nicht der Grund ist, warum Leute sich wie Narren benehmen – nur die Entschuldigung, die man anführt, um sich närrisch zu benehmen –, dann wird das hier ein nettes kleines Nichts sein. Eine kurze Affäre.

Reuben fragt sich nicht, warum er, wenn es denn ein Nichts ist, jetzt schon überlegt, vor welcher Vorstellung er sich in der nächsten Woche drücken kann – kein Gesetz besagt, dass er bei jeder verdammten Aufführung in seinem Theater anwesend sein muss –, und dann ist da noch die Sache mit dem Einkaufen, welche Bücher er ihr besorgen soll und welchen Ton er anzuschlagen gedenkt – schroff, leicht missbilligend mit einer gewissen väterlichen Zuneigung –, wenn er und seine Frau sich über Meyers neue Freundin auslassen. Und Meyer, denkt Reuben, kann ihn kreuzweise.

Lillian, die gleichfalls die Entfernung zwischen »reizendem Ding« und »meine Herzenslust« ermessen kann, ist durch die Hitze und die kühlende Erde, durch die Felder von Turov und durch den grauen, rußigen Regen von New York zurückgekehrt zu ihrem toten amerikanischen Selbst.

Ich habe meine Jugend verloren wie ein Spieler sein Spiel mit schlechten Karten

Donnerstagnachmittags ist es ruhig im Café Royale. Manny der Buckelige weiß, dass er einen Tee für Lillian und einen Kaffee für Reuben zu bringen hat. Reuben schickt Manny mit der Order zurück, ihnen Petits Fours zu bringen, und lehnt sich an die Wand, die bevorzugte Stellung von Gangstern und königlichen Personen; er liebt es, die Leute hereinkommen zu sehen: die hübschen Frauen, Neues aus Wilna, Schauspieler aus Konkurrenztruppen (wenn sie enttäuscht oder verärgert aussehen, bietet er ihnen Kaffee und Kuchen an und sagt frei heraus, wie sehr es ihn schmerzt, zu sehen, dass hier großes Talent nicht gebührend gewürdigt wird).

Wenn die Leute an Reuben und Lillian vorbeikommen, sagt Reuben: »Wir geben Meyers Mädchen Englischstunden. Yaakov unterrichtet, ich kaufe das Gebäck, jeder geht glücklich nach Hause.« Manchmal sagt er und tut dabei des Guten zu viel: »Meine Esther ist moderner, als ihr denkt, sie möchte, dass Lillian zu Hause englisch spricht.« Wenn sich irgendein Zweifel bemerkbar macht – wenn der Zuhörer die Augenbraue hebt oder Reuben anblickt und dann wieder wegschaut und eigentlich sagen oder von einer mutigen Person hören will: »Esther Burstein möchte, dass Lillian englisch spricht, in wessen Haus denn? Und warum zum Teufel sollte sich Esther darum scheren, in welcher Sprache das Mädchen aufschreit?« –, bekommt Reubens Gesicht einen verschlossenen Ausdruck, und er wird Mr Burstein, Impresario der Second Avenue.

Wenn die Leute schwierig sind, nickt er Lillian zu, um ihr anzudeuten, sie solle an ihrem Tee nippen und am Plätzchen knabbern. Er trinkt in Schlückchen seinen Kaffee. Er richtet sich seinen weißen Seidenschal. Er sagt mit großem Charme, aber drohendem Unterton: »Schön, dich zu sehen, Schätzchen, Grüße an deinen glücklichen Mann. Wir vermissen dich am Theater, alter Junge. Komm doch am Wochenende vorbei wegen der Karten.« Die Leute lächeln ein wenig verängstigt zurück. Und er nickt Lillian erneut zu, sie solle das Plätzchen hinlegen und die hübschen Mundwinkel mit ihrer Serviette betupfen und dann sagen: »Wie nett, Sie kennenzulernen«, so höflich und lässig wie möglich (und er demonstriert ihr Lässigkeit, schüttelt sich das imaginäre blonde Haar und blickt ins Leere). Es ist ihr ein großer Trost, wenn er das macht. Tritt ihnen ins dreckige Genick, denkt sie. Lass sie erzittern. Lass sie vor Angst weinen.

Yaakov kommt mit der *New York Times* herein und wirft sie auf den Tisch, dieses verdammte *farkokteh* rechte antisemitische Möchtegernblatt, und er nimmt sich ein Kuchenstückchen. Er isst es und dann noch eins und weist Lillian darauf hin, dass in der verachtenswerten *New York Times*, anders als in der *Forverts* – und er möchte sie, eine eifrige Leserin, oder Mr Burstein, jedermanns Held, jenes göttliche Licht, jenen goldenen Sonnenstrahl des jiddischen Theaters, nicht beleidigen – Sätze Sätze sind. Yaakov isst ein weiteres Stückchen (»Ich rette dich vor dir selbst«, sagt er zu Reuben) und schiebt *Die Schönen und Verdammten* zu Lillian hin (»hier kannst du modernes Amerikanisch lernen und bekommst gleichzeitig Einsicht in die begüterten Klassen«, sagt er). Behutsam legt er ein englisches Exemplar von *Geschichte aus zwei Städten* neben seinen Platz. Er wartet, bis Lillian sich durch einige Sätze von Fitzgerald gequält hat, ungefähr eine ganze Seite schönster Sprache, die sie, wie ihr bewusst ist, zwischen ihren Zähnen zermahlt und breiig ausspuckt, bis ihr davon übel wird. Dann nimmt Yaakov das Buch zurück und liest für sich ein Kapitel, während Reuben den Professor vor Lillian mimt.

Reuben ist der schlechteste Lehrer der Welt. Er greift sich die *Times*, liest einige Überschriften laut vor und nickt dabei wie ein Herausgeber. Er reicht Lillian die Zeitung, und ihre feuchten Finger hinterlassen lange schwarze Spuren auf der Titelseite. Reuben fordert sie zum Lesen auf, ja er befiehlt ihr, jeden Artikel bis zum nächsten Absatz zu lesen. Er hetzt sie auf Aussprache und Modulation: »Du bist jetzt nicht bei deinen Ziegen, Lillian.« Er verbessert jedes Wort. Meistens ist es kein richtiges Verbessern, er lässt seine Hand effektvoll auf den Tisch donnern und ermahnt sie lautstark: »Nicht so, wer spricht denn so?« Manchmal sagt er: »Du bist doch ein kluges Mädchen. Hörst du nicht den Unterschied zwischen einem V und einem W?« Und dann trägt er den halben Hamlet-Monolog vor, wobei er es schafft, nicht nur seine R zu rollen, was Lillian nicht leichtfällt, sondern auch seine W, was keinem leichtfällt.

Wenn Yaakov genug von Reubens Schikane hat, übernimmt er. »*Neshumele*«, sagt er, »alles bestens, Schätzchen. Entspann dich. Den Rest der Stunde sprechen wir nur englisch, aber du wirst sehen, kinderleicht. Ich werde dir ein paar Tricks zeigen.« Reuben schüttelt den Kopf. »Mister, das wird nichts nützen.« Und Yaakov sagt lächelnd: »Lillian, kennst du diesen Witz?

»Ein großer Schauspieler ist mitten in William Shakespeares großartigem Drama *Hamlet*, und mitten im Monolog von Hamlet, *Tsu zayn, nisht tsu zayn*, wird der Schauspieler ganz rot im Gesicht und kippt um. Ein Arzt eilt auf die Bühne und horcht sein Herz ab. Er wendet sich ans Publikum. ›Meine Damen und Herren, ich bedaure, Ihnen mitteilen zu müssen, dass unser Star, der große Minskovich, tot ist.‹ Ein Zuschauer schreit: ›Geben Sie ihm ein Klistier! Geben Sie ihm ein Klistier!‹ Der Arzt antwortet: ›Vielleicht haben Sie mich nicht gehört. Der Mann ist tot.‹ Dieselbe Stimme schreit wieder: ›Geben Sie ihm ein Klistier!‹ ›Sir‹, sagt der Arzt: ›Der Mann ist tot. Das hilft nichts.‹ Und der jüdische Besserwisser ruft zurück: ›Schaden kann's nicht!‹«

Reuben und Yaakov lachen Tränen, und Lillian sagt sich nachts den Witz so lange auf, bis sie ihn von Anfang bis Ende kann, und es ist der einzige Witz, den sie je erzählt.

Lillian seufzt. Sie liest laut einen kurzen Artikel vor (sie sucht nach dem kürzesten), über eine Bande von Fahrraddieben in der East Side. Sie kämpft mit der Aussprache des Wortes bi-cy-cle. Reuben schlägt mit seiner großen Hand auf die marmorne Tischplatte, die Tassen hüpfen auf ihren Untertassen, und Yaakov zieht Lillian hoch und beginnt mit ihr Walzer durchs Royale zu tanzen, wobei er in seinem barschen Bariton singt: »Die Hochzeit wird nicht elegant (*wird*, nicht *vird*), weil ich noch keine Kutsche fand, dein Lächeln aber, ach, wie süß (*süß*, nicht *sieß*), wenn ich dich auf dem Tandem küss (*küss*, nicht *kühs*). Daisy, Daisy, sag doch Ja.« Reuben applaudiert, Manny der Bucklige füllt ihre Tassen nach, ohne darum gebeten worden zu sein, was einer stehenden Ovation gleichkommt, und Lillian, die durch Yaakov Shimmelman gerade Walzertanzen gelernt hat, denkt, wenn er so freundlich, so übermütig, so entschieden großzügig und sanft gegenüber seiner Frau und seinen Kindern gewesen ist, als sie noch lebten, müssen sie die glücklichste Familie auf Erden gewesen sein. Sie weiß es besser; Yaakov hat ihr schon öfter erzählt, dass er das alles nicht war. »Früher«, sagt er, »als ich lebte, war ich ein *schmuck*. Jetzt bin ich die schöne Leiche. Ich bin ein Walzer tanzender Leichnam. Das weißt du.« Und sie weiß es.

Reuben nickt. Wenn es jemand anders wäre, würde er das Thema wechseln, man muss bei Tee und Gebäck nicht über den Tod reden. Aber es geht nicht nur darum, dass Rivka und die Zwillinge an Tuberkulose gestorben sind und Yaakov nicht, was schlimm genug ist; Reuben weiß, in welcher Bar Yaakov in der Nacht war, als Rivka einen Kollaps erlitt, und er weiß auch, aus welcher Bar er ihn herausholen musste, als die Jungen zwei Tage später starben. Nachdem Reuben die drei Begräbnisse bezahlt und Yaakovs Rockaufschläge und seine eigenen zerrissen hatte, wachte er um zwei Uhr nachts aus keinem ersichtlichen Grund auf, nahm ein Taxi von Brooklyn zurück zur Second Avenue, zog Yaakov aus dem heißen blutroten Badewasser, trennte die dünnen Laken auf und drehte sie zu Tourniquets, band damit Yaakovs Handgelenke ab und wiegte den Mann in seinem Schoß wie ein Baby. Yaakov schlief vierzehn Stunden lang, während Reuben heftig rauchend durch den Raum ging und ihn im Auge behielt. Als Yaakov aufwachte, beschämt, am Leben zu sein, verließ Reuben das Zimmer und redete zwei Wochen nicht mit ihm, schickte lediglich ein unansehnliches, stumpfsinniges Mädchen zum Kochen und Verbandwechseln. (»Er sollte dein Mitgefühl erregen«, sagte Esther. »Das tut er«, sagte Reuben, und dann überhäufte er Yaakov mit allen Schimpfnamen für ein wertloses, feiges, unzuverlässiges Stück Scheiße, die man im Jiddischen finden kann. Reuben erzählt diese Geschichte immer noch gern, wenn Leute über das Leben jammern.) Yaakov und Reuben wissen beide, dass Yaakovs Leben jetzt Reubens Leben ist, dass, wenn man den goldenen Fisch rettet, den Dschinn mit Turban, die sprechende Katze, sie einem auf ewig gehören.

Yaakov freut sich, dass sein Freund sich freut. Das Mädchen tut Reuben gut. Sie bringt in ihm nicht den Mann hervor, den Yaakov vor dreißig Jahren kannte (Gott bewahre, wer braucht schon jenen arroganten, erbarmungslosen, unbesonnenen Hurensohn); sie bringt den Mann, der er jetzt ist, dem Mann näher, der er hätte sein können. Wenn Reuben sie hereinkommen sieht, runzelt er die Stirn, als wäre sie zu spät dran oder schlecht angezogen. (Und sie ist beides gewesen, aber sie beherzigt Reubens und Yaakovs Ratschläge und trägt nicht die von Meyer gekauften Sachen, bunte Kleidungsstücke, die sie aussehen ließen wie ein Pony im Reifrock. Sie zieht sich nicht an wie die Geliebte Gloria, platinblond und aufgedonnert – nicht dass Yaakov dies Reuben sagen würde –, und sie zieht sich auch nicht wie Esther an, Madame Burstein, ganz Grand Old New York, mit ihren Perlen und schwarzen Kameen und zierlich eleganten grauen

Wildlederpumps, die, wie er zufällig weiß, eine Nummer zu klein sind. Jetzt trägt Lillian die Kleidung und nicht die Kleidung sie, denkt Yaakov, und sie könnte den Rock vorn um anderthalb Zentimeter kürzen, und er wird es ihr sagen. Wenn Yaakov in Frankreich geboren wäre, hätte er bestimmt in Chanels Atelier gearbeitet; im Übrigen könnte er Coco Chanel persönlich gewesen sein, da sie sich in vielen Dingen so einig sind: wenn es sich darum handelt, Modeschmuck und echten zu mischen, wenn es um die Anziehungskraft von Sonnenbräune, Hosen für Frauen und vor allem um das Bedürfnis nach Unbekümmertheit geht.) Reuben runzelt die Stirn, wenn Lillian sich nähert, denn täte er das nicht, würde sich das Lächeln über sein ganzes Gesicht ausbreiten wie die Dämmerung, Röte würde seine hohen runzligen Wangen überfluten, und alle Welt erführe, was bisher nur Yaakov weiß.

Lillian hat Yaakov erzählt, dass sie sich bei Reuben wie zu Hause fühlt. Er selbst würde lieber im Battery Park schlafen, als von allen Seiten von Reuben Burstein umgeben zu sein, aber er weiß: Man braucht ein Dach, man braucht Essen; schau, sagt man sich, da brennt ein schönes Feuer, man nimmt sich, was man braucht, und dann schläft man, zum ersten Mal seit Wochen, in Sicherheit. Lillian ist eine Vagabundin, die haltmacht für eine Nacht. Yaakov hat ihr das so erklärt. Iss diesen letzten Happen, sagt er zu ihr, wärm dir die Hände noch einmal, mein Liebes, dann brich auf und finde dein eigenes Haus, bevor das Wetter umschlägt. Wenn die Besitzer zurückkommen, erlauben sie dir nicht zu bleiben.

Jeder hat zwei Erinnerungen. Die eine, über die man erzählen kann, und die zweite, auf deren Unterseite der dunkle Teerfleck dessen haftet, was passiert ist.

Die Narbe über Lillians Brust ist eine mattrote Linie.

Die Narbe auf ihrer Schulter ist ein kleines bauchiges Oval in rau zerfurchtem Purpurrot mit einem dünnen geronnenen Rand hellerer Haut, entstanden durch die heiße Unterseite eines stählernen Suppenlöffels. Sie ist darauf schon ein paarmal angesprochen worden, von einem interessierten Mann, einer interessierten Frau. Die Interessen sind nicht dieselben. Da ist die neugierige Liebkosung, der sanfte, schnalzende Ton der Zunge eines Mannes, der dir womöglich durch die Art, wie er dich während des Essens ignoriert, das Herz bricht, aber wenn er später auf die Narbe stößt, spaziert er mit den Fingern um sie herum, lässt sie darüber hinweggleiten zu den weißen Knöpfen auf deinem Leibchen, als wärest du ein süßer, zitternder Vogel, sch-sch-sch.

Frauen sagen: »Pocken? Scharlachfieber? Ein Mann? Oh, ich habe auch so eine auf meinem Schenkel, zweimal so groß, die solltest du sehen, als hätte mich ein wildes Tier gebissen.«

Reuben hat eine Menge Narben gesehen. Er selbst hat eine Menge Narben: die blaue Furche an seinem Schienbein, lang und breit wie ein Buttermesser, vom Zug, aus dem er bei Uman heraussprang; die Fingerkuppe verloren an die Axt in Lutsk; zwei Zehen dahin durch Erfrieren, und seine Füße tun selbst jetzt noch im Winter weh, als weinten sie nach ihren verschwundenen Gliedern; das dicke Band aus weißer verwachsener Haut um seinen Hals – eine böse Nacht in Odessa. Zar Alexander II. ist umgebracht worden, was liegt also näher, als jüdische Schauspieler mit einer Drahtschlinge die Straße entlangzuhetzen. Fragt man Leute nach Narben, erzählen sie einem eine schreckliche Geschichte, eine Geschichte, die sie, was ihnen nicht bewusst ist, unbedingt erzählen wollen. Man könnte einen Mann, der gerade dabei ist, sein Ding in das hübscheste Mädchen der Stadt zu stecken, dazu bringen innezuhalten, indem man sagt: »Hey, Yossel, die Narbe da auf deinem Rücken, sag mal, wie hast du dir die geholt?,« und er wird sich von dem Mädchen lösen, seine Hose hochziehen und sagen: »Die da? Das ist eine interessante Geschichte.« Reuben reagierte ähnlich, bis er sechzig wurde; dann wollte er die Geschichte weder erzählen noch eine darüber hören: furchtbares Leiden, ungerechtfertigte Tragödie, unerwartetes Glück. Meistens stirbt jemand, aber natürlich nicht die Person mit der Narbe, und darum erzählen sie die Geschichte immer wieder, Schuld und Freude legen ihre Finger auf das Mal, immer wieder.

»Woher stammt die?«, fragt Reuben und berührt die dunkelrote Narbe.

Lillian presst die Schulter gegen Reubens Hand und schweigt. Es wäre schön, wenn er ein zweites Mal fragen würde, als wollte er es wirklich hören. Sie könnte sogar über ihre Kindheit sprechen, die seiner wahrscheinlich gar nicht so unähnlich ist. Sie hat natürlich nichts mit Meyers Kindheit zu tun, die Meyer als ein Festival aus Schlittenfahren im Central Park, Einkaufen bei Bloomingdale's und Sonntagsessen im Ratner's beschreibt.

»Meine Mutter war keine geduldige Frau.«

Woman. Lillian arbeitet an ihrem W-Laut. Reuben sagt, dass sie Englisch wie eine waschechte Amerikanerin sprechen werde, nicht wie ein Greenie. Da sei er sich bei ihr ganz sicher.

»Meine Mutter erduldete … sie erduldete viele Dinge, aber sie hatte … sie hatte keinen Gleichmut und keine Gelassenheit.«

Alles, was Lillian jetzt sagt, braucht ein paar zusätzliche Minuten, damit sie die Wörter abwägen und wählen kann. Reuben macht das nichts aus. Seine Hand ist auf ihren Hintern gerutscht und knetet ihn ein bisschen durch ihr Nachthemd hindurch, das sich anfühlt, als werde es sich unter seinen Fingern auflösen, so dünn ist es. Er wird Meyer bitten, ihr Seidenschlüpfer zu kaufen, warum sollte sie nicht Seide haben, und warum sollte Meyer sie nicht für sie kaufen? Es ist erst zehn Uhr, ein schönes Feuerchen brennt, er hat ein Glas Wodka und Hering auf einer Platte, sehr aufmerksam von Lillian. Esther erwartet ihn nicht vor Mitternacht zurück. Es ist bei Weitem nicht die schlimmste Narbe, die er je gesehen hat, selbst wenn er nur Frauen in Betracht zieht.

»Weiter«, sagt er. »Weiter, *ketzele*, erzähl mir die Geschichte.«

Lillian erzählt die Geschichte, die sie erzählen kann.

»Als ich ein kleines Mädchen war, half ich … ich dachte, dass ich meiner Mutter beim Kochen half. Sie machte gerade Gerstensuppe. Ein Huhn, Tassen mit Gerste. Ich schnipple die Zwiebeln, gebe ihr die Schale mit den Zwiebeln. Ich bleibe neben ihr stehen, möchte ihr zuschauen, möchte rühren, möchte noch mehr helfen. Ich bin ihr im Weg, sie stößt mit mir zusammen, als sie das Huhn holen will. Sie hebt den heißen Löffel aus der Suppe und – ssst! – auf meine Schulter, um mir eine Lektion zu erteilen. Das ist die Geschichte.«

Reuben küsst die Narbe. Dieser hässliche Fleck aus rauer Haut zeigt, wie er bei genauerer Betrachtung sehen kann, die winzigen Einkerbungen und Rillen, die in dem Metall gewesen sein müssen, als die Frau vor zwanzig Jahren den Löffel in die Schulter ihres Kindes rammte, und dennoch ist das Mal neuer und frischer in der Welt als der allerglätteste Teil von ihm selbst. Er tastet sich die zweite Narbe entlang, einen dünnen roten Schnitt von ihrer Schulter bis zu ihrer Hüfte. Lillian bewegt seine Hand zu ihrer Brust.

Sie sagt: »Wo ist Meyer denn nun heute Abend?«

Reuben sagt, dass er das letzte Woche nicht gewusst hat und es auch diese Woche nicht weiß.

»Du könntest doch raten.«

»Ich rate nicht«, sagt Reuben. »Ich mische mich nicht in seine Angelegenheiten ein.«

Lillian blickt ihn kühl an, dann lacht sie. Reuben lacht auch, aber genau so sieht er es. Wohin Meyer geht und worüber Lillian nichts weiß, ist Meyers Angelegenheit. Was Lillian tut, ist von nun an Reubens Angelegenheit. Er tätschelt ihr den Hintern. Lillian schläft ein, und er sieht keinen Grund, ihr gerade jetzt zu widerstehen. Er legt die Arme um sie, als hätten sie das schon jahrelang gemacht.

Reuben hält sie umfangen, aber nicht zu lange. Es scheint ihm plötzlich wahrscheinlich, dass Meyer heute Abend direkt vom Theater hierherkommt; was letzte Woche passiert ist (heim mit dem Taxi nach Brooklyn um zwei Uhr nachts, verschwunden am Morgen mit einer läppischen Notiz an seine Mutter auf dem Frühstückstisch), wird nicht noch einmal passieren. Was auch immer Meyer tut oder getan hat, früher oder später wird er bei Lillian auftauchen.

Reuben erhebt sich, und Lillian öffnet die Augen; zusammen bringen sie das Bett wieder in Ordnung. Er lupft die albernen Schmuckkissen und arrangiert sie wie vorher, und Lillian küsst ihn zum Dank auf die Wange. Reuben freut sich über den Kuss, freut sich, die Sorte Mann zu sein, die eine bescheidene Geste der Häuslichkeit macht, was sonst nicht die Regel bei ihm ist. Er fragt sich, warum er, wohl wissend, dass Meyer früher oder später erscheinen wird, sich beim Lieben mit Lillian Zeit gelassen hat, als wäre es Sommer auf einer Wiese, und warum sie danach im Bett liegen, als könnte nichts Schlimmes passieren. Als wäre es unmöglich, sich vorzustellen, dass Meyer mitten im Liebesakt bei ihnen hereinplatzt oder während sie auf Meyers Laken dösen oder gerade dabei sind, die Laken auf Meyers Bett straff zu ziehen. Es ist nicht unmöglich, sich das vorzustellen, es fällt leicht, sich das vorzustellen, jeder gesunde Mensch würde damit rechnen. Reuben zieht sich an.

»Zieh dir den Morgenrock über«, sagt er. »Das mit der Narbe ist keine Geschichte, die man Männern erzählt.«

Mit einer solchen Geschichte verführt man niemanden, meint er. Er meint, kein Mann möchte ein hartgesottenes Liebchen heiraten, das eine Geschichte über ihre Mutter erzählt, die ihr absichtlich wehgetan hat. Das ist nicht gerade ermunternd.

»Was soll ich denn erzählen?«

»Mir kannst du alles erzählen. Aber du weißt, was Frauen Männern erzählen. Du weißt, was Männer erwarten.«

»Oh, dies ist dem Baby passiert, das war mit der Ziege, und das ist passiert, als ich einen Laib Brot holen ging.«

»Gut so. Männer mögen das. Es ist wie eine Hintergrundmelodie. Dampforgelmusik.«

Reuben hebt Lillians Haarbürste auf. »Komm, ich helf dir.«

»Männer hören gern: ›Oh, du bist ein großartiger Liebhaber.‹«

»Klar«, sagt Reuben und lächelt sie im Spiegel an, während er ihre Haare bis in die Spitzen bürstet und sie um seine Finger ringelt. »Mir brauchst du das nicht zu sagen, ist nicht nötig.«

Wenn sie ihn besser kennte, würde sie fragen: »Nicht nötig, weil du so siegesgewiss bist, oder nicht nötig, weil du die Wahrheit kennst und nicht angelogen werden musst?« Für sie ist es in Ordnung, dass es nicht großartig (imposant, majestätisch, gebieterisch, herrlich) war. Es war angenehm, etwas zärtliches Küssen, womit sie nicht gerechnet hatte, nichts, worüber man den Kopf verlor. Sie mag es so lieber, und Reuben auch. Das weiß sie.

Selbst als Lillian den Kopf zurücklehnt und fühlt, wie seine dicken Finger vorsichtig ein Knötchen in ihrem Haar lösen, selbst als Reuben ihr dunkles Haar in einer Hand einfängt und nach oben zieht, damit er die weiße Haut am Nacken sehen und riechen kann, geben sie vor, nicht zu tun, was sie tun. Es ist vielleicht nicht einmal richtig, zu sagen, sie geben vor; sie glauben, sie führen eine vernünftige Transaktion durch, einen Austausch von Waren und Diensten, bei dem jeder von ihnen redlich und penibel eingeschätzt hat, wer was hat und wie viel gewagt werden kann, damit der Gewinn dessen, was als hoffnungsvolle Investition erschien, umso größer ist. Sie haben keine Ahnung, was sie tun.

Meyer schürft sich den rechten Handrücken auf, als er sich den Weg durch die Bäume bahnt, um nach Hause zu eilen, und seine Fingerknöchel sind noch wund und blutig, als er zu Lillian ins Bett steigt. Er geht an dem Essen vorbei, das Lillian übrig gelassen hat, und versteht die Botschaft: Du kannst essen, du kannst auch alles vergammeln lassen; das ist mir egal.

Die Flasche Wein ist fast leer. Das ruinierte Abendessen verrät ihm mehr über Lillian, als er vorher gewusst hat; er meinte, sie sei ein süßes Mädchen, einfach so ein Greenie mit großen Augen und dankbar für alles. Spendiert man ihr ein Sandwich, ist sie glücklich, spendiert man ihr ein Stück Kuchen, küsst sie einem die Füße. Die tatsächliche Lillian ließe wahrscheinlich Ungeziefer über den Tisch krabbeln, die Trauben verrotten und den Wein umkippen, bevor sie auch nur einen einzigen Teller wegräumen würde.

Meyer schenkt einen Brandy ein und wäscht sich die Hände. Er lässt seine Manschettenknöpfe und seine Taschenuhr in die Keramikschale auf der Kommode fallen. Lillian liegt da in dem peinlichen Nachthemd. Reuben hat gesagt, er besorge ihr für ihre Stelldicheins ein hübscheres, das sie gut in der unteren Schublade verstauen würden. Ein viel besseres – bessere Ausfertigung, bessere Spitze – als das, was Meyer ihr geschenkt habe, und Lillian glaubt ihm. Reuben zeichnet sich nicht durch bewundernswerte Integrität (Freimütigkeit, Ehrlichkeit, Reinheit, Redlichkeit) aus, und ein guter Mann würde sich nicht daran erfreuen, dass sein Geschenk in der Wohnung versteckt ist, für die sein Sohn aufkommt, aber Lillian meint, dass Reubens Eigenschaft mehr zählt, als ehrlich und gut zu sein – er ist stark.

Meyer nippt an seinem Brandy und beobachtet von der Tür aus Lillians Schlaf. Lillian zwingt sich dazu, tief ein- und auszuatmen, täuscht vor zu schlafen, wie damals, wenn Ossip Lust auf sie hatte, sie aber nicht, und so, wie sie jede einzelne Nacht in Amerika vorgetäuscht hat zu schlafen, gelassen und behaglich, als gäbe es nichts, wovor man sich ängstigen müsste.

Meyer legt sich auf die Tagesdecke und robbt auf dem Satin

näher. Er stinkt; er kann den Schmutz riechen, in dem er gekniet hat, und den Schweiß des anderen Mannes, ganz Malz und Eisen, und sein eigenes Rasierwasser, ebenso die zwei Biere, die er auf dem Nachhauseweg getrunken hat (als wäre dies hier sein Zuhause, als könnte Bier helfen), und die Drops, die er sich beim Treppensteigen schnell in den Mund gesteckt hat. Er drängt sich gegen Lillians glatten Rücken, und sie duldet ihn.

»Deine Schuhe«, sagt sie, und er stößt die Schuhe weg.

Meyer lässt seinen von grünem Gabardine umhüllten Arm schwer auf ihrer Taille ruhen, und Lillian duldet ihn.

Genau wie es sich die Damen am Bühneneingang und die glühenden Bewunderer vorstellen, ist Meyer trotz seiner durchs Kissen zerknitterten Wangen sogar um sieben Uhr morgens ein schöner Mann. Braune Locken umrahmen seine weiße Stirn, seine Wimpern liegen lang und dicht auf den glatten Backenknochen, und seine Nase ist die Nase des jiddischen Theaters, römisch, adlerähnlich, ausgeglichen durch das große Bursteinkinn (anderswo als das Barrymorekinn bekannt, und das erste Mal, als Lillian John Barrymore sieht, zwei Meter vierzig groß auf der Leinwand, mit strahlend weißen Zähnen und einem Grübchen, groß wie eine Hutschachtel, wird sie in glücklicher Überraschtheit denken: Reubens Kinn). Meyers Mund ist voll und rot, aber nicht zu rot, und er schnarcht ein wenig, nicht unangenehm.

Sie denkt an Reuben im Unterhemd und mit hängenden Hosenträgern, wie er ihr half, das Bett zu machen, die Laken glatt strich, die Kissen aufschüttelte, die Satintagesdecke straff über die Kanten zog, sodass die gestreiften Enden eine Linie mit der Matratze bildeten, flink und natürlich wie eine Hausfrau. Sie mochte ihn da ausgesprochen gern, und am allermeisten mochte sie ihn, als sie ihren Körper an den seinen presste und er ihren Namen auf Englisch sagte und sie sich auf ihm ausstreckte und sie eins waren von der Brust bis zur Hüfte und er schließlich auf Jiddisch stöhnte, dass er ihr nicht widerstehen könne.

Lillian seufzt. Meyer öffnet die Augen und lächelt sie an. Ein Mann bleibt die ganze Nacht weg, schläft in seiner Kleidung, wacht auf, stinkt wie ein Scheunenhof, und dann lächelt er, großzügig und seiner sicher wie der Engel des Herrn, der Abraham auffordert, er solle guten Mutes sein. Ohne sich zu entschuldigen, etwas, das männliche Bursteins nicht tun, lädt Meyer sie zum Abendessen ein ins Ye Olde Chop House in der Cedar Street 118.

Essen im Ye Olde Chop House ist noch ziemlich genau das, was es die letzten hundert Jahre gewesen ist: verblichene samtweiche Bankette, goldverzierte rosafarbene Lampen, um den Gesichtern zu schmeicheln, Gegrilltes von Kalb, Kaninchen und Schildkröten, brutzelnde tellergroße Steaks auf Tellern vom Ausmaß königlicher Fleischplatten, und die Gäste sind glückliche, hungrige Christen, Männer mit ihren Ehefrauen oder ihren Kollegen. Das heißt nicht, dass man Juden nicht serviert (»Klar«, sagt Yaakov, »gebacken oder auf dem Rost gebraten?«), aber Lillian weiß, jeder weiß, dass Nichtjuden den Ton angeben, der in einigen Nischen lebhaft und fröhlich ist, in anderen angeberisch und gierig. Sie beobachtet, wie ein Mann einer schönen rothaarigen Frau Austern zu schlürfen gibt; ihre weiß gepuderten Brüste heben und senken sich, während sie schluckt, und Lillian hört erst auf hinzustarren, als Meyer ihr einen Fußtritt verpasst. Sie hat noch nie Austern gesehen, nie einen Mann gesehen, der eine Frau füttert, nie diese Rotschattierung in Natur gesehen. Meyer bestellt für sie beide: Steak, Kartoffeln und Rahmspinat, den Lillian liebt, sie würde sich am liebsten einen Eimer voll davon bestellen und mit nach Hause nehmen und silberne Becher mit Vanilleeis und heißer Kirschsoße, und nach einer kleinen Diskussion bringt der Kellner zwei Limonaden an den Tisch, die in Wirklichkeit Brandys aus Kanada sind, die man in zwei Coca-Cola-Flaschen gefüllt hat, und Meyer sagt: »Auf Präsident Harding«, und der Kellner lächelt.

Meyer und Lillian lachen während der ganzen Heimfahrt im Taxi. Lillian lehnt den Kopf an seine Schulter, und Meyer drückt sie an sich.

»Ich schau nicht hin«, sagt der Taxifahrer gut gelaunt, und Meyer küsst Lillians Nasenspitze und dann heftig ihren Mund.

In der Wohnung ziehen sich Lillian und Meyer aus. Was Lillian auffällt, ist, dass jeder sich allein auszieht. Es gibt weder hektisches Zerren an Gürteln und Reißverschlüssen, noch Knöpfe, die in die Zimmerecken fliegen. Meyer zieht sich bis auf Unterhose und Unterhemd aus und legt sich aufs Bett, seine Hände sind unter dem Kopf verschränkt, als hielte er ein Nickerchen. Lillian lässt sich Zeit, ihr Kleid aufzuhängen, den Hut aufs obere Regal zu legen, ihre Schuhe nebeneinander in den Wandschrank zu stellen. Mit nichts als ihrer spitzenbesetzten Baumwollunterhose steht sie vor dem Spiegel und löst die Nadeln aus ihrem Haar, und Meyer schaut ihr vom Bett aus zu. Sie ist eine gut gebaute Frau, kompakt wie ein kleiner Fels, mit Muskelsträngen entlang der Wirbelsäule. Wenn er ihre Rückenansicht sieht, die geraden Schultern, den hohen weißen Arsch, die kräftigen Beine, könnte er vielleicht etwas mit ihr anfangen. Die Vorderseite, die sie ihm dann zuwendet, ist nicht sein Terrain. Er weiß, was passiert, wenn er eine weiche Brust berührt, den warmen Pelz zwischen den Beinen einer Frau.

Lillian nähert sich ihm zaghaft. Sie legt sich neben ihn, bettet die Hand auf seine Brust und gleitet mit den Fingern unter den Rand seines Unterhemds. Alles an ihm sieht gut aus, der breite Brustkorb, der flache Bauch, die Rippen hochgewölbt wie ein Schiffskörper unter seiner glatten Haut, die starken Arme, die nicht so dick sind wie die seines Vaters und natürlich ansehnlicher. Sogar seine langen Füße sind ansehnlich. Er ist der bestaussehende Mann, den Lillian je gesehen hat, und der erotischste, und direkt neben ihm zu liegen und seine Nichterregtheit zu bemerken (für ihn ist es schlimmer, als nicht erregt zu sein, das weiß sie, aber sie will es einfach nicht glauben, dass der Mann, der sie im Taxi so inbrünstig geküsst hat, tatsächlich von ihrem fast nackten Körper abgestoßen ist), ist so, als wäre sie für ihn wie eine Frucht aus Wachs, schön aus der Distanz, aber unmöglich zu haben, wie Gott es beabsichtigt hat.

Meyer wälzt sich zu ihr herum und legt den Arm um sie, und es fühlt sich nicht künstlich an; sein Herz pocht wie das ihre, seine Haut ist so heiß wie die ihre. Er legt die Hände auf ihre Brust und zieht sie wieder zurück. Er umfasst ihre Taille mit beiden Händen und dreht sie um wie einen Fisch in der Pfanne und breitet ihre Beine aus. Er stützt die Hände auf ihren Hintern und zieht die Beine noch weiter auseinander. Sie kann ihn denken hören, als flüsterte er in ihr Ohr: Also gut, das hier? Willst du das? Er spuckt sich auf die Hand und reibt die Spucke in sie hinein, sie zuckt zusammen, aber es ist nötig, sie ist trocken wie ein Bach im Sommer, und dann, als hätte sie eine unbedeutende Missbildung, mit der er behutsam umgehen, eine kleine Schwierigkeit, auf die er achtgeben muss, stopft er ihr ein Kissen unter den Bauch, dann noch eins, und dann tätschelt er sie zweimal, um sie zu warnen oder zu trösten. Er zieht sie mit seinem starken Arm näher zu sich heran und dringt so glatt in sie ein, dass sich nur wenige Zentimeter ihrer Körper überhaupt berühren, und er schlägt gegen ihre Rückseite wie eine schwere Holztür im Sturm, und danach ist der Sturm vorbei, und die Tür schwingt aus und steht still.

Lillian wacht auf und spürt Meyers Hände auf sich, die sie heftig schütteln.

»Du schreist«, sagt er.

»Ein böser Traum«, sagt Lillian und wälzt sich weg von ihm.

»Erzähl ihn mir«, sagt er mit leiser Stimme, und sie erzählt, nicht den tatsächlichen Traum, denn das in Worte zu fassen würde sie für den Rest des Tages krank vor Sehnsucht nach Sophie machen, aber sie erzählt ihm das, was Reuben zufolge die Sorte Traum ist, die ein Mann verträgt. Sie beschreibt ihm, wie sie einen Schneehügel hinuntergeht und zu einem Grab kommt. Es ist das Grab ihres Mannes. Er war sehr gut aussehend, sagt sie, und Meyer nickt. Sie ist tieftraurig in ihrem Traum, weil sie keine Blumen mitgebracht hat, und beginnt zu weinen. Jede Träne verwandelt sich in eine Blume, und bald ist das Grab von schönen Blumen bedeckt.

Meyer liebt den Traum. Er ist berührt. Er stellt sich Lillians schönen Mann vor, schlank mit langem dunklem Haar, wie ein tragischer Held. Er malt sich aus, wie die beiden miteinander schlafen, Lillians Mann hält sie an seinen flachen Bauch gedrückt, seine starke, anmutige Hand in ihrem Haar vergraben. Meyer schaut Lillian zärtlich an und dreht sie auf den Bauch.

»Du armes Kindchen«, sagt er in ihre Schulter hinein. »Das ist furchtbar.«

»Furchtbar«, stimmt Lillian zu und richtet sich etwas auf, damit Meyer die Kissen unter sie stopfen kann.

Danach trinken sie nackt Tee im Bett. Meyer isst die rosafarbenen Plätzchen, die er so liebt, und Lillian isst ein Pumpernickelbrötchen, und sie verbringen einen schönen Morgen.

»Pass auf«, sagt Meyer. »Ich bin kein Romantiker.«

»Du bist freundlich«, sagt Lillian. Auf Romantik ist sie nicht aus.

»Ich bin ein ganz normaler Bursche. Es gibt schlimmere, ich weiß – ständig liest man davon. Aber ich bin nicht … ich bin nicht bereit für die Ehe.«

Lillian lacht und nippt am Tee.

»Ich wollte nur, dass du es weißt.«

»Glaub mir«, sagt Lillian, ohne ihn beleidigen zu wollen, aber zwischen Vater und Sohn pendelnd, wird sie dessen, was ungesagt bleiben muss, ein wenig überdrüssig, »es ist okay, ich weiß.«

Für Meyer bringt es nichts, sie zu fragen, was sie weiß, und selbst als er gerade vorhat, es ihr einfach zu sagen – sie wäre eine Person, der man dergleichen anvertrauen kann, und sie beide sind eigentlich gar nicht so unterschiedlich, sie versuchen doch beide ihren Weg zu gehen in einer harten Welt und könnten sich gegenseitig helfen –, steht Lillian auf und wäscht sich ganz geschäftsmäßig. Sie wäscht sich nicht mit Bedauern oder Verlangen oder Liebe, und obwohl Meyer keines der Gefühle gern sähe, obwohl er sich schrecklich dabei vorkäme, wenn er eines davon verursacht hätte – eine Frau, die nicht mindestens eines davon in dieser Situation verspürt, ist gefährlich wie Dynamit.

Den Waschlappen auf halber Höhe ihrer Hüfte, sieht Lillian ihn an und wartet.

»Also«, sagt Meyer, »verstehen wir einander?«

»Oh ja«, sagt Lillian. »Sicher.«

Meyer findet Lillian ausgesprochen zuvorkommend (Lillian?, sagt Reuben immer. Von wegen, nicht einmal in ihrer Zweitsprache, aber die zwei Männer reden selten über sie), und für Lillian ist Meyers Körper so angenehm entspannend nach den unerwarteten Aufregungen mit Reuben, dass sich mit beiden eine Art Routine eingestellt hat. Was Kondome angeht, sind Vater und Sohn gleichermaßen unberechenbar, und Lillian ist ganz sicher, dass ihr Körper kein weiteres Kind austragen wird. Eigentlich sollte es sie nicht überraschen, als ihre Brüste zu schmerzen beginnen und anschwellen und frischer Kaffee wie Stinktiersekret riecht und der Geschmack von dunklem Fleisch sie anekelt. Aber ihre Monatsblutung kommt und geht, und das überrascht sie wirklich.

Lillians Körper wiederholt alles von ihrer Schwangerschaft mit Sophie. Ihr ist so warm am Morgen und so kalt in der Nacht wie vor vier Jahren. Ihre Brüste sind empfindlich und geschwollen, ihre Brustwarzen werden dunkler und scheuern unter ihrem Leibchen. Tagsüber hat sie meist einen metallischen Geschmack im Mund, ihr Verlangen nach Brot, Plätzchen und Gebäck ist so heftig, dass es an Kummer grenzt.

Und Lillian erinnert sich an jede noch so seltsame Einzelheit des Tages, an dem Sophie geboren wurde. Wie sie auf dem Hof stand und sich die Hühner, die zunächst vor ihr weggerannt waren, kurz darauf um ihre nackten geschwollenen Füßen scharten, als wären die ein neues Tier. Sie stand da und rieb sich mit einer Hand das Kreuz, wobei ihr Bauch das schon dreimal geweitete Hauskleid spannte. Sie hatte gerade ein Laken über die Wäscheleine geworfen, als sie vom Rücken zur Leiste und bis zu ihrem Brustkorb einen zickzackförmigen Schmerz verspürte, der in ihrem Körper herumfuhr und stechend verebbte. Sie musste im Hof hingefallen sein, denn an ihren Händen und Armen klebte Schmutz, als sie die hölzernen Bettpfosten umklammerte, aber ihre Beine waren weiß und feucht-sauber und wurden von ihrer Mutter gehalten, und Tante Liesl, die bei allen Babys half, massierte Lillians Oberschenkel und sprach ihr aufmunternd zu, wobei Lillian sie unter ihrem eigenen Schreien nicht richtig verstehen konnte. Lillian presste und schlief ein, wachte schreiend vor Schmerzen auf, um wieder einzuschlafen.

Sehr viel später hatte sich ihr Vater einen Stuhl ans Bett herangezogen und lächelte hinter seiner Pfeife. Ossip saß auf dem Boden, hielt Lillians Hand und sagte ihren Namen. Sophie war rundlich und rot, sie brabbelte ungläubig, und als ihr klar wurde, dass Kälte und Licht und endlose Weite der Welt keine vorübergehende Unannehmlichkeit waren, brüllte sie vor Entrüstung. Sie hatte einen schwarzen Haarschopf gleich einem Pinsel, und ihre Augen waren nachtblau, und obwohl Tante Liesl sagte, dass sie sich in einigen Monaten verändern würden, und sie auf diese Veränderung warteten, trat keine ein. Sophie war mit roten

Wangen und blauen Augen geboren, mit ausgeprägtem Verstand und eigener Meinung, und dabei blieb es.

Sophies Glück ist Lillians Glück. Selbst Lillians Mutter, die nichts zu verschenken hatte, fand immer ein paar Kleidungsfetzen, um damit eine Lumpenpuppe für Sophie zu basteln, oder sie machte ein Hörnchen aus Zimtteig, das sie in etwas Öl buk. Wenn ihre Mutter Sophie beschenkte, verzieh Lillian ihr, und als Lillian Sophie nach ihrem Bad abtrocknete und die beiden Frauen zuschauten, wie sie nach ihren Zehen grapschte und jeden einzeln besang, war es, als wäre das Haus immer nur von glücklichen Kinder und liebenden Müttern bevölkert gewesen.

Dieser neue Zellhaufen (eine Handvoll, ein Wulst oder ein Knäuel) wird nie Sophie sein. Lillian stellt sich ein anderes Baby vor, ein Mädchen mit Grübchen wie die Bursteins, und ihr wird übel. Sie zieht die üblichen Erkundigungen ein; vorsichtig, indirekt lässt sie das Gespräch auf das Abtreibungsmittel Dr. Tolman's Monthly Regulator kommen und was es bewirken könnte und was nicht. »Ulmenrinde«, sagt eine Näherin vom Goldfadn, und eine andere sagt: »Ulmenrinde, wofür hältst du dich denn, für eine Indianerin?« Und ein anderes Mädchen legt den Arm um Lillians Taille im Umkleideraum und sagt: »Lauge. Du schüttest einfach so viel du verträgst in dich hinein, behältst sie so lange wie möglich bei dir, du willst ja nicht, dass sie zu schnell rausläuft.« Dasselbe Mädchen eilt am nächsten Tag auf Lillian zu, als hätte sie einen weit besseren Tipp fürs große Rennen. »Du musst dich bloß ein paar Stufen runterstürzen«, sagt sie, »das bringt's.« »Bestimmt«, sagt Lillian und denkt, dass sie, solange sie noch zögert, sich zu vergiften, zu verbrennen und zu verstümmeln, mit den mutmaßlichen Vätern reden sollte.

Lillian nimmt den N Broadway Express, ganz in der Nähe des Bildungsinstituts für Erwachsene, wo sie früher immer hingegangen ist, wenn sie nicht zu müde war oder sie Joseph, der mehr Geld verdiente als jeder sonst in Friedas Wohnung und schlimm stotterte und nach Rauch und vergammeltem Leder roch und darum verzweifelt Gesellschaft brauchte, nicht dazu bringen konnte, sie ins Kino auszuführen, was für Lillian auch eine Form von Bildung war. Lillian sucht überall nach Reuben. Als sie ihn schließlich im Blue Bonnet findet, legt Reuben sein Sandwich zur Seite und sagt: »Großvater. *Keine hora.*«

»Großvater«, sagt Lillian und denkt dabei, dass Männer auf eine gewisse Weise geradezu Nichtmenschen sind. »Es ist eher dein Kind als Meyers«, sagt sie.

Reuben zuckt mit den Achseln. Meyer sieht Reuben so ähnlich, dass es keinen Unterschied macht. Meyer würde eine Frau haben, und Esther könnte sich entspannen, die Bursteinlinie würde fortgeführt, Second Avenue würde sich freuen, Lillian, sein goldiges Mädchen, würde Ehefrau und Mutter werden, seine Schwiegertochter, und sie müssten mit ihrem Unsinn aufhören und sich wie anständige Leute benehmen. Allerdings würde er sie gern in ihrem schwangeren Zustand nackt sehen. Er würde gern seine Hände über den blass glänzenden Bogen ihres Bauches legen und mit den Fingern die blauen Adern in ihren großen Brüsten nachzeichnen. Das wünscht er sich, nur einmal, bevor sie seinen Sohn heiratet.

»Aber es könnte Meyers sein«, sagt er.

Reubens Verständnis von Homosexualität ist so wohlwollend wie großzügig, aber es verbietet die Vorstellung, dass ein gesunder Mann neben einer nackten Lillian liegt und nicht reagiert.

Irgendwann später, so stellt sich Reuben das vor, kehrt ein Homosexueller immer zum Sex mit Männern zurück, so wie man hin und wieder Kalb isst, wenn es als besonderes Gericht auf der Speisekarte steht, obwohl man eigentlich ein ordentliches Steak bevorzugt.

Nun ist Lillian dran, mit den Achseln zu zucken.

»Heirate Meyer«, sagt Reuben. »Esther richtet dir die Hochzeit aus, schon bald.«

Er schaut auf ihren Taillenumfang und ihre Hüften. Sie könnten die Verlobung nächsten Sonntag verkünden, das Datum festlegen und in zwei Monaten von heute an eine sehr schöne Hochzeit haben. Und sollten die Leute denken, dass Meyer mit seiner Hand in der Keksdose erwischt worden sei, umso besser.

»Ich würde lieber dich heiraten«, sagt Lillian.

Er verbirgt seine Bestürzung nicht – und seine Freude, die genauso real ist, sitzt zu tief im Innern, um sich zu zeigen.

»Gut, ich muss ja nicht heiraten«, sagt Lillian und fügt wie eine von Yaakovs Mädchen im jüdischen Arbeiterbund hinzu: »Freie Liebe.«

»Freie Liebe? Ich glaube nicht, dass du dir das leisten kannst, Püppchen. Willst du einen *mamzer*, einen kleinen Bastard, aufziehen, anstatt dem Baby einen Namen zu geben, anstatt Meyer eine Familie zu geben und mir und Esther Enkelkinder?«

Reuben trinkt einen Schluck Kaffee. Er beruhigt sich.

»Geh zu Meyer. Mach ihn glücklich. Mach alle glücklich.«

Und Meyer tut das, was Reuben vorhergesagt hat. Er blinzelt ein paarmal und lächelt breit. Er geht auf dem geblümten Teppich auf die Knie und sagt: »Bitte, Lillian, heirate mich.« Und Lillian drückt seinen schönen Kopf gegen ihren Bauch und schweigt.

Eine Woche später bekommt sie ihre Blutung, und die beiden Männer behandeln sie tagelang, als hätte sie ihnen etwas gestohlen. Tagelang sieht Lillian Sophie an jeder Ecke, ihre blauen Haarbänder, die in den Abwasserkanälen dahintreiben, ihre Puppe hinten an einem Hausiererkarren. Sogar in die Wohnung dringt die Stadt Turov ein. Lillian lässt ihre Füße aus den Pumps gleiten, um die Beine auszustrecken, und da liegt ihre Mutter auf dem grünen Blumenteppich, ihre langen bleichen Brüste von Schnitten übersät, ein tiefer Schlitz unten an ihrer Kehle enthüllt Knochen und weiße Sehnen. Ihre Schultern heben und senken sich zweimal, und sie speit Blut, als würde alles aus ihr herausgepumpt, und es gibt einen letzten Moment, wo es scheint, als sähe sie Lillian, und dann wird die Blende in ihrem Innern zugezogen.

In jener Nacht in Turov hatte Lillian die Augen der Toten geschlossen und war zum Hühnerstall gerannt, wobei Blut vom Saum ihres Nachtgewands über den Boden und auf den Hof tropfte; wegen der zerbrochenen Weingläser hinterließ sie blutig gesprenkelte Fußspuren.

Die Hühner hatten sich in ihre Legekäfige gesetzt; die flinksten kamen für einen mitternächtlichen Imbiss auf Lillian zu, ihre gierigen Äugelchen glänzten im Mondlicht. Blut bildete eine Lache um Lillians Füße, Anblick und Geruch waren nichts Neues, selbst für die Hühner, und sie tauchten die Schnäbel ins Blut ein und hoben herausfordernd die Köpfe. Es war ein kleiner Hühnerstall, und Sophie war weder hinter den Legekäfigen noch unter ihnen noch unter dem Hühnerstall selbst oder am Zaun dahinter. Ein blauer Faden hatte sich im groben Holz der Tür verfangen, und Lillian sieht das blaue Garn überall wie auch die blauen Haarbänder.

Sie hatte ihr Nachthemd auf den Boden geworfen, um sich an der Pumpe zu waschen. Überall standen halb nackte Männer und Frauen herum, alte Männer in Überziehern und Gebetsmänteln, Frauen, in Tischtücher und Bettlaken gehüllt, und die Nachbarn von gegenüber kamen im Schlafgewand aus ihrem Haus, und der Vater hielt die erwachsene Tochter in den Armen, rot und schlaff wie ein gehäutetes Kaninchen. Lillian pickte sich Glassplitter aus ihren Füßen und spülte sie ab, bis das kalte Wasser klar floss. Wieder im Haus, hatte sie ihre Hochzeitsdecke über Ossip ausgebreitet und eine einfarbige braune über ihre Mutter. Sie hatte ihren Fuß auf die Schultern ihres Vaters gestellt, um die Axt aus seinem Nacken zu ziehen, und sie deckte ihn mit dem Tischtuch zu. Sie zog sich an. Die Axt nahm sie mit.

Turov war nicht anders als Kishinev nach dem Massaker, nicht anders als Bessarabien, Nanking, Konstantinopel, Menschen, die einander zerstören wie Orkane Häuser: Babys, in Stücke gerissen oder an Hunde verfüttert, Straßen voller Leichen und Leute, die auf dem besten Weg waren, selbst zu Leichnamen zu werden, Kleinkinder, die sich an die Hände ihrer toten Mütter klammerten, und Polizisten, die wegschauten und mit einem Stock in vielversprechenden Trümmern herumstocherten. Lillian registrierte alles um sie herum, so gut sie konnte; die Hand über den Augen, als schützte sie sich vor grellem Licht, suchte sie nach Sophie.

Sie lief fünfzehn Kilometer den Fluss hinauf und hinunter, nach Turov und wieder zurück, bis zur Taille im Wasser, Ossips Stiefel in der Hand, während sie durch grüne und braune Flusspflanzen watete, die sie auf der Suche nach Sophie auseinanderzerrte. Sie bog in jeden Weg ein, der zu einem Bauernhaus führte, und sprach höflich zu den Männern, die wie die Vettern und Onkel der Männer aussahen, die ihre Familie abgeschlachtet hatten. In einem kleinen Dorf, einer Ansammlung von sechs Häusern, gab es Juden, die nicht einmal daran gedacht hatten, ihr Heim zu verlassen: ein müder alter Mann, der mit seinem Hahn und seiner Sense auf den Tod wartete, und eine junge Frau mit scharf geschnittenem Gesicht und einem schüchternen christlichen Ehemann; sie hatte ihren Namen über Nacht in Mascha geändert und übte, während Lillian mit ihr sprach, unablässig das Kreuzzeichen, das sie in einem großen Bogen schlug.

Sie waren wie die Juden in Ekaterinoslav, die an einem Montag aufgewacht waren und glaubten – wenn sie überhaupt darüber nachdachten –, dass die Jahre, in denen sie Seite an Seite mit ihren nicht jüdischen Nachbarn die Kühe gemolken hatten, sie beschützen würden; stattdessen mussten sie Dienstagnacht ihre toten Kinder reihenweise auf den Boden der Synagoge legen, Schulter an Schulter, Kopf an Fuß ausgestreckt, es gab so viele, und die Synagoge selbst war nur so groß wie eine kleine Scheune.

Lillian suchte tagelang. Christinnen zogen ihre Mädchen eng an sich, sobald sie auftauchte, auch wenn sie auf der gegenüberliegenden Straßenseite ging; offenbar erkannten sie ihre Wut so klar, als hätten sie die Axt ihres Vater in ihren Händen gesehen. Bei ihrer Rückkehr nach Turov waren die Leichen im Haus noch nicht weggeräumt. Der Hühnerstall stand leer, die Eier waren gestohlen, und keine Sophie. Lillian lief einen Kilometer weiter zum Haus ihrer Tante Mariam. Sie legte sich auf

Tante Mariams schmales Bett und hoffte, dass Gott sie im Schlaf sterben ließ.

Tante Mariam hatte wie alle ihre eigene Geschichte. Sie hatte drei Nächte in einem Kuhstall acht Kilometer entfernt geschlafen, und als die Dinge sich beruhigt hatten, lief sie am Pripiat entlang nach Hause, wobei sie ausschließlich russische Lieder sang, falls jemand zuhören sollte. Sie habe im blutbesudelten Haus ihrer Schwester gestanden und geweint und dann den Boden aufgewischt und bei den Leichen Wache gehalten, bis sie allmählich Lebenszeichen gesehen habe, erzählte sie Lillian, sie habe Stimmen gehört, von denen sie vermutete, dass sie nicht von den vor ihr liegenden Leichen kämen, aber die Stimmen hätten sie sich weniger einsam fühlen lassen, und schließlich sei sie zu ihrem eigenen Haus zurückgekehrt, das, wie sie selbst sagt, nicht mehr als ein Ziegenstall ist. Mariam habe sich an der Pumpe gewaschen, ein frisches Kleid angezogen, ihr graues, sagte sie, als hätte sie ein Dutzend im Schrank, und sie habe sich den Dreck von ihren Filzpantoffeln gebürstet und die schlafende Lillian angeschaut, bis die Sehnsucht nach Gesellschaft und Gespräch sie übermannt habe.

»Schätzchen, Schätzchen, Schätzchen«, sagte sie. »Wach doch auf.« Sie sagte: »Du bist jetzt meine einzige Familie«, und Lillian ließ sich herzen. Sie ließ ihre Tante Tee machen, ein paar Blätter, die in heißem, sandigem Wasser schwammen, eingegossen in eine angeschlagene Tasse.

Lillian wäre ihrer Tante gern dankbar für die Freundlichkeit gewesen. Es hätte schlimmer kommen können, wie ihre Tante ständig sagte, und mit jedem Schluck dieses schrecklich öligen Tees dachte Lillian: Gott, Du hast ein Licht in der Welt, meine

Sophie, gelöscht. Du hast die Tür geöffnet für die Mörder meiner Mutter und meines Vaters und meines Mannes, und es stand in Deinem Ermessen, so glauben wir, zuzulassen, dass wir von unseren eigenen Nachbarn überfallen wurden, betrunken und wütend, wie sie waren, ob der neuesten Probleme in ihrem Leben, und als wäre das nicht genug mit meinen Eltern, denen Du ein wenig Trost in ihrem harten Leben hättest spenden können, und mit meinem Mann, von dem Du weißt, dass er keiner Fliege etwas zuleide tun, geschweige denn sich selbst verteidigen könnte, hast Du mir auch noch die Tochter genommen, Du Bosheit, Du Feindseligkeit, als wäre das nicht genug, hast Du Tante Mariam, die verrückt und keinem von Nutzen ist, leben lassen. Und nicht ein Kratzer an ihr. *Dayeinu*, dachte Lillian und stellte die Tasse so hart hin, dass sie entlang der alten Sprünge zerbrach, und Tante Mariam spuckte dreimal gegen den bösen Blick und stützte sich an der Wand ab und sagte: »Ich muss sagen, was ich zu sagen habe.

Lillian, wir sind einander nicht immer nahe gewesen. Aber du armes Ding. Ich muss es dir sagen. Ich habe deine Sophie den Fluss hinabtreiben sehen. Ich habe ihre blauen Haarbänder in den Wasserpflanzen gesehen, ich würde sie überall erkennen.« Wie zu sich selbst sagte sie: »Ich bin am Flussufer entlanggelaufen und habe um Hilfe gerufen, aber wer war noch übrig geblieben, um zu helfen? Ich allein konnte sie nicht herausfischen, ich bin keine junge Frau.« Mariam weinte und weinte drei volle Tage lang, und Lillian brachte es nicht über sich, zu fragen, ob das alles dazu dienen sollte, sie irgendwie zu trösten, ihre Ungewissheit zu beenden oder ihre Abreise zu beschleunigen, wie sollte sie das auch wissen? Sie trauere, sagte Mariam, um ihre

Schwester und um ihre liebe kleine Großnichte; Gott habe in Seiner unendlichen Weisheit diese Dinge geschehen lassen, und wenn diese besondere Verkettung tragischer Ereignisse dazu führen sollte, dass sie Besitzerin eines Zuhauses mit zwei Zimmern, Herd und Fenstern würde, wer war sie denn, Seine Wege in Zweifel zu ziehen?

Gelbe Flugblätter tauchten in Turov auf. Am vierten Tag drückte Tante Mariam eins in Lillians Hand: KOMM NACH AMERIKA, IN DIE NEUE WELT. 45 RUBEL FÜR EINE FAHRKARTE. Unter diesen Worten war eine Zeichnung von Arbeitern, man konnte erkennen, dass es Arbeiter waren, weil sie gedrungen und O-beinig waren mit Kappen auf dem Kopf, doch statt eines Huhns oder eines Stoffbündels unterm Arm trug jeder kleine Mann einen prall gefüllten Geldsack mit dem amerikanischen Dollarzeichen darauf, und sie liefen, liefen mit ihren Geldsäcken zu einem mit Säulen versehenen Gebäude auf der anderen Straßenseite, das als BANK gekennzeichnet war. Der Rauch aus den Fabrikschloten, die Straßenlampen und die glänzenden schwarzen Schuhe der Arbeiter hatten alle etwas Ausgewogenes und Freundliches an sich.

»Turov ist für dich jetzt verflucht«, sagte Tante Mariam und wies mit der Hand zu dem leeren Hof und dem dunklen Haus, als wäre sie zu höflich, um mehr zu sagen. »Geh nach Amerika, du hast eine Cousine dort, Frieda. Die Tochter meiner anderen Schwester. Meine Nichte. Zufällig habe ich hier ihren Brief.«

Lillian sagte daraufhin nicht, dass sie Frieda doch gar nicht kenne. Auch fragte sie nicht: »Wird sie nett zu mir sein?« Sie sagte nicht: »Du hast es schon immer auf unser Haus abgesehen.« Es gab keinen Grund, zu bleiben, und niemanden, für den zu bleiben sich lohnte. Lillian hatte keine andere Familie; sie hatte das Leben der Juden am Pripiat erlebt. Sie konnte sich verstecken oder konnte weggehen oder konnte auf das nächste Mal warten. (Tatsächlich sollte es gute fünfzehn Jahre dauern bis zum nächsten Mal, und Mariam überlebte Stalin und Hitler und Chruschtschow, ohne je ihren Namen zu ändern oder ihren Akzent zu verlieren, tat nie etwas anderes, als ihren kleinen Gemüsegarten vor Lillians ehemaligem Haus zu bearbeiten und eine Herde Ziegen dahinter zu halten, bis sie sechsundachtzigjährig beim Unkrautjäten starb, eine Handvoll winziger Kartoffeln in ihrer Schürzentasche.)

Lillian war zweiundzwanzig; sie war Waise, Witwe und Mutter eines toten Kindes, wofür es nicht einmal ein spezielles Wort gibt, da es so etwas Furchtbares ist. Sie würde weggehen.

Sie verkaufte den roten Seidenunterrock ihrer Mutter (er war Mariam zu klein), verkaufte die eine Ziege, die frei und unversehrt herumgewandert war, und verschenkte die Dinge, die niemand sich leisten konnte, in der Hoffnung, die Leute freundlich zu stimmen. Die Nachbarn gaben ihr den Mantel ihrer Tochter; der Milchmann gab ihr einen Ranzen, der seinem Bruder gehört hatte. Lillian verließ Turov im Mantel einer toten Frau und hielt den Lederranzen eines toten Mannes in der Hand; genau so kam sie in Amerika an.

Hätte ich Ketten, ich würde dich zu mir ziehen

Es hat stundenlang geregnet, und selbst Lillians Innentaschen sind nass. Sie hat ihre Pakete unter dem Mantel getragen, und ihre Hand gleitet vom nassen Schlüssel ab. Es ist Sonntagabend, und jetzt möchte sie sich nur noch in die Badewanne legen und das Haar vor dem Feuer trocknen. Sie kann sich Zeit lassen; Meyer hat am Abend Proben, Reuben überprüft die Geschäftsbücher. Sie kann sich ihr Gesicht gründlich säubern. Meyer hat es gern, wenn sie ihre Wimpern schwärzt und auf Wangen und Lippen Rouge auflegt. Lillian findet, dass es hurenhaft aussieht, aber offenbar möchte Meyer genau das; er möchte, dass die Leute an Sex denken, wenn sie Lillian sehen, möchte, dass sie ihre leuchtend roten Wangen und ein maßgeschneidertes blaues Satinkostüm sehen und nicht etwa Meyer und Lillian, eine Verbindung, die keineswegs Leidenschaft und romantische Liebe ausdrückt; möglicherweise Angst und Verzweiflung. Schande und Besorgnis (Niederlage, Beschämung, Unbehagen und auch Unruhe).

Heute Abend kann sie ihre Strümpfe waschen und im samtenen Morgenmantel mit einem Glas Wein dasitzen und lesen, was für schreckliche Dinge den Menschen widerfahren sind, die an die Redaktion der *Bintel-Briefe* schreiben. Wenn Reuben käme, müsste sie sich zusammenreißen; er kauft ihr keine hübschen Sachen, damit sie in den Schubladen ihrer Kommode verschwinden. An manchen Abenden möchte er, dass sie ihn schon leicht bekleidet empfängt, als könnte sie es gar nicht abwarten. An anderen Abenden sagt er, kaum dass er hereingekommen ist, als wollte er ihr oder sich selbst zeigen, wie rein geschäftlich das alles ist und dass ihre Bedürfnisse dabei keine Rolle spielen: »Ich habe heute nicht viel Zeit«, und selbst wenn er wegschaut und seine Krawatte lockert, nickt Lillian und steuert direkt aufs Bett zu, ohne ein Wort zu sagen. Sie wissen beide, dass es eine Lüge ist, dass er das immer dann sagt, wenn die quälend schöne und nutzlose Wahrheit sich ihrer beider bemächtigen will. Aber die Abende, wenn er sie mit einem Kuss begrüßt und sich hinkniet, um das Kaminfeuer anzuzünden, und sie Zuhause spielen mit einem warmen Abendessen und Wein auf dem Tisch und er ihr hinter der Zeitung Bemerkungen auf Jiddisch zuruft, während sie die Teller spült – diese Abende mögen beide am liebsten. Sie erzählt ihm den Klatsch aus dem Nähzimmer, was nicht uninteressant ist (welcher Busen nicht das ist, was er zu sein scheint, welcher Gentleman dazu übergegangen ist, ein Korsett zu tragen), und er erzählt ihr (»Das bleibt *entre nous*, verstehst du«, sagt er), wie viel er seinen Investoren schuldet und welche alten Freunde er zum Selbstschutz aus dem Geschäft vertreiben muss.

Wann immer Reuben vorbeischaut, wird einiges von ihr gefordert, und das macht ihr nichts aus. Sie streicht sich Mandelcreme auf jeden Körperteil, weicht ihre Hände zehn Minuten lang in warmem Olivenöl ein und dann in Milch, um den Geruch loszuwerden, steckt sich das Haar hoch, damit es kunstvoll und verführerisch aussieht, nicht so, als wäre sie den ganzen Tag mit den Fingern durch die Frisur gefahren. Falls Reuben heute Abend kommen sollte, was grundsätzlich sehr schön wäre, hätte sie keine Zeit zum Lesen.

Alle Hände voll mit Meyers rosafarbenen Plätzchen, Reubens Hering sowie ihren eigenen Haarklammern und Papierhaarwickeln, stößt sie mit der Hüfte die Haustür auf. Ihre Cousine Raisele steht vor ihr, den Kopf auf die Seite gelegt, die Arme freundlich ausgestreckt, als wäre sie eigens nach Amerika gekommen, um Lillian mit ihren feuchten Paketen zu helfen. Lillian hält die Dose mit den Plätzchen und den Hering fest an sich gedrückt, sie überlegt sich, ihren Schlüssel in die Geldbörse zu tun, und sie fällt nicht in Ohnmacht, wie Raisele es für möglich gehalten hatte. Raisele selbst meint, dass in Ohnmacht fallen eine exzellente Methode ist, mit peinlichen Situationen fertig zu werden, und sie hat es schon so viele Male praktiziert – die Knie weich werden und den Kopf nach hinten fallen lassen –, dass sie eine Ohnmacht auf kleinstem Raum hinkriegt.

Lillian macht einen Schritt nach vorn und bleibt zwei Handbreit vor ihrer Cousine stehen, die weder tot noch in Russland ist, was Lillian nicht begreifen kann, nur, dass das Mädchen mitten in Lillians Wohnung steht und verängstigt aussieht. Raisele bedauert es jetzt, dass sie Lillians Morgenrock angezogen und sich das Haar geölt hat. Die Waise im Sturm, das arme

Cousinchen aus dem alten Land, ist keine in Samt gehüllte, nach Lavendel duftende Person.

Raisele mag Amerika jetzt schon. Sie mochte die Musik, die aus den Bars nach draußen an ihr Ohr drang; sie mochte die lebhaften Blicke von Männern mit Hut und amerikanischem Sakko; sie mochte die glänzenden, hauchdünnen Strümpfe an den flinken Beinen der amerikanischen Mädchen und die bunten Schilder, die sie nicht lesen konnte. Sie mochte das schnelle Entkommen von Ellis Island, den freundlichen Arzt. Sie mochte ihre rasche Mahlzeit mit Cousine Frieda, die glücklich war, Raisele lebend zu sehen, und noch glücklicher, dass das Mädchen keinen Wohnplatz brauchte. (»Hast du meinen Brief nicht bekommen?«, sagte Raisele. »Macht nichts.«)

Und Raisele mag Lillians Wohnung, deren Schloss leicht zu knacken war. Sie mochte Lillians Badeöl, das sie sich auf den Körper und ins Haar rieb, damit es nach dem Bad in Lillians schöner Wanne duftend und glatt wäre. Wie Lillian es zu der Wohnung gebracht hat, ist Raisele ein Rätsel, aber es spricht sehr für Amerika. Lillians Morgenrock aus grünem Samt sitzt ein bisschen eng um die Brust herum, aber sehr schön. Raisele hat bemerkt, dass die ganze Wohnung in verschiedenen Grüntönen gehalten ist, wie ein Garten, und der Teppich liefert die Blumen, und auch das gefiel ihr.

Sie hörte, wie der Schlüssel sich im Schloss drehte, und ging zur Raummitte. Sie streckte die Arme aus und ließ sie sinken. Sie faltete die Hände. Sie hielt die Hände hinter dem Rücken. Sie beobachtete die Tür.

Am Anfang aller Sünden steht die Angst, und Raisele ist ganz übel vor Sorge, sie könnte sich verrechnet haben, ihr herrliches Abenteuer könnte enden, bevor es auch nur begonnen hat, sie könnte am Ende mit einem Bruchteil dessen dastehen, wofür sie gekommen ist. Raisele fällt auf die Knie und zieht Lillians freie Hand zu sich.

»Sophie lebt«, sagt Raisele. »Sie lebt.«

Und dann fällt sie in Ohnmacht.

Lillian bringt Raisele ins Bett und lässt das Wasser aus der Wanne. Es ist gleichgültig, ob heute Abend Meyer oder Reuben kommt, wann oder wer von ihnen, oder ob sie gleichzeitig erscheinen, eine Münze werfen und sie abwechselnd auf dem Küchenboden nehmen.

Lillian steigt ins Bett neben Raisele, die den Morgenrock auf den Boden geworfen hat und nackt schläft, auf der Seite zusammengerollt, hält sie die Arme über der Brust gekreuzt. Sie ist warm wie ein Ofen. Lillian atmet tief ein, um sich zu beruhigen, und sie riecht ihre Mutter neben sich, Schweiß und grüne Zwiebel und der angesengte, nussartige Geruch von Buchweizenschrot, der in einem perfekten, unbekümmerten braunen Bogen von einer Seite des Kessels zur anderen geschleudert wird. Das Bett ist plötzlich voll mit Lillians Toten, und Raisele wälzt sich in deren Mitte und legt die Hände auf Lillians Schultern. Sie sagt in ihrem hellen, lispelnden Jiddisch: »Soll ich es dir erzählen?«, und tut es, ohne abzuwarten.

Die meisten Familien flohen nach Westen, mit Ausnahme der Pinskys. Die Pinskys schlugen hinter dem Hof der Krimbergs den kürzesten Weg zur Straße nach Osten ein (Raisele sagt nichts davon, dass sie dabei die Häuser der Nachbarn durchsuchten nach dem, was zurückgelassen worden sein mochte, Ausschau nach den letzten Dingen hielten, die jemand womöglich nicht hatte wegtragen können.) Nicht weit von Lillians Haus an der Treppe zum Hühnerstall fanden sie ein schmuddeliges Häuflein. Das Häuflein war Sophie, der Saum ihres Nachthemds blut- und dreckverschmiert, ihre Füße besprenkelt mit Schotter, und Frau Pinsky, die drei Babys begraben hatte, sagte zu Herrn Pinsky, dass die Leybs alle tot seien, sie müssten das Kind mit sich nach Sibirien nehmen und sie wolle keine Widerrede hören. Kachikov, der Polizist, habe ihr das alles erzählt, sagt Raisele. Und was konnte ich anderes tun, als dir an Friedas Adresse zu schreiben und nach Amerika zu kommen, um es dir persönlich zu sagen.

»Ich habe den Brief nicht gekriegt«, sagt Lillian und küsst Raisele auf die Stirn. Sie zieht die Decke bis zu Raiseles Hals hoch und steckt sie um sie herum fest. Raisele öffnet den Mund, und Lillian legt die Hand darauf. In Lillians Ohren ist ein Dröhnen, und sie wäre nicht in der Lage, Raisele zu verstehen, selbst wenn sie das Mädchen reden ließe.

Lillian zieht sich den alten Baumwollmorgenrock an und stellt sich ans Fenster. Sie wird den Morgenmantel aus grünem Samt Raisele schenken oder ihn verbrennen; sie kann ihn unmöglich wieder tragen, es wäre, wie in einem Sarg zu schlafen. Ihre Haut kribbelt, die Härchen auf ihrem Nacken heben und senken sich, als gingen im Zimmer Geister ein und aus. Wie kann dies schlimmer sein, als auf den Gräbern der Eltern zu schlafen, wo sie das Kaddisch so oft wiederholte, dass die Wörter ineinanderliefen und unsinnig wurden, oder tagelang am

Pripiat zu sitzen und Ausschau zu halten nach einer kleinen Socke oder Sophies blauem Unterrock; in eine Decke gehüllt und mit nichts als einem Nachthemd im Dreck zu sitzen, bis das Wetter umschlug und Mariam mit dem Amerika-Flugblatt kam? In jenen ersten schwarzen, nassen Tagen fiel Winterregen auf die Steine in ihrem Innern, und als sie Turov verließ, gefror alles.

Sophies Name, sein Klang in Raiseles Mund, ihr Name, ausgesprochen von jemandem, der gesehen hatte, wie sie lachend den Hühnern nachjagte, sie in Flanellnachthemd und dicken Socken gesehen hatte, ein Zöpfchen oben, eins unten, gesehen hatte, wie sie im Hof umhergerannt war und Lev Pinskys trockener, roter Pranke auswich. Sophies Name ist ein Streichholz an trockenes Holz gehalten. Eis bricht sich jetzt Bahn in Lillian und stürzt in Schollen von ihr ab. Feuerbäume fallen über das gefrorene Feld, helles Orange mit blauen Spitzen und unauslöschlich; Feuer springt von einer Baumkrone zur nächsten über, bis die Wipfel sich Wellen aus Feuer hin und her senden und Flammen gleich Drachen in die Höhe steigen lassen. Lillians Adern sind blutendes Feuer, das in ihren Händen und Füßen pulsiert. Bussarde und Spatzen fallen vom schwarz gewordenen Himmel. Lillians Gesicht schmerzt. Sie steht mit offenem Morgenmantel vor dem Fenster und presst Gesicht und Körper an die kalte Scheibe. Sie hat ihren Wangen vier dunkelrote Kratzer zugefügt und wird sie wochenlang haben, und das Feuer wird nicht verlöschen.

Lebendig. Nicht tot.

Esther Burstein öffnet die Tür ihres Zuhauses in Brooklyn. Die polierten Holzböden glänzen unter dicken Teppichen, die seidenen Vorhänge bauschen sich sanft, die Tischläufer aus Spitze und Leinen auf dem Büfett und dem Esszimmertisch sind blendend weiß und stocksteif. Lillian kommt sich wie der letzte Dreck vor, wie Kacke an der Sohle von Esthers sensationell kleinen Schuhen, und Esther schaut Lillian so an, als ob sie genau dasselbe denkt.

Esther sagt Folgendes: »Meine Liebe, was für eine lange Reise.« Sie sagt: »Kaffee, Tee, Pfundkuchen, Belle hat gerade ihre köstlichen Plätzchen gemacht.« Und sie klingelt nach Belle, einer äußerst reizlosen farbigen Frau. Esther mag schöne Dinge, und es tut geradezu weh, auf die arme Belle zu schauen, ihr latentes Schielen, ihre O-Beine und was immer die Krankheit ist, die ihre Arme fleckig gemacht hat, halb weiß, halb braun. Belle stellt das Tablett hin, lächelt sie beide an und verschwindet.

Esther sagt, Belle sei eine wunderbare Hilfe im Haushalt, und Lillian nickt. Wäre sie mit Reuben verheiratet, würde sie als Hausangestellte auch nur reizlose Mädchen mit einer Krankheit haben. Lillian hat ihre blauen Baumwollhandschuhe nicht ausgezogen (sie kennt sich jetzt mit Handschuhen aus, die man auch dann trägt, wenn es nicht kalt ist). Sie hat Angst, dass, sobald sie nach der Tasse oder dem Kuchen greift, Blut und Dreck und Scheiße aus ihr auf all die schönen Sachen von Esther fließen werden.

»Ich habe nach Mr Burstein gesucht«, sagt Lillian. »Ich muss Wichtiges besprechen. Ich will es mit ihm besprechen.«

Sie kann hören, wie ihre W zu V werden, und kein Reuben da, der deswegen herummäkelt, und Esther ist das natürlich gleichgültig. Esther wird sich nicht darum scheren, ob Lillian wieder im Dreck von Turov versinkt.

Sie nippt gerade am Tee aus ihrer Spode-Tasse. Die Tassen, die hauchdünn und vergoldet sind und den Tee in deine Kehle gleiten lassen wie von einem Porzellanlöffel, sind ihr ein großer Trost.

»Erzähl Meyer davon, Liebes, und er wird es Reuben wissen lassen. Und Reuben wird sich melden.«

»Ich suche schon drei Tage nach ihm.«

Esther weiß das. Esther weiß, dass, was immer Lillian getan hat, es Reuben ungemein missfallen hat. Er ist in einer elenden, streitlustigen Stimmung, und Esther hat eine Woche lang den Mund gehalten. Sie hat Belle seine Lieblingsgerichte zubereiten lassen, und als er sich beklagte, sie wolle ihn mästen, hat sie nicht erwidert, ob es denn ihr Fehler sei, dass er so und nicht anders esse. Sie hatte Belle für den nächsten Abend gebackenes Hähnchen machen lassen, dazu Spargel und Möhren, keine Kartoffeln, und als er wie ein Junge schmollte, weil sie fehlten, brachte sie eine Kartoffel-Zwiebel-Kasserolle herein mit grünen Lauchstreifen und flüssiger gelber Butter rundherum, und er aß fast alles auf.

»Du und ich, wir wissen, dass Reuben alles weiß. Wenn du nach ihm suchst und er nirgends aufzutreiben ist, könnte es sein, dass er gerade jetzt nicht mit dir sprechen will.«

Lillian blickt auf ihre behandschuhten Hände. Wäre sie Esther, sie würde der Hure ihres Mannes nicht das kleinste bisschen helfen. Sie würde sie auf die Straße werfen oder ihr sagen: »Nur zu, stöbere ihn auf, jeder weiß doch, dass er mit dir fertig ist.« »Vielen Dank«, sagt Lillian. »Lassen Sie es ihn nur wissen, bitte.«

Esther drängt ihr Tee und Kuchen und Gebäck auf, aber Lillian will es zumindest schaffen, dies Haus hier ohne Speis und Trank zu verlassen. An der Tür bringt Esther spontan Lillians blauen Samthut in eine vorteilhaftere Schräge.

»Meyers *schaine maidele*. Finde Meyer. Ich denke, du solltest es mit ihm besprechen.«

Ihre Finger sind flink, und ihr Lächeln ist knapp und wissend, und obwohl es hart ist, ist es nicht gehässig. Viertausendachthundert Kilometer später, als Lillian auf der Seattle's Skid Row steht und die Hand einer farbigen Prostituierten hält, die sie mit Esther Bursteins weisem, gemeinem Lächeln ansieht, wird Lillian klar, dass sie das Fahrgeld nach Odessa ganz einfach hätte kriegen können. Esther hätte fünfundsiebzig heimliche Dollar aufgetrieben und sie Lillian gegeben, Esther hätte sogar ihre Tasche gepackt und sie zum Pier gefahren. Lillian ist nie auf die Idee gekommen, jemanden, der sich ihr Fortgehen wünscht, um Hilfe genau dafür zu bitten, sie ist nämlich stolz und dickköpfig und bekommt deshalb genau das, was sie verdient.

Um vier Uhr sitzt Lillian im Blue Bonnet mit zwei Exemplaren von *Geschichte aus zwei Städten* (eine jiddische und eine englische Ausgabe) und spielt die wartende Frau. Reuben kommt herein und sieht aus wie Gott, der im Begriff steht, die Ägypter zu schlagen.

»Du gehst also zu meinem Haus, du störst meine Frau. Ist das nötig?«

»Ich wollte dich sehen.«

Reuben schweigt. Was Lillian ihm sagen will, ist schlimmer

als die Geschichte damals, als sie dachte, sie sei schwanger – das kann er von ihrem Gesicht ablesen –, und was auch immer es ist, er möchte es nicht hören. Reuben sagt ständig wie Maréchal Pétain: »Erzählt mir die Wahrheit, besonders wenn sie unangenehm ist«, aber in Bezug auf das, was Lillian ihm gerade sagen will, meint er das keineswegs. Er meint: Erzähl mir, der Direktor hat gekündigt oder die Ingénue ist fett geworden oder Esther hat ihre Schwester für zwei Wochen eingeladen oder das Theaterstück läuft mies. Er meint nicht das Folgende.

»Ich muss nach Hause. Nach Russland. Ich muss nach Sibirien.«

»Sibirien? Wer geht nach Sibirien, wenn er's vermeiden kann?«

»Meine Nachbarn aus Turov zum Beispiel. Sie haben meine Tochter gepackt, sie retten sie, sie gehen nach Sibirien.«

»Wer sagt das?«

»Meine Cousine Raisele.«

Reuben hat schon von Raisele gehört. Schlau, ein hartes kleines Weibsstück, Augen wie eine Diebin. Sie ist darauf aus – da hat Reuben gar keinen Zweifel –, Lillian beiseitezuschieben und Meyer im Austausch für ein warmes Bett, neue Kleider und ein neues Leben alles zu geben, was er braucht, und sobald sie das mit ihm, Reuben, und Lillian rausbekommen hat, wird sie ihn wissen lassen, dass sie all das, was Lillian für ihn tut, ebenfalls tun kann, und Reuben vermutet, dass sie sich nicht mit Charles Dickens, anständigem Lohn und Tee im Royale zufriedengeben wird. Sie wird so desinteressiert an Liebe sein, wie Reuben es gern von sich angenommen hat.

»Sie erfindet dieses Ammenmärchen, und schon machst du

dich nach Sibirien auf? Vielleicht ist es ja auch wahr, und was willst du dann tun, Lillian? Ein warmer Mantel, und du gehst in Odessa vom Schiff, und was dann? Fragst du einfach den freundlichen Polizisten, jeden netten Russen von Minsk bis Pinsk: »Haben Sie meine Tochter gesehen?«

Um ihr klarzumachen, dass er sie nicht ziehen lassen kann, dass er Sophie lieber tot sähe, als dass sie der Grund sein sollte, warum Lillian ihn verlässt, sagt er es auch auf Jiddisch, in dem gezierten Jiddisch eines schäbigen Bittstellers:

»Oi weh, wo ist meine geliebte Tochter? Du wirst tot sein, bevor du in Kiew ankommst«, sagt er.

»Wirst du mir helfen?«, fragt Lillian. Wer sonst wird ihr helfen? Natürlich könnte Reuben sie nach Russland bringen, sie könnte Pelz tragen, sie könnten sich auf dem Schiff lieben. Sie würden ein Bett haben, anders als auf ihrer letzten Überfahrt; sie würden ihre Mahlzeiten an einem Tischchen für zwei einnehmen mit einer Rosenknospe in weißer Vase, neben einem kleinen runden Fenster, das aufs Meer geht.

»Ich werde dir nicht beim Sterben helfen.« Er ist jetzt voller Würde, wappnet sich mit dem, was er als Person ist, was er geleistet hat und was er für die Welt darstellt, wappnet sich mit seiner Familie und seinem Theater. Wäre Esther hier, würde sie Lillian möglicherweise raten: »Warte ein paar Tage ab, besänftige ihn«, und in der Erkenntnis, dass Lillian nicht imstande ist, abzuwarten, würde Esther ihr sagen, was sie sich selbst schon hundertmal gesagt hat: »Nun, dann versuch es mit Flehen, wenn es dir so wichtig ist, du bist dir doch nicht zu schade, das Knie zu beugen für etwas, das er dir eigentlich geben möchte. Fleh ihn an.«

Lillian fleht ihn an. Reuben zwingt sich, nicht mehr zuzuhören. Sie wird das Kind finden und den Rest ihres Lebens in irgendeinem elenden Dorf verbringen, wahrscheinlicher noch wird sie allein in einer Schneewehe sterben. Es bringt ihm nichts, ihr zu helfen. Aber er könnte es. Er könnte ihr anbieten, zusammen mit ihm eine Kreuzfahrt zu machen, weiße Pelzvorleger, weiße Satinlaken und rosafarbene Lampen.

Lillian sieht, was Reuben sieht. Alles, was Reuben über Raisele denkt, könnte stimmen. Alles, was Raisele Lillian erzählt, könnte stimmen. Lillian sagt nichts, und Reuben kann nichts antworten, und Lillian küsst Reubens Handrücken, als wäre er die junge Dame und sie der Soldat, der an die Front muss. Es ist eine Geste so anmutigen Bedauerns, so beherrschten und untröstlichen Verlusts, dass Reuben einen Augenblick lang denkt, er habe einen schrecklichen Fehler gemacht, Lillian nicht auf die Bühne gebracht zu haben. Und dann ist nichts mehr da als der Schatten, wo sie eben noch stand. Die Falten um seinen Mund und seine Augen verdunkeln sich und verschwimmen wie Eingemeißeltes auf dem weißen, festen Stein seines Gesichts. Er fährt am nächsten Tag mit Gloria und Glorias Dackel nach Pittsburgh, einige Wochen früher als geplant und in der Absicht, sich den Anblick der sich abmühenden, aber scheiternden Lillian zu ersparen. Als er zurückkehrt, ist Lillian verschwunden, und Yaakov spricht nicht mit ihm.

Am darauffolgenden Tag geht Reuben nachlässig durch die Schneiderei des Goldfadn. Er macht Miss Morris Komplimente. Er hebt einen blauen Knopf neben Lillians Nähmaschine auf, als machte er Ordnung, und er flirtet mit dem hübschen molligen Mädchen, das immer hinter Lillian saß. Weder Lillian noch

Reuben haben geahnt, was ihr Weggehen ihm antun könnte, dass er innerhalb eines Jahres fast die gesamte Sehkraft verlieren wird, und als er es nicht ertragen kann, seinen Weg mit einem Stock und einem Helfer zurückzulegen, zieht er sich in sein Haus in Brooklyn zurück, isst sich appetitlos durch den Winter und stirbt im Frühjahr neben Esther in ihrem großen Vier-Pfosten-Bett. Sie werden seinen Sarg auf einen rosengeschmückten Leichenwagen mit weißen Federn an jedem Ende stellen, und zwanzig Männer, alle in Schwarz, mit roten Gesichtern und weinend, werden den Wagen durch die Lower East Side ziehen; die Menschen werden stundenlang Schlange stehen, um ihren Respekt zu zollen, und die elf jiddischen Theater werden an diesem Abend dunkel bleiben. Meyer wird trauern, echt und angemessen, und dann wird er nach Hollywood gehen, wie es Reuben vorgeschlagen hatte, bevor er blind wurde, und Meyer wird seinen Namen ändern und ein gutes Auskommen haben, indem er gutmütige italienische Gangster und gutmütige italienische Priester spielt.

Lillian trifft Meyer in der Wohnung an. Mit ihm könnte es besser laufen als mit dem alten Mann. Sie haben eine Vereinbarung, sie versuchen ernsthaft, einander zu helfen, auch wenn Lillian nicht die Ehefrau ist, die Meyer sich wünscht, und sie ganz sicher nicht einmal die perfekte Geliebte ist. (Lillian hat recht. Zehn Jahre später wird man Meyer in bestimmten Nachtclubs mit seiner dunkelhaarigen, herb attraktiven Frau sehen und in anderen mit einem sehr schlanken, sehr blonden jungen Mann. Seine Frau wird so geduldig sein wie Esther Burstein und der junge Mann so unkompliziert, wie Gloria es immer war, und wenn er fünfzig ist, wird Meyer beim Rasieren oft in den Spiegel schauen und sich fragen, wann er zu Reuben Burstein geworden ist.)

Als Lillian durch die Tür kommt, liest Meyer gerade die Zeitung. Sie tritt von hinten an ihn heran, legt die Hände um seinen Hals, wie Geliebte es tun, und er freut sich, sie zu sehen.

»Deine Cousine ist ausgegangen«, sagt er. Sie bringt ihm eine Tasse Tee und schaut unter ihren Wimpern zu ihm auf, als wären sie und er glücklich verliebt; er schätzt die Geste; er schätzt sie. Lillian legt ein paar seiner Lieblingsplätzchen auf einen Teller, und Meyer tätschelt ihre Hand. Er mag sie. Vielleicht nicht mehr so sehr wie in jenen wenigen Minuten, als er sich vorstellte, sie könnten ein Kind haben und heiraten und Lillian würde ihn vor sich selbst retten, aber er wünscht ihr alles Gute. Trotz ihres gelegentlichen Starrsinns ist sie ihm eine gute Freundin gewesen, die Sorte Mensch, die dafür sorgt, dass man auf dem Boden bleibt, wenn man versucht sein sollte, von einer Villa in Italien mit einem schönen Grafen zu träumen, die Sorte Mensch, die einen zur rechten Zeit in die Rippen stößt, sodass man der reichen, reizlosen Frau, die einem diese Villa ermöglichen könnte, die rechte Antwort geben kann.

Lillian erzählt Meyer von Sophie, von Sibirien, von der sehr teuren Fahrkarte für den Dampfer. Ihm ist klar, dass er sich geirrt hat. Lillian ist eine Wahnsinnige, die sich hinter einer jungen, vernünftigen Frau verbirgt; sie ist schlimmer als Yaakov – sie möchte gleich zweimal sterben. Meyer wird ihr das Geld nicht geben. Sie bittet ihn immer wieder, ohne sein Nein überhaupt wahrzunehmen, hört auch nicht auf, als er sagt, er wisse wirklich Besseres mit fünfundsiebzig Dollar anzufangen und

Raisele habe ihr da ganz offensichtlich etwas eingeredet; und selbst wenn sie eine Fahrkarte bei der Red Star bekäme, sie würde es nie durch Russland schaffen, es sei eine verrückte Idee, er werde sie nicht aufwerten, indem er sie als Plan bezeichnete; es sei ein Todeswunsch – ganz offenkundig.

Lillian streckt sich weinend über seinen starken Rücken aus, und als sie ihm die Wange streichelt, hasst sie sich dafür. Sie hasst sich außerdem dafür, dass sie so dumm ist; sie hätte sich mehr Zeit nehmen sollen, Reuben zu streicheln, als sie ihm das mit Sophie erzählt hat; Reuben reagiert weiß Gott auf ihre Berührung. Meyer könnte sie genauso gut mit kalten Nudeln drapieren, so wenig macht er sich aus ihren Händen und ihrem Körper. Lillian kniet sich vor ihn auf den Boden.

»Hilf mir. Du willst mich nicht – das weißt du ganz genau. Du wirst eine andere Frau finden. Es ist kein Verlust für dich, wenn ich weggehe.«

Meyer weiß, dass sie damit keineswegs meint, er habe einen so starken Geschlechtstrieb, dass ihm jede Frau recht sei. Er weiß, was sie meint.

»Denk darüber nach«, sagt sie. »Ich werde sie finden, ganz gleich, ob du mir hilfst. Ich mag dich, Meyer. Du warst immer mein Freund. Sei mein Freund.«

Es ist Lillian selbst bei diesen Worten klar, dass Meyer nicht ihr Freund ist; er hatte es sein wollen, aber alles Öffentliche zwischen ihnen geschah, um Eindruck zu schinden, und alles Private zwischen ihnen war die Paarung zwischen Fisch und Frosch, ansonsten in einigen kalten Nächten die schamerfüllte, erschöpfte Gesellschaft zweier Hilfsbedürftiger. Wirkliche Freundschaft stand außer Frage. Später wird es Lillian vorkommen, als sei nur

Yaakov Shimmelman ihr wahrer Freund gewesen und alles, was er empfahl, förderte oder vorschlug, habe ihr den Weg zum Tod gewiesen.

Meyer schaut sich um in der kleinen Wohnung mit den bunten Kissen und der silbernen Schale voller Orangen. Es war keine schlechte Idee, aber nun hat er es hinter sich, er kann die Grenzen sehen (die Erpressung und Babys einschließen, sowie ein Gefühl des Versagens, das sich jedes Mal einstellte, wenn er Lillians nackten Körper sah). Er hat jetzt andere Pläne, und die Näherin Lillian kommt darin nicht vor. In seinem nächsten Arrangement möchte er Lunt und Fontanne sein, die er am Broadway in *The Guardsman* gesehen hat und als absolute Ikonen schauspielerischen Könnens und persönlichen Charmes bewundert. Auch hat Meyer von einem Mann, dessen sehr guter Freund Alfred Lunt äußerst gut kennt, gehört, dass Lunt und Fontanne beide so schwul sind wie ein Schwan.

Lillian legt ihre Arbeitskleidung vor Meyer ab. Sie zieht alles aus. Sie schlüpft behutsam in ihre rosaseidene Unterhose. Sie streift sich die Strümpfe schwungvoll über und steigt in ihre Schnallenschuhe. Sie zieht ihren Rock an und schließt den Büstenhalter. Sie knöpft sich die Bluse zu. Jede ins Haar gesteckte Nadel ist eine dezente Beleidigung, die nur sagen will, was für eine Sorte Mann er nicht ist. Meyer beobachtet sie, wie man die Ein- und Ausfahrt eines Zuges im Bahnhof beobachtet, wenn man weiß, dass der eigene später kommt, er schaut zu, wie sie ein letztes Mal am Strumpfhalter fummelt, und sein plattes, trauriges Desinteresse ist alles, was sie als Reaktion erhält.

»Ich brauche wohl einige Lohnschecks, um mir eine Fahrkarte zu kaufen«, sagt sie.

»Ich werfe dich nicht raus. Du kannst bleiben. Deine kleine Cousine, die sich ›Raffzahn‹ mitten auf die Stirn tätowieren lassen sollte, kann auch bleiben, wenn du möchtest.«

»Du willst Raisele nicht?«

»Was denn, du verkaufst sie? Machst du den Zuhälter deiner Cousine?«

Lillian zieht die Achseln hoch und ist mit dem Haaraufstecken fertig. Sie besprüht Hals und Schultern mit Evening Blossom.

»Ich will sie nicht«, sagt er. »Sie erschreckt mich zu Tode. Nimm sie bitte mit, wenn du fortgehst.«

Und Meyer verlässt die Wohnung, steigt über Lillians zerknitterten grauen Kammgarnrock und ihren schwarzen Kittel aus dem Theaterfundus.

Lillian beobachtet, wie Meyer die Second Avenue entlanggeht. Die Köpfe der Frauen wenden sich ihm zu, die Männer tippen an ihre Kappen, er pflückt sie alle wie weiße Rosen. Lillian hängt ihren Rock auf und setzt sich in den Rattansessel. Sie besitzt drei Dollar und ihre Kleidung, Ohrringe aus Rheinkiesel von Meyer und eine bescheidene Bibliothek jiddischer und englischer Bücher. Sophie wird am nächsten Tag vier.

Lillian geht zu SHIMMELMAN'S FEINER MASSSCHNEIDEREI. Yaakov kniet vor einer hübschen Frau, die auf einer Kiste steht. Er hat Stecknadeln im Mund, aufgefächert wie kleine silberne Ähren, und er schaut nicht in Lillians Richtung.

»Guten Tag, Miss. Ich bin gleich bei Ihnen. Gleich«, sagt er laut wie ein Schauspieler zu einem begriffsstutzigen Publikum.

Lillian setzt sich. Die Frau hat ein blaues Seidenkleid an und steht regungslos da. Der Rocksaum kräuselt sich ein bisschen, und Yaakov zupft behutsam an ihm. Er berührt nicht die Seidenstrümpfe an den Beinen unterhalb des Saums. Er schiebt sich kniend um die Frau herum, er legt die Fingerspitze auf ihre Hüfte, damit die Frau sich dreht. Sie spricht zu ihm in perfektem Radio-Englisch.

»Sie sind ein Genie, Mr Shimmelman«, sagt sie, verzieht sich in den Umkleideraum und redet beim Ausziehen mit Yaakov. Sie ist fast nackt, lässt ihr marineblaues Kleid über der Brettertür baumeln und lacht in einer freundlichen und wissenden Weise und bringt auch Yaakov zum Lachen. Er kann nicht anders, er wird rot und täuscht einen Hustenanfall vor, aber es ist ein Lachen, ein Mann-zu-Frau-Lachen, und Lillian hätte nichts dagegen, wenn sie nicht so ungeduldig wäre. Die Frau geht an Lillian vorbei, der hohe grüne Satinkragen ihres Mantels, der ihr bis zu den anmutigen rosigen Wangen reicht, zerzaust ihre kurz geschnittenen Haare. Sie nimmt ein Paar grüner Wildlederhandschuhe von der Theke auf. »Was würden wir ohne ihn tun?«, sagt die Frau beim Herausgehen.

»Ja«, sagt Lillian zu Yaakov auf Englisch, um zu zeigen, dass sie ganz ruhig ist, »was würden wir ohne ihn tun?«

Yaakov schaut sie an. Sie ist nicht ruhig, sie hockt da wie ein brennendes Holzscheit. Sie drückt den Rücken an die Wand, und Yaakov steht über ihr.

Es wäre ihm lieber gewesen, wenn sie nicht zu seinem Geschäft gekommen wäre. Sie gehört so wenig hierher wie er auf ein Tässchen Tee in ihr Liebesnest in der Second Avenue, während die Bursteins ein und aus gehen. Ihr ganzes Leben, ihre

Art von Romanze, ihre kurze, aber glückliche Seelenverbindung, findet im Royale statt. Yaakov hat seine Frau und seine Jungen geliebt, dann Reuben, dann Lillian, wie sich herausstellt, und was den Rest angeht, ach je, all die anderen Leute – die schauen bei einem vorbei oder vergessen einen völlig; das ist ja ganz egal. Im kleinen Leben von Lillian und Yaakov bewundert sie sein Englisch, seine Provokationen und seine Politik, und er bewundert ihre schönen Augen, die hübschen Fußknöchel, ihre Zähigkeit und ihre Sicht der Welt, die wie seine eigene eher düster ist, wie die eines jeden Menschen von Vernunft. Sie treffen sich jeden Tag im Royale, reden, essen Reubens Gebäck und bieten Reuben eine Bühne, was ihr Privileg ist, und in dieser Liebesgeschichte besteht kein Grund, kein Anlass, warum Lillian Yaakov auf Knien gesehen haben soll, und es besteht genauso wenig Anlass für ihn, Lillian in diesem Zustand zu sehen, so hundeelend, dass sie sich kaum zusammenhalten kann; wie mit heißer Nadel gestrickt, sagte seine Frau immer.

Yaakov berührt Lillians Schulter. Sie schwitzt durch ihre Wolljacke hindurch.

»Tee?«, sagt er.

Lillian schüttelt den Kopf. Sie hat alle Sätze verloren, außer dem einen. Sie sagt: »Sophie ist nicht tot, und ich muss los und sie holen.« Sie sagt es zwei Mal.

Ein kleiner, fetter Mann öffnet die Tür und überreicht Yaakov drei Paar Hosen.

»Weiter machen«, sagt der Mann. »Die Geschäfte gehen gut.«

Yaakov nickt. Ihm fallen keine der hundert witzigen Bemerkungen ein, die er sonst gegenüber dem Geschäftsmann macht.

»Alle drei«?, sagt Yaakov.

»Alle drei«, bestätigt der Mann. Er lacht. Er zwickt Yaakov in den Arm, will zeigen, wie gut die Geschäfte laufen, und geht.

Yaakov schaut zu Lillian hinüber, um sie zu beruhigen, sie vor sich selbst zu retten (vor wem sonst?, sagt Lillian immer), und er erkennt an der Art, wie sie dasitzt, den Kopf auf der Seite und die Hände im Schoß verschränkt, dass sie in den leichten, angegriffenen Schlaf der Reisenden gefallen ist. Yaakov wacht über sie. Er säumt den Rock, hält immer ein Auge auf Lillian gerichtet, falls sie vornüberfallen sollte. Eine halbe Stunde schläft sie aufrecht und bewegungslos.

»Du hast dich vom Burstein-Imperium entfernt?«, fragt Yaakov. Sie sind bei der dritten Tasse Tee.

»Ich will nach Hause.«

»Natürlich willst du das.«

»Reuben gibt mir kein Geld. Meyer auch nicht. Reuben sagt, ich gehe direkt in den Tod.«

»Könnte sein. Du lebst doch hier ohne dein kleines Mädchen, warum nicht weiter ohne es leben? Das ist die Frage.«

Lillian beugt sich auf der Bank vor und legt den Kopf einige Sekunden zwischen die Beine, und Yaakov wartet. Das hier ist bloß Konversation; wenn sie schon bloße Konversation nicht überleben kann, wird sie nie dahin kommen, wohin sie will.

»Stell dir vor, es ist jetzt ein Jahr, dass sie eine neue *mamele*, einen neuen *papeleh* hat, nette Leute. Wie heißen sie?«

»Pinsky.«

»Nette Leute?«

»Sie war nett«, sagt Lillian. Sie kann sich im Augenblick

kaum an sie erinnern. Fette, traurige Rivka. Schlauer, einschüchternder Lev. »Er war ein *bulvan*. Er hat Sophie am Haar gezogen.«

»Könnte schlimmer sein. Sie lebt bei den Pinskys, sie hat Elche als Freunde. Sie fährt in einer Droschke, sie trägt eine wärmende Pelzmütze. Warum nicht?«

Er sagt das alles in einem süßen, einschmeichelnden Ton, als könnten beide sich Sophies glückliches Leben vorstellen, und als Lillian den Kopf hebt und ihn hart auf die Wange schlägt, bleibt er ruhig sitzen, ist nicht verärgert.

»Weil sie dir gehört? Ist das der Grund?«

Lillian ist entsetzt.

»Nein, weil ich glaube, sie sind nicht nett. Vielleicht sind sie auch tot, und es gibt keinen, der sich um sie kümmert. Weil sie ein kleines, kleines Mädchen ist. Nicht, dass sie mir gehört. Ich gehöre ihr.«

Yaakov nickt. Er sagt nicht, dass es einem kleinen Mädchen in Sibirien womöglich egal ist, dass die Mutter, die sie nicht sehen kann und an die sie sich vielleicht nicht einmal erinnert, sie so liebt. Dass Lillian möglicherweise auf irgendeine erdenkliche Art sterben wird (und Yaakov hat sein Album mit Erinnerungen von daheim wie jeder: den klippenreichen Strom, den heimtückischen Abhang, die unerwartet schlimme Nacht in seinem eigenen Dorf, wo nichtjüdische Jungen die Häuser von Menschen in Brand setzten, die sie ihr Leben lang gekannt hatten) und dass ihre Tochter den kalten Griff ums Herz nicht verspürt, der Lillian vertraut ist, das Gefühl, etwas Wesentliches sei für immer verschwunden, und dass, wenn Lillian im Sterben liegt, in Gedanken bei Sophie, Sophie daran denken wird, wie schön es ist, neue Schuhe zu haben, wie froh sie ist, dass sie an einem solch kalten Tag ihren Pullover anhat.

»Ich kann Geld verdienen«, sagt Lillian, und Lillian und Yaakov haben einen Augenblick lang dasselbe Bild vor Augen: Lillian im kurzen roten Rock und einem Jäckchen aus Affenpelz, wie sie auf der Fourteenth Street nach Freiern Ausschau hält.

»Mach dich nicht lächerlich«, sagt Yaakov.

»Was ist lächerlich? *Az me muz, ken men.*«

Er habe eine bessere Idee, sagt Yaakov. Es ist ein Plan, der berücksichtigt, wie wenig Geld sie haben und wie die gegenwärtige Einstellung Juden gegenüber auf Ozeandampfern ist, außerdem Lillians absolute Unfähigkeit, als Bordmaniküre oder Bordfriseuse oder als reisende Schickse durchzugehen. Zufällig, sagt er, ist es nicht allzu schwer, quer durch Amerika zu reisen, so groß es auch ist. Und zufällig sind es noch weitere viertausendfünfhundert Kilometer auf dem Landweg von Odessa nach Sibirien, viel mehr als die rund fünfundneunzig Kilometer, die Yaakov für die Beringstraße errechnet hat, eine kleine Meerenge zwischen Alaska und Sibirien. Er hat den *Rand-McNally-Atlas* und die anderen Land- und Seekarten oftmals studiert, nur so aus Vergnügen, und die verblasste elfenbeinfarbene Broschüre über den Yukon Telegraph Trail sowie die elegante türkisfarbene Karte mit den eingezeichneten winzigen Pünktchen der Inseln in der Beringstraße gehören zu seinen Lieblingskarten. Ganz gleich, wie weit ein Ort vom anderen entfernt ist und wie schwierig das alles sein wird, Tatsache ist, dass beide wissen, sie muss gehen.

Lillian legt die Arme um seine dünnen, unruhigen Schultern. Sie hält ihn fest, und er hält sie fest und denkt: Kleines, kleines Mädchen.

So sitzen sie eine lange Zeit, und dann gehen sie die Franklin Street entlang, um klarer denken zu können. Yaakov lässt Lillians Hand in seiner schlenkern und sagt, wie bei Theaterleuten üblich, wenn sie von Sorge, Langeweile oder unerträglicher Angst geplagt werden: »Was meinst du, Essen und eine Show?« Sie tragen zwei Pastrami-Sandwiches und zwei Biere in die Tiefen des Goldfadn. Alte Dosen von Henry C. Minor Blue Label Face Powders in Rosa, Champagnerfarben, Brünett und Cremefarben und Theaterschminke für Sonnenbräune, Indianer, Othello, Mulatte, Japaner, in Kanariengelb (ungeöffnet), für den natürlichen, jugendlichen und für den bleichen Hautton. Knallige, fast leere Dosen von Rexall's Theatrical Cold Cream, »Hergestellt speziell für Schauspielerei und sonstige Pflegezwecke«. Alte Kostüme aus alten Stücken: Soldaten und Landstreicher, verwitwete Mütter, fromme Väter, ein Papst, ein Gastwirt, Hamlet als junger Rabbi, Lear als Königin mit schwierigen Töchtern. Es gibt ein enges weißes Kleid und einen Papp-Merkurstab aus der Arzt-und-Krankenschwester-Nummer von Gorman und West, die Yaakov immer noch zum Lachen brächte, wenn Reuben sie für eine Samstagabendvorstellung wieder ins Programm nehmen würde. Des Weiteren gibt es die riesige Fliege von Archie Rice für seine Gesellschaftssatiren und Archies Tanzschuhe aus rissigem Lack.

Yaakov hebt ein Kostüm hoch, um es Lillian zu zeigen. Es ist die ramponierte Jacke samt geflickter Hose eines Lumpensammlers mit den schlaff herabhängenden dreckigen Kniestrümpfen, die in die Hose eingenäht sind. Yaakov zieht am Jackenfutter, und das Ensemble wird umgestülpt, ein Gehrock aus schwarzer Gabardine, eine glänzende schwarze Hose, die vor zwanzig Jahren große Mode war, eine gelb-rote Krawatte mit Paisleymuster und knallgelbe Socken, die Wohlstand signalisieren und mit der an den Knöcheln eingestickten grünen Borte auch übermütige nicht jüdische Dekadenz. Yaakov hält sich Archies Fliege an den Hals und sagt: »He, Kellner, haben Sie Froschschenkel?« Er schleudert die Fliege beiseite: »Nein, Sir, das liegt nur an meinem Rheumatismus.« Und Yaakov schlägt sich auf die Schenkel, krach!, bum! »Was hatten wir für einen Spaß.«

Lillian schaut ihn an.

»Bevor ich dich kennenlernte«, sagt er, »bevor ich irgendeinen kennenlernte, den du kennst …«

Er zieht für Lillian einen Schrankkoffer heraus, breitet eine alte Gardine darüber und bläst die oberste Staubschicht weg.

»Setz dich. Ich gebe dir eine Vorstellung, wie man sie früher hatte, dann applaudierst du lautstark, danach unterhalten wir uns in einem richtigen Tête-à-Tête darüber, wie wir dich nach Hause kriegen.« Yaakov breitet die Arme aus und fällt singend aufs Knie: »*The choo-choo train away from you it takes me, nobody knows how sad it makes me, so kiss me, Tootsie, and then do it over a-gain.*«

Er tanzt gekonnt einen flotten Charleston. Lillian klatscht höflich. Es kann doch nicht sein, dass er sie in dieser schlimmen Zeit und bevor alles noch schlimmer wird, hierher gebracht hat, um ihr ein Liedchen zu trällern und einen Tanz vorzuführen, aber jedes Mal, wenn Yaakov tanzt, sieht sie, wer er war, und verliebt sich ein wenig in ihn.

»Du packst deine Sachen zusammen, ich rede mit ein paar Leuten, und morgen Abend oder übermorgen ziehst du los wie *Eliza auf der Eisscholle*.« Will er ihr damit sagen, dass sie, Lillian, ihre drei Kleider, ihre zwei Röcke, ihren Thesaurus und einen Topf mit Cold Cream einpacken und in einen New-York-City-Siberia-Express einsteigen wird?

»Es kann klappen«, sagt er nickend. »Ich sag's dir.«

Vielleicht. Vielleicht klappt es. Es gibt keinen Grund, warum sie sich durch sein Zutrauen ermutigt fühlen sollte, nichts von dem, was er gesehen hat – ihre Bereitwilligkeit, die Beine nicht nur für einen, sondern für beide Bursteins breitzumachen, ihr holpriges Fantasie-Englisch, ihr Talent als Näherin, das kaum größer ist als das des armen Mädchens mit der Hasenscharte –, nichts davon ließe eine Menschenseele auf die Idee kommen, sie könne es bis nach Sibirien schaffen und ihre Tochter finden. Aber hier im Parterre des Goldfadn, inmitten der Toten, scheint kein Zweifel zu existieren. Sie kann die Toten unter sich spüren, sie drücken gegen sie, pressen gegen ihre Kniekehlen und heben sie hoch, aus dem Grab heraus. Yaakov, der Oberfläche am nächsten, glättet ihren Rock und wischt ein letztes zerbröseltes Blatt von ihrer Wange, damit sie sich den Lebenden anschließen kann, nicht nur, um das zu tun, was Letztere tun und wozu selbst Tote in der Lage sind, sondern um zu fühlen, was die Lebenden fühlen, um weiterzumachen, was selbst den Lebenden schwerfällt.

»*Az me muz, ken men*«, sagt Yaakov.

»So heißt es«, sagt Lillian auf Englisch, und sie nimmt für die Vorführung auf dem Schrankkoffer Platz.

Yaakov zieht eine zusammengerollte mannsgroße Stoffbahn aus Musselin heraus, die auf zwei Holzpfähle montiert ist, gekrönt von schwarz-goldenen Adlern. Er befestigt ein Ende hinter einem Koffer und entrollt sie langsam, worauf sich Lillian eine gemalte Szene zeigt, leuchtend blaue Streifen vor braun-orangefarbenen Hügeln, mit verblassten Baumgrüppchen im Vordergrund. Orange, blaue und braune Farbpartikel regnen auf den Boden, während Yaakov das Bild entrollt.

»Meine erste Arbeit«, sagt er. »DAS HIER IST IHR AMERIKA, Erziehung und Unterhaltung, meine Damen und Herren, ein Nickel pro Abend, nur drei Cent für Kinder. Vor fünfzig Jahren. Ich war ein richtiger Angsthase. Mein ältester Bruder brachte mich hierher, er hätte ein führender Kopf werden können, aber er hat das mit dem Englisch nie hingekriegt. Mir, mir ist es einfach so zugeflogen.«

Yaakov macht eine Pause und tritt ein paar Schritte beiseite und enthüllt weitere Bäume und einen Fluss.

»Imposante Erhabenheit des Mississippitals. Und hier haben wir Chamberlains riesige Felsendome.« Er klingt wie jemand ganz anderes; es ist seine *New-York-Times*-Vorlesestimme, mit einem hohen melodiösen Ton. Er klingt wissend, umgänglich und fast traurig, dass es so leicht ist, die Leute zum Narren zu halten.

»Lillian, siehst du die Indianer?« Yaakov zeichnet einige große Kreise in die Luft und zieht an der Rolle, um zwei Indianer am Flussufer unter einem Regenbogen freizugeben, der sich über Klippen neigt, die wie graue Burgen hinter dem Fluss aufragen. Die Indianer sehen schmächtig aus mit ihren gewaltigen Federhauben, die auf ihre Schultern herabwallen, und es kommt Lillian unwahrscheinlich vor, dass sie derart herausgeputzte Leute in Amerika treffen wird.

Yaakov stößt die Rolle in eine Ecke, hebt eine zweite hoch und entrollt diese nach und nach wenige Handbreit. »Du siehst, eine Szene führt zur nächsten. Felsendome, die grasgrünen Ebenen, jetzt Indianer, die Büffel jagen, jetzt das Tal des Todes, sehr beliebt wegen ›der seltsamen Art, mit der die Indianer ihre Toten loswerden‹. Bei Weitem nicht so seltsam wie die Art der Juden: Man hört zwei Sekunden lang zu atmen auf, und schwupps, schon ist man in der Erde; und auch nicht so seltsam wie die der Katholiken: Sie bewahren einen Toten wochenlang im Besuchszimmer auf, damit jeder einen Blick darauf haben und sein Bier trinken kann.«

Yaakov entfaltet noch eine Rolle und guckt sich die Szene genau an.

»Diese habe ich immer besonders gemocht. Setz dich einen Augenblick. ›Der fruchtbarste Boden auf der Welt, wo Amerika tropische Früchte aus aller Welt ziehen kann, Orangen, Feigen, Oliven‹ – egal, ob die Olive nun wirklich eine Frucht ist – ›und alles, was man sich vorstellen kann. Hinter dem Damm‹«, Yaakov zeigt auf zwei blaue Hälften eines Sees, die durch einen Flecken Weiß getrennt sind, reiner Musselin, von dem alle Farbe abgefallen ist, »›sehen wir die ausgedehnten Zuckerrohrfelder, die noblen Herrenhäuser, die schönen Gärten, die einfachen Negerquartiere, aus denen man ihre herrlichen traditionellen Spirituals hört.‹ Wir hatten damals zwei kleine schwarze Jungen, die sich hinten versteckten und sangen.«

Yaakov lächelt Lillian an.

»Ich habe immer Samenkapseln von Baumwolle in die Menge geworfen. Das war eine meiner Aufgaben, Baumwollwerfer und auch Donner, Pferdegetrappel, Rauch, wenn erforderlich, Kanonenschüsse und so weiter und so weiter, durchs ganze Mississippital und um die indianischen Grabhügel herum, hinein in die große Stalagmiten-Höhle, wunderschöne große Kristallspitzen, die nach oben und nach unten zeigen, *g* für *Grund*, um es sich zu merken, *k* für *Krone*, das sind die Stalaktiten. Wir setzen unseren Weg zu dem berühmten Expeditionslager von Lewis und Clark fort, ganz Amerika kennt das Gelände, und weiter zu den Indianern, die Siedler skalpieren und nebenbei Büffel mit Pfeil und Bogen erledigen, sehr talentiert, sie brauchten keine Gewehre. Die Neger brennen Plantagen nieder, die Plantagenbesitzer knüpfen die Neger an den Weiden auf. Siedler zu Pferde erschießen Indianer; Pfeil und Bogen benutzen sie nicht, warum sollten sie auch?«

Yaakov lässt die Wandmalerei sinken und wischt sich den Schweiß von der Stirn. Lillian blickt ihn im grauen Licht an und wünscht sich, sie könnte sehen, wie er vor fünfzig Jahren war, ein kleiner Junge mit einer großen Show, zitternd vor Aufregung, sich keiner Zukunft bewusst. Yaakov hält ihrem Blick einen Augenblick lang stand. Er schüttelt den Kopf.

»Das also ist Amerika«, sagt er. »Kinderleicht. Holen wir uns ein Eis.«

Lillian geht zu den Rollen. »Die sind bald hin, wenn die hier liegen bleiben. Die ganze Farbe wird abfallen.«

Sie hat versucht, sich um die Dinge in diesem Land zu kümmern. Sie hat ihre Gürtel in eine Schublade gelegt und ihre Strümpfe in einen Schal eingehüllt, sodass sie nicht an den Gürteln oder dem rauen Holz in der Kommode hängen bleiben. Sie hat versucht, sich um Meyers schöne Sachen zu kümmern, weil sie ihm etwas bedeuten, und sie hat versucht, sich für Reuben um sich selbst zu kümmern, und für beide Männer ist sie bis an die Grenzen ihrer Geduld und ihres Wesens gegangen, und wenn Yaakov so viel an diesen Bildern liegt, kann sie doch wohl so tun – obwohl nichts wichtig ist, außer zu Sophie zu kommen –, als kümmerte sie sich auch um das hier. »Räumen wir die beiseite«, sagt Lillian.

»Wozu?«, sagt er, als bedeuteten sie ihm nichts, Stofffetzen und Farbkleckse, die in der modernen Welt keinerlei Rolle spielen. Und sie sind ihm wirklich egal. Sie haben ihren letzten sinnvollen Zweck, den sie je haben werden, erfüllt. Yaakov hat alles verbrannt, was seine Frau getragen hat, und alles, was seine Jungen geliebt haben, und er würde diese Rollen verbrennen, wenn man damit nicht das meiste des Lower East Side Theatre zum Verschwinden brächte. Er meidet Souvenirs und Andenken. Er ist entschlossen, nicht jenen Frauen zu gleichen, die zinnerne Armleuchter und braune Haarlocken mit sich tragen und immer noch nach den Ehemännern Ausschau halten, die nach Arizona abgehauen sind; nicht wie der Mann zu sein, der um Mitternacht die Essex Street entlanggeht und eine wertlose Puppe und das kolorierte Daguerreotyp eines liebreizenden kleinen Mädchens in Händen hält. Er würde die Rollen mit dem Fuß durchstoßen, aber Lillian nimmt seine Hand, und sie gehen die Treppen hoch und hinüber zum Blue Bonnet, wo sie keinen Bekannten treffen werden.

Am nächsten Morgen studiert Yaakov gründlich wie ein Bankräuber ein Dutzend Atlanten in der Mid-Manhattan Library. Er blickt wieder auf die grünlich braun gezeichnete Einfügung der Beringstraße, auf die Inselchen, die wie Perlen aneinandergereiht sind, bloß eine anstrengende Tagesreise von einer zur anderen, und er stiehlt die beiden besten Atlanten und die zehnseitige Broschüre über den Collins Overland Telegraph Trail des hohen Nordens, bebildert mit einladenden Tuschzeichnungen von dreißig Blockhütten, die wie Ferienhäuschen am See aussehen und jeweils nur einen Tagesmarsch von der anderen entfernt sind. In seinem Geschäft schneidet er die fünf schönsten Landkarten des Pazifischen Nordwestens, Kanadas und Alaskas aus und näht sie in das Futter von Lillians Mantel ein, wobei er für jede eine aufknöpfbare Seidentasche macht.

Raisele schlägt mit der Faust gegen die Tür. »Ich habe was zu essen«, sagt sie. »Ich habe Champagner.«

Es überrascht Lillian nicht, dass Raisele einen Laib *challah* mitbringt, eine Scheibe Leberpastete mit einem Streifen weißen Fetts ringsum und blütenähnlich geschnittenen Oliven zur Garnierung an den Rändern, ein halbes gebratenes Hähnchen, noch warm, und eine Schachtel mit vier auf grünes Stroh gebetteten Marzipanfrüchten, zwei winzigen rosafarbenen Äpfeln und zwei Miniaturbananen. Es würde Lillian überraschen, wenn Raisele irgendetwas dafür bezahlt hätte, und es würde Lillian überraschen, wenn das Marzipankörbchen nicht ursprünglich sechs Früchte enthalten hätte.

Raisele stellt alles auf den Tisch und nimmt sich eine Marzipanbanane. »Ich liebe das. Ich liebe diese kleinen Süßigkeiten. Ich liebe dieses Land.« Sie hält das Körbchen Lillian hin, die den Kopf abwehrend schüttelt. »Sag nicht, ich hätte dich nicht gefragt.« Raisele balanciert die Banane auf der Zungenspitze und zerkaut sie dann. Sie reißt die Folie von der Champagnerflasche und lässt den Korken knallen. »Der war nicht leicht zu kriegen«, sagt sie. »Ich musste den ganzen Weg bis zu Boylan's Pharmacy gehen.« Boylan's Pharmacy wird nicht von Mr Boylan betrieben, sondern von Meyer Lifschitz, und es ist keine Apotheke, das Geschäft ist der Hauptlieferant von Wein und Spirituosen für die Lower East Side. Lillian nimmt an, dass Raisele mit Mr Lifschitz schläft oder es ihm in Aussicht stellt oder aber dass Raisele es arrangiert hat, dass Mr Lifschitz in Raiseles Umarmung von seiner mörderischen Konkurrenz gesehen wurde. Ganz gleich, ob sich herausstellt, dass Mr Lifschitz zu Hause mit seiner Frau Canasta spielt oder aber in seiner Blutlache auf einem schmalen Klappbett liegt – dieses Picknick ist jedenfalls jemandes Teilzahlung für etwas.

Raisele und Lillian legen sich auf dem grünen Diwan zurück und starren zur Decke, wie man es macht, wenn man drei Gläser Champagner getrunken hat, der in Wirklichkeit Gin mit einem Spritzer Selters ist. Raisele legt den Kopf auf Lillians Schulter und küsst sie liebevoll auf die Wange. Sie streichelt Lillians Hand. Wenn Raisele ein Mann wäre, hätte Lillian Angst, allein mit ihr zu sein.

Raisele hebt ihr Glas zum Fenster hin, zum Fluss. Ein wenig Gin tröpfelt auf ihre Hand, und sie leckt ihn auf.

»Bon voyage«, sagt sie. »Viel Glück.«

Lillian schaut sie an. »Es ist kein Abenteuer, Raisele.«

Raisele möchte nicht darüber streiten. Es ist ein Abenteuer, und es ist eine weitere Chance für Lillian, die nicht mal eine einzige verdient. Lillian hat kein Händchen für diese Stadt. Sie hatte nicht nur eine Chance, sondern zwei, um etwas aus sich zu machen, und sie hat Heirat und Babys den Rücken gekehrt, einem sehr angenehmen Arrangement mit dem alten Herrn und einer Dauerfarce mit dem beliebten Schauspielstar, die vielfältiges Potenzial hatte. Lillian sollte eine zweite Chance in einer kleineren Stadt bekommen. Raisele möchte, dass Lillian es noch einmal versucht. Sie möchte, dass Lillian weggeht.

Lillian nippt am sprudelnden Gin. »Und das trinken die Leute? Erzähl mir noch mal, was Kachikov dir erzählt hat.«

Und Raisele erzählt es ihr. Sie sagt: »Ich habe es dir schon erzählt.« Die Pinskys nehmen gerade eine Abkürzung hinter dem Hof der Krimbergs, als sie die kleine Sophie finden. Raisele wiederholt, wie schmutzig Sophie war mit den zerkratzten Knien und dem Schotter, der in den empfindlichen Teilen ihrer Hände und in den kleinen Füßen steckte. Raisele wiederholt, dass Frau Pinsky es nicht über sich brachte, Sophie zurückzulassen, ein jüdisches Mädchen, eine Waise, wegen der vier Babys, die Frau Pinsky begraben hatte. Lillian fragt: »Vier? Ich dachte, drei«, obwohl sie sich nur an das eine Mal erinnert, als sie zwölf gewesen sein muss und Frau Pinsky in ihren Hof kam, nackt, Blut lief ihr die Beine hinunter. Frau Pinsky und ihre Mutter legten sich aufs Bett, und kurz vor Sonnenuntergang steckte ihre Mutter Frau Pinsky in eins ihrer alten Kleider und gab ihr ein halbes Hähnchen fürs Abendessen mit nach Hause.

Raisele sagt: »Vielleicht waren es drei.«

Lillian sagt: »Rivka Pinsky hat Sophie mitgenommen? Kachikov hat mir nichts davon gesagt. Ich habe ihn gesehen und er mich. Ich bin bestimmt hundert Mal durch das Dorf und durch die verdammte Gegend dort gekommen, als ich nach ihr gesucht habe.«

Raisele schenkt sich noch etwas Gin ein.

»Mir hat er es schließlich erzählt. Wir waren befreundet.«

»Ah ja. Und Mariam, ihre Geschichte von den blauen Bändern?«

Raisele zuckt die Achseln. »Wer weiß? Können wir der armen Mariam die Schuld geben? Sie hat einen Fehler gemacht. Von mir hat sie auch gedacht, dass ich tot bin, versengt und verbrannt in der Scheune, aber sie hat sich geirrt. Man kann nie wissen, wie jemand auf diese Dinge reagiert. Ihr Geist war verwirrt, sie hat einen Fehler gemacht.«

»Sie glaubte, sie hätte meine tote Tochter im Fluss treiben sehen, aber sie soll sich getäuscht haben?«

»Ja, hat sie.« Raisele schaut weg. »Außerdem ist sie verrückt. Hast du das nie bemerkt? Ich will dir mal was sagen. Bis es ihr bewusst wurde, bis sie es klar vor ihrem geistigen Auge sah, so klar es bei ihr überhaupt geht, warst du schon längst hier. Und die Pinskys sind gekommen und gegangen.«

»Jemand muss gesehen haben, wie die Pinskys Sophie mitgenommen haben –«

»Um Mitternacht, während die Gojim die Leute in ihren Betten ermordet haben? Wer hat da hingeguckt? Ich war jedenfalls nicht da«, sagt Raisele.

»Wo warst du?«

»In Sicherheit«, sagt Raisele und stößt ihr Glas an Lillians.

Lillian weiß nicht, welche Antwort sie von Raisele will. Man kann sie nicht überführen. Sophie nachzulaufen scheint töricht, und, schlimmer noch, es scheint sich um das Handeln einer Verrückten zu handeln, aber es scheint das zu sein, was Lillian tun muss. Sie muss Raisele glauben. Sie muss diese Wohnung und ihre Liebhaber und ihre Gewohnheiten aufgeben. Sie muss das Royale aufgeben und Canetti, den Gemüsehändler, und das Radio in der Theaterschneiderei und die sauberen bestickten Laken, auf die Meyer besteht. Sie muss zu irgendeinem gottverlassenen Ort gehen, nur um zu entdecken, dass ihr Kind tot ist oder niemals zu finden, und sie muss sich dennoch aufmachen.

Raisele sieht Lillians Zögern. Sie sagt: »Weißt du noch, wie sie ihre Socken trug, zwei verschiedene, und die Puppe, sie hat diese Puppi geliebt, wie hieß die gleich?«

»Tseidele«, sagt Lillian, legt sich zurück, die Augen geschlossen, um das Bild von Sophie zu bewahren wie das Ende eines Traums. Raisele, die gewöhnlich als Letzte schlafen geht und als Letzte aufsteht, zieht eine von Meyers weichen grünen Decken über ihre Cousine, froh, dass nichts ihre Geisel in dieser weiten, überreichen Welt festhält.

Lillian packt, und Raisele geht unruhig umher. Raisele hat in Meyers Schublade zwölf Dollar zwischen der Unterwäsche gefunden und auch zwei Paar Wollsocken, ebenso ein großes Baumwolltaschentuch, was nützlich sein könnte. Sie würde noch mehr Sachen für Lillian einkassieren, wenn es denn welche gäbe. Sie durchstöbert die ganze Kommode, Meyers Hemden und Lillians Kleidung; sie nimmt Sachen heraus, legt sie zurück und lässt dann ein Paar von Meyers silbernen Manschettenknöpfen mitgehen.

»Hosen vielleicht?«, sagt Raisele.

»Wenn ich welche hätte.«

Raisele schüttelt den Kopf leicht ungläubig angesichts der Schwächen anderer Leute und zieht die Wandschranktür auf. Sie begutachten die drei Männerhosen, schwarzes Kammgarn, Harris Tweed und grüner Gabardine. Raisele nimmt die Tweedhose, die aussieht, als sei sie nicht nur für die freie Natur, sondern aus ihr gemacht, und lässt den Holzbügel auf den Boden fallen. Sie schiebt die Hose aufs Bett.

»Jetzt hast du eine.«

Lillian legt die Hose zusammen. Das ist die Hilfe, die ihr zuteil wird. Die Hilfe einer Frau, die einem Toten das letzte Hemd stehlen würde (und Lillian kann Raisele hören: »Der Mann ist tot, wer braucht das Hemd mehr, ich oder er?«), und die eines Verrückten, der den Tod so sehr liebt, dass er Lillian schon vorausschickt in der Hoffnung auf ein großes Treffen im Jenseits, ein himmlisches Café Royale, wo das Gebäck frei ist, der Tee stark und alles nicht nur vergeben ist, sondern ungeschehen. Sie legt ein Trägerkleid zusammen und Meyers Wollmantel, umwickelt zwei Leibchen mit einem breiten Ledergürtel und steckt ihre warmen Schlüpfer und Meyers Socken sowie sein Taschentuch ganz unten in ihren Ranzen. Sie würde lieber Strümpfe mitnehmen, es würde ihr mehr behagen, sich eine Reise auszumalen, auf der Seidenstrümpfe und ihre hübschen marineblauen Pumps mit den diamantförmigen Schnallen eine Rolle spielen, aber sie weiß es besser. Sie hält die Seidenstrümpfe und die Schuhe Raisele hin, die sie sofort an sich nimmt.

»Die sind … schick«, sagt Raisele, als Strümpfe und Schuhe in ihrer kleinen Tasche verschwinden.

»Ja«, sagt Lillian. »Goldig, schick, piekfein.«

»Ja. Sie sind piekfein.«

Lillians Ranzen ist fast voll, und es gibt noch ein Kleid in ihrem Schrank und eine Schublade mit Blusen und Strickjacken. Lillian sieht, wie gierig Raisele das Kleid anstarrt, und sie lächelt. Raisele ist ein Wolf, so wie andere Menschen Lämmer, Heilige oder Spatzen sind.

»Alles deins. Was immer dir passt. *Saj gesunt.*«

Raisele hat schon Pläne geschmiedet. Sie hat zwei einfache Mädchen aus Odessa gefunden, und beide haben Arbeit, und sie haben ein großes Sofa, keine anderen Pensionsgäste und keine konkreten Aussichten. Sie sind jetzt einsam, so ganz unter sich und an den Abenden daheim, und Raisele hat sie in Schwung gebracht, einzeln und zusammen. Sie hat ihnen alles Interessante über die Bursteins erzählt, sie hat ihnen schokoladeüberzogene Früchte von Stricoff's Candy Shoppe mitgebracht, und sie hat ihnen erlaubt, sie zu dem Donnerstag-Nacht-Odessa-Mutual-Aid-Association-Theatre-and-Ballet-with-Grand-Buffet-Following auszuführen. Raisele ist spaßiger als sonst irgendjemand, sagen die Schwestern – sie solle ganz schnell einziehen, sie mögen sie wirklich sehr.

Raisele plant, Lillian bis zur Ecke zu bringen, sie dreimal zu küssen, wie Theaterleute es tun, und für eine letzte Inventur zur Wohnung zurückzugehen. Sie glaubt, dass man vermeintlich schlechte Dinge tun und dennoch ein guter Mensch sein kann. Sie glaubt, dass man Menschen keinen Schaden tut, solange man ihnen nicht ernsthaft Schaden wünscht. Sie lässt Meyer die Wohnungseinrichtung (außer dem kastanienbraunen Seidenkissen, das sie seit dem ersten Abend bewundert hat) und seine Kleidung (außer einem blauen Kaschmirschal), und sie wird das Negligé-Ensemble aus grünem Chiffon mitnehmen, da Lillian es nicht will, und sie wird so viel Essen aus dem Kühlschrank mitnehmen, wie sie tragen kann. Raisele guckt noch einmal in den Kühlschrank und hält eine Salami für Lillian hoch.

»Nein. Nimm, was du willst. Meyer sagt, bis morgen muss alles raus sein, definitiv.«

Raisele, die gehofft hat, Meyer würde aufkreuzen und sich ein Bild davon machen, was für eine perfekte Begleiterin sie sein könnte, viel anpassungsfähiger als Lillian, angenehmer (was nicht so schwer sein würde, denkt Raisele; Lillian scheint sich in den Kopf gesetzt zu haben, dass ausgerechnet in diesem Land Männer wissen wollen, wie man sich fühlt), ist enttäuscht, sagt es aber nicht. Raisele erzählt nie jemandem, wie sie sich fühlt, und selbst als sie am Wilna Art Theatre die nächste Junge Naive wird, selbst als sie Ida Liptzin als Juliet ersetzt und eine solche Aufregung mit ihrem neuen naturalistischen Stil auslöst, dass Schauspielerinnen vom Broadway heimlich vorbeischauen, um sie zu sehen, selbst als der Mann von Samuel Goldwyn nach dem Abendessen im El Morocco ihr seine Karte aufdrängt und andeutet, dass, wenn ihre Probeaufnahmen so sind, wie er erwartet, sie bald möglichst ihren Namen ändern wird, ist Raisele Perlmutter nie in Versuchung, jemandem zu sagen, wie sie sich fühlt. Ihre Probeaufnahmen wie ihre Filme zeigen ein alabasterfarbenes Gesicht mit hellen Augen und blassen Lippen, das dem Image des Vamps widerspricht, eher glatt als mit Perlen oder Volants geschmückt. Sie ist von Natur aus ironisch, von Natur aus gleichgültig, von Natur aus modern.

Die Bar ist stockdüster, und Lillian klimpert mit ihren Pennys und dem Päckchen rostfreier Sicherheitsnadeln, das Yaakov an der Innenseite ihres Mantel befestigt hat (man kann nie wissen, hat er gesagt). Sie ist froh, dass bei dem weiten Sergekleid und den Baumwollstrümpfen niemand sehen kann, wie sehr sie schwitzt. Sie erkennt Yaakovs Gesicht nur, weil sie direkt neben ihm steht. Die anderen Männer sind schattenhaft, und Frauen gibt es überhaupt keine. Die Männer sitzen zu zweit oder zu dritt an kleinen runden Tischen und stehen dicht gedrängt an der langen dunklen Theke. Es ist eine richtige Bar, das kann sie sehen. Ein Ort, wohin die Männer zum Trinken kommen, und er riecht, wie solche Orte eben riechen, nach feuchter Wolle und Schweiß, nach Urin und Rauch, und auf den Boden ist so oft Bier gespritzt worden, dass bei jedem Schritt Hopfen- und Malzgeruch aufwirbeln.

»Bist du früher schon mal hier gewesen?«, fragt Lillian. Es ist schwer, sich Yaakov vorzustellen, wie er an einem der Tische Tee nippt.

»Oh ja«, sagt er. »Früher.«

»Mit Reuben?«, fragt sie, und sie wünschte, dies wäre das letzte Mal, dass sie seinen Namen nennt. Wie soll sie sehen, wohin die Reise geht, wenn sein Gesicht die ganze Zeit vor ihr schwebt.

»Unser Reuben?« Yaakov senkt die Stimme. »In diesem Scheißloch?«

Ein Mann mit dünnem rotem Haar und weißen Koteletten tippt Yaakov auf die Schulter.

»Shimmelman«, sagt er, und die beiden Männer sehen sich an. Sie schütteln sich rasch die Hände, und der rothaarige Mann blickt zu Lillian hinüber. Lillian spürt, dass sie höflich lächelt, aber der Mann runzelt die Stirn und blinzelt, vielleicht ist es also nicht das richtige Lächeln, oder sie lächelt überhaupt nicht.

»Die ganze Strecke nach Chicago, Mr O'Brien«, sagt Yaakov. »Und eine Mahlzeit.«

»Sicher doch«, sagt der Mann. »Hab ich doch gesagt. Und das ist also Ihre Tochter?«, fragt er, wobei sich das eine Augenlid leicht senkt.

»Ja«, sagt Yaakov, als wollte er Lillian beschützen, und sie streicht sich das Haar zurück und hängt sich bei ihm ein.

O'Brien schüttelt den Kopf, als hätte er noch nie eine so schamlose Lüge gehört, als würde Yaakov die heiligen Familienbande für seine eigenen schlimmen Judenabsichten einsetzen. Er steckt die Hände in seine Taschen wie ein Mann, der ein Pferderennen verfolgt, bei dem er vernünftigerweise nur eine kleine Summe gewettet hat. Yaakov nimmt seine Brieftasche heraus, und der rothaarige Schlafwagenschaffner schaut weg, zur Tür hin, und ignoriert Yaakovs Handbewegung völlig.

»Ein Dollar gestern und heute vier macht fünf«, sagt Yaakov und legt die Banknoten in die Hand des Schaffners.

»Darauf trinken wir einen«, sagt O'Brien.

Die beiden Männer trinken Bier, und Yaakov zahlt gezwungenermaßen. Als er aufsteht, um die beiden zum Bahnhof zu begleiten, drückt ihn der Schaffner auf den Sitz zurück.

»Ich sage Ihnen was, Mister«, sagt er. »Es wäre ein bisschen komisch, wir drei zusammen auf dem Bahnsteig. Sie lassen die Kleine bei mir. Verabschieden Sie sich jetzt gleich hier.«

Lillian und Yaakov sehen einander an, und O'Brien schaut auf seine Uhr. Yaakov hebt sein leeres Glas hoch. Er könnte es in Stücke schmeißen und Lillians Namen auf seine Brust schreiben. Er stellt das Glas hin. Es ist unnötig; ihr Name ist dort schon eingeritzt.

Yaakov presst Lillian so eng an sich, dass sich die vier Knöpfe seines Mantels durch ihr Kleid und ihre Bluse und ihr Leibchen in ihre Haut drücken, und sie umfasst seinen dünnen Nacken, als wäre er ihr Vater.

»*Gay gesunt hejm*«, sagt Lillian. Geh mit Gott, und sie meint, geh mit meiner Liebe. Sie meint, komm mit mir. Sie meint, verlass mich nicht. Sie meint, ich schaffe das nicht ohne dich. Sie meint, lass mich nicht gehen.

Lillian zu helfen ist Yaakovs letzte gute Tat. Nachdem sie weg ist, hört er auf, im Royale zu singen, hört auf, Reuben zu necken, hört auf, Meyer zu verspotten. Reubens Müdigkeit ist seine eigene, Meyers Lügen sind seine eigenen, die Verbrechen auf der Welt und die Trugschlüsse sind ebenfalls die seinen. Er legt am Badewannenrand Handtücher aus für den Fall, dass es spritzt. Er zieht seinen schweren Sessel bis vor die Eingangstür. Er steigt ins heiße Bad, hat auf der Matte neben sich alles bereitgelegt, und diesmal gibt es keinen Reuben, der ihn herausholt.

Orphan Road

Lillian und Mr O'Brien nehmen die Subway uptown und steigen wortlos mehrmals um, bis sie zur Pennsylvania Station kommen. Sie schaut zu den riesigen Steinadlern hinauf, die den Eingang bewachen, zu den Säulen, deren Umfang so groß wie der uralter Bäume ist. Amphitheatralisch oder amphiprostyl, denkt sie, weil sie dem Thesaurus eine Ruhepause gönnt und das Wörterbuch von vorn zu lesen begonnen hat. Sie denkt nicht: Die sehen ja aus wie die römische Kolonnade von Bernini. Sie mag den warmen honigfarbenen Ton der Steinböden und das ausgesprochen hohe Deckengewölbe, und sie sieht, dass die großen Fenster schon vom Ruß verdunkelt sind und dass schmale Lichtstrahlen die Halle kreuzen. Wenn Yaakov mit ihr hier wäre, würde er ihr sagen, dass der Boden echter Travertin aus Italien und die Decke fünfundvierzig Meter hoch ist. Er würde mit einer Geste die ganze Halle umfassen und dabei die Caracalla-Thermen und die Basilika von Konstantinopel erwähnen und dass es sie vielleicht interessieren könnte, dass der Wartesaal nach dem Vorbild eines Tepidariums gebaut wurde, was nichts anderes als »warmer Raum« bedeutet. Yaakov Shimmelman ist ein großer Bewunderer von Stanford White und Charles McKim, und er hat sich die öffentliche Ausstellung ihrer Zeichnungen angesehen und ist an ihren Gebäuden vorbeigegangen, nur um sie zu bewundern, und es ist ihm eine besondere Freude gewesen, die Hose von Mr Whites Chauffeur bei drei verschiedenen Anlässen abzuändern.

Lillian folgt dem Schaffner am Speisesaal vorbei in den nördlichen Teil des Bahnhofs. Sie sieht die Fahrkartenschalter, die Telegrafenbüros und die schwarzen Mäntel der Männer. Sie sieht modern gekleidete junge Frauen, Fransen- und Seidenschuhe im giftig leuchtenden Grün dieser Sommermode und ältere Frauen in Beige und Hellgrau mit den dazu passenden Hüten, und dann versetzt ihr der Schaffner einen heftigen Schubs, damit sie flott die Treppen zum Gleis 107 hinuntergeht, dem Pennsy, wie er sagt, Broadway Central. Sie sieht die sternförmige blaue Decke, sie sieht die eisigen Marmorstufen, sie sieht die Pullman-Schaffner, die so viel sauberer und eleganter und freundlicher zu sein scheinen als ihr eigener; sie sieht, wie ein Mann italienisches Eis verkauft, und einen Friseurladen, der vierundzwanzig Stunden geöffnet hat, und dann sind sie auf dem vollen Bahnsteig mit den rechtmäßigen Passagieren: Immigranten mit sechs Kindern und Gepäck, wo kein Stück zum anderen passt, Geschäftsleute und Vertreter mit ihren großen Musterkoffern und einige Frauenpärchen, die herausfordernd oder mürrisch dreinblicken.

Der Schaffner schwingt sich hinauf in den Personenwagen,

und Lillian klettert hinterher. Er streckt die Hand nach ihrem Ranzen aus, aber sie hält ihn fest. Sie sieht grüne Bois-und-Rattan-Sitze und glänzende Holztüren, und sie kann gerade noch zwei Männer ausmachen, die hinter dem geätzten Glas ihre Zeitungen aufschlagen, als der Schaffner den Gang entlanggeht und eine Jalousietür aufzieht. Er drängt Lillian und ihren Ranzen in einen Wandschrank, und sie hört, wie sich der Schlüssel im Schloss dreht.

»Zweiundzwanzig Stunden«, sagt er. »Keinen Mucks.«

Bevor er die Tür zumacht, ist ein verwischter schmaler Lichtstreifen an deren oberem Ende zu sehen, dann herrscht völlige Dunkelheit. Ein dichtes schwarzes Drahtgeflecht ist zwischen die Lamellen gespannt, und der Draht selbst ist übermalt. Lillian ist an die gelben Straßenlaternen gewöhnt und an die rot-grün-roten Ampeln, die die ganze Nacht über durchs Wohnzimmerfenster blinken; sie ist daran gewöhnt, in Meyers Bett zu liegen und das Erscheinen und Verblassen der Sterne am Stadthimmel zu beobachten und die obersten Gebäudeteile auszumachen, die nie ganz in der Nacht verschwinden. Dies hier ist das Dunkel, bevor die Welt entstand.

Lillian schließt die Augen und öffnet sie, und es gibt keinen Unterschied. Sie kann die Messingschnalle auf ihrem Ranzen fühlen und spielt daran herum, dreht den Ranzen hierhin und dorthin, damit die Schnalle gegebenenfalls Streulicht einfangen und zum Aufleuchten bringen kann. Sie setzt sich auf den Boden, und etwas Hartes und Schmales, der Rand eines Eimers, drückt sich in ihr Rückgrat. Lillian beugt sich nach vorn und schlägt mit dem Kopf an ein Holzregal. Sie legt den Arm um den Eimer. Es gibt eine Wand, dann den Eimer, dann Lillian, dann ihren Ranzen. Das Holzregal befindet sich, wenn Lillian aufrecht dasitzt, etwa zweieinhalb Zentimeter über ihr. Die beste Stellung wird sein: Kopf auf den Ranzen, Füße gegen den Eimer. Was auch immer sanft im Eimer herumspritzt, wird an irgendeinem Punkt aus dem Eimer schwappen, und es wäre besser, es schwappt auf ihre Schuhe als auf ihr Gesicht. Es wäre besser zu sterben. Im Dunkeln macht sich Lillian ein Kopfkissen aus ihrem Mantel und lässt ihre Beine ganz langsam von einer Wand zur anderen wandern. Die Augen können sich nicht an die Dunkelheit gewöhnen; der Wandschrank gibt nichts preis. Sie wiegt sich auf dem Weg nach Albany in den Schlaf.

Sie ist tot. Sie ist blind. Schon kann sie den klebrigen Sog des Bluts auf dem Boden spüren. Sie sieht die Teekanne ihrer Großmutter in vier Stücke zerbrochen, sie riecht den verschütteten Tee. Sie schneidet sich ihr Knie an einer Porzellanscherbe. Sie wirft einen Eimer um, und was auch immer darin ist, durchtränkt ihr Nachthemd. Ihre eigenen blinden Finger berühren Finger, und sie sollte die Hand auf der Stelle erkennen, aber sie tut es nicht. Sie tritt über die Hand in den Hinterhof. Ein schöner Sonnenaufgang empfängt sie, und Lillian sieht, dass man Sophies Bettchen vor den Hühnerstall der Lebanskys gestellt hat und es ordentlich gemacht ist. Ossips Ehering rollt im Dreck herum wie ein goldener Kreisel, und Lillian rennt, um ihn zu erhaschen. Sie sieht das Ende von Sophies braunem Zopf und ihr blaues Haarband um die Ecke des Hühnerstalls biegen. Sie sieht Mariams schwarz gefärbte Locken und ihren verschmutzten Schal vorbeiziehen, und sie beeilt sich, sie einzuholen.

Der Türknopf dreht sich ein wenig. Jemand rüttelt an der Tür. Lillian wacht gerade rechtzeitig auf, um nicht aufzuschreien.

»So ein Pech, Liebling«, sagt ein Mann. Eine Frau lacht. Für Lillian ist offensichtlich, dass sie erregt ist, sie würde mit dem Mann in den Wandschrank gehen, wenn der Schaffner ihn nicht verschlossen hätte, damit Lillian bei einer scharfen Kurve nicht herausfällt. Der Mann sagt: »Wir müssen bis Albany warten.« »Ich kann nicht warten«, sagt die Frau, und Lillian denkt, so etwas einem Mann zu sagen ist ein schrecklicher Fehler.

Der Zug hält an, und Lillian kann hören, wie sich die Welt eine Handbreit weiter an ihr vorbeibewegt. Sie riecht aussteigende Leute, Schweiß und Bombasin, Gummi, Käse, jemand hat seine Salamiwurst mitgebracht, Roggenbrot, Lavendel und Bier, Kinderkacke. Da ist das weinende Baby, da ist die murmelnde Mutter: »Sch, sch, alles wird gut.« Da ist der Zugbegleiter: »Albany, Al-ba-nyyy!«, da ist das Rascheln von Röcken und ein dicker Gummiabsatz, der gegen ihre Tür stößt. »Verdammt«, sagt der Mann. Jetzt steigen Leute ein, Lillian kann spüren, wie die Luft aus einer anderen Richtung kommt, neue Luft, etwas frischer. Schritte, Männerstimmen, ausdruckslos und scharf, Männer, die nur reden, wenn sie müssen, Männer, die das Reden den Frauen überlassen. Wo ist das Liebespaar hin?, fragt sich Lillian.

Der Zug fährt an. Im Dunkeln verschieben sich Dinge. Dinge, deren sich Lillian bis jetzt bewusst und sicher gewesen ist – die Tür, die Wand des Eimers, die sie vor dem bewahrt, was im Eimer ist, die Kante des Regals, die Borsten der Reinmachbürsten, die in ihr linkes Bein drücken, die Metallspitze eines Schirms, harmlos an ihrem rechten Fuß liegend, während der Griff eine kleine Rattankurve unter ihr macht –, scheinen sich zu bewegen. Von einer Sekunde zur anderen vergisst sie die Form oder die

Fläche oder die Rundung von irgendetwas; alles ist mit ihr in Bewegung. Sie verlagert die Hüfte von den Reinmachbürsten weg, und die Borsten neigen sich zu ihr hin wie eine Katze.

Lillian nickt ein, und der Traum läuft schnell ab: rotes Stroh, zerbrochene Teekanne, abgetrennte Hand, Sophies leeres Bettchen. Lillian schreit auf, kaum fünf Minuten nachdem sie die Augen geschlossen hat.

Der Schaffner reißt die Tür auf, und sie fällt heraus, genau wie sie es befürchtet hat, so blind im Flurlicht wie vorher im Wandschrank. Der Schaffner schluckt einen Bissen seines Sandwichs hinunter.

Er sagt: »Du kannst nicht so schreien, und du kannst auch nicht so umkippen.«

Er legt Lillians Hände um ein zweites Sandwich und schubst sie zurück in den Wandschrank, wobei er mit dem Stiefel nachhilft. Er flüstert durch den Draht: »Schenectady oder Rome, da kannst du die Toilette benutzen.« Das Sandwich ist auf den Boden gefallen, und Lillian findet es neben ihrem Schuh und isst es, noch bevor sie darüber nachdenken kann, was es ist oder wo es gelegen hat.

Sie hört die Stimmen des Liebespaares wieder. »Warum bist du nicht in Albany ausgestiegen?«, sagt er. »Warum du denn nicht?«, sagt die Frau. Sie klingt vergnügt. Sie sagt: »Sonst steigen wir immer in Albany aus, gehen in ein Hotel, und du gehst heim zu deiner Frau, und ich geh heim zu meinem Mann.« »Ich habe mich eben gefragt, warum wir das noch einmal tun sollten? Sie werden einen Mordskrach schlagen«, sagt der Mann. »Ja, ich weiß«, lacht die Frau, und Lillian ist froh darüber – es ist der Klang von Glöckchen an einem Schlachtross, und sie überlegt, was für schreckliche Dinge dieser Frau passiert sein müssen, dass sie so mutig geworden ist. Lillian würde gern an die Tür klopfen und sagen, dass sie zwar die Frau von der Besenkammer aus bewundert, aber nicht den Mann, und sie ist sich ziemlich sicher, er wird sie in Rome oder an diesem anderen Ort verlassen, und selbst wenn es der Frau gelingt, ihn bis Chicago in ihrem Bett zu halten, wird er früh an einem Morgen davonhuschen und mit einem Geschenk für seine Frau im Gepäck den Zug zurück nach Albany nehmen. »Gehen wir was trinken«, sagt der Mann.

Sie gehen weg, und es ist dunkler als zuvor. Lillian kann nichts von der Gegend sehen, durch die sie fahren. Sie riecht beim Mann einen Hauch Nelken vom Rasierwasser und bei der Frau Rosenöl. Apfelgärten, grün, rot, gelb, braun, und dunkel gepflügte Felder und schlammiges Weidevieh und Wanderarbeiter, die geduckt über Verschiebebahnhöfe schleichen, und unbeschuhte Kinder in Mehlsäcken, die dem Zug zuwinken, als er um die Kurve biegt, und Ansammlungen von Hütten und roten Silos und große Gewässer, deren Namen Lillian nicht kennt – dieses große Stück von Amerika bedeutet Lillian weniger als das, was von Yaakovs Stalagmiten-Höhle und den edlen Indianern übrig geblieben war, und innerhalb von Stunden liegt es hinter ihr.

»Wart es ab«, sagt der Schaffner. »Warte.«

Vor ihrer Tür, auf dem Gang, sind unendlich viele Schritte zu hören; und da ist die kleine Welle frischerer Luft über Karamell, feuchter Wolle, abgesengtem Haar, Riechsalzen, Haarwasser, Pears-Seife, Tabak. Lillian nimmt wieder die Gerüche des Liebespaares wahr, aber sie sprechen nicht, und dann riecht sie den Bahnhof, Asche und Öl, heißer Docht und heißes Wachs, als wären gerade hundert Kerzen gelöscht worden, Toastbrot, Teer, entmutigte, müde Menschen, die eilig ihres Weges gehen.

Der Schaffner öffnet die Tür. Lillian ist auf Händen und Knien, auf dem Boden unter ihr schwimmt eine Drecksbrühe, seine Schuhe sind dunkel und glänzend wie nasse Steine.

»Raus mit dir!«, sagt er.

Lillian hatte geglaubt, sie würde im Zug bleiben und zusammen mit ihm weiterreisen wie bisher. Er ist der Einzige, den sie kennt.

»Das hier ist die LaSalle Station, Chicago. Du musst jetzt zur Union Station. Über den Fluss«, sagt er, aber das Mädchen verharrt auf allen vieren, störrisch wie dummes Vieh, und er möchte sie treten. Er zieht sie hoch und presst sie an die Wand und drückt ihr den Ranzen in die Arme.

»Sei ein braves Mädchen«, sagt er.

Sie blickt ihn an, und obwohl er selten die Hand gegen seine Frau erhoben hat, in den letzten zehn Jahren gar nicht mehr, schaut er in das Gesicht des Mädchens und denkt: Darum schlagen wir euch. Sie sieht es, sie sieht den Gedanken, sie sieht die erhobene Hand und den Schatten, bevor die Hand fällt, und sie schließt die Augen und streckt ihm das Gesicht entgegen, denn so etwas wartet man nicht untätig ab, und Dan O'Brien seufzt und zieht sie auf den Bahnsteig und zerrt sie die Treppen vom Gleis 123 hoch.

»Verdammich«, sagt er. »Geh zur Union Station. Frag nach Andy McGann, Great Northern. Jetzt ist McGann dran. Sie nennen ihn Red.«

Lillian kann weder ein Wort herausbringen noch einen Schritt tun. Gehen ist ihr so unmöglich wie fliegen.

»Dort entlang«, sagt der Schaffner, und er gibt ihr einen Stoß; das ist alles, was von seinem Wunsch geblieben ist, sie so hart zu schlagen, dass ihr die Augen aus dem Kopf fallen und sie ihm nicht länger eine Last wäre.

Lillian bleibt stehen. Sie hebt ihren Ranzen auf. Schließlich sagt sie zu dem ersten gut gekleideten Mann, den sie sieht: »Union Station, bitte.« Und er schüttelt den Kopf. Es ist nicht so, als wüsste er es nicht, denkt Lillian, es liegt an ihr. Da springt einfach nichts raus für ihn, einer dreckigen Ausländerin zu sagen, wo der Bahnhof ist. Sie versucht es bei einem zweiten Mann, der nicht so gut angezogen ist, und er schaut sie traurig an, als wüsste er, wie es für sie gewesen ist und wie es für sie sein wird, und sie senkt den Blick, als wäre sie das unglücklichste Wesen auf der Welt, und lächelt dann hoffnungsvoll. Sie denkt, dass sie wohl noch tausend Mal das elende, liebreizende Mädchen spielen muss, nur um zu dem verfluchten Bahnhof zu gelangen, da sagt er: »East Van Buren Street, drei Blocks bis Lower Wacker, rechts abbiegen, zwei Blocks am Fluss entlang, dann links bei Adams über die Brücke – da ist es dann auf der rechten Seite, hinter dem Fluss.« Lillian hat keine Ahnung, was er gesagt hat oder wie sie es wiederholen könnte. Der Mann geht davon, und Lillian steht an der Ecke. Ein Mann und eine Frau treten direkt neben ihr auf die Straße, der Mann hebt die Hand, ein Taxi hält, und sie sind weg.

Lillian ist mit Reuben und Meyer Taxi gefahren. Sie hebt auch die Hand; mit dem grandiosen Schwung der Bursteins hält sie die Innenhand nach außen, streckt ihr Kinn vor, wie sie es tun, und das Auto bremst vor dem schmutzigen Mädchen in schweren, abgenutzten Schuhen. Lillian hält dreißig Cent in ihrer rechten Hand bereit. Der Rest ihres Geldes befindet sich hinter einem Schlitz im Futter ihres linken Stiefels, in einer der versteckten Seidentaschen, die Yaakov in ihren Mantel eingenäht hat, und am Ranzenboden. Dreißig Cent erscheinen genug; es ist das, was Reuben für sie bezahlt hatte, um von Uptown Manhattan nach Hause zu kommen, und auch Meyer, wenn sie ins Ye Olde Chop House essen gingen. Dreißig Cent könnte der gängige Preis sein für städtische Taxifahrten, und wenn es mehr als das wäre, wird Lillian nicht zögern (schwanken, stocken, unschlüssig sein, auch zweimal überlegen, hü oder hott sagen oder es beiden Seiten recht machen wollen). Sie wird ihre drei Dimes hinschleudern und wie der Teufel auf und davon sein. Sie hört: »Dreißig Cent, Miss«, und wirft das Geld auf den Sitz. Lillian ist sofort draußen und sucht nach dem Mann namens Andy McGann, bekannt als Red.

Das Symbol der Great Northern Railway ist eine weiße Ziege vor einem roten Berg, und Lillian sieht die Ziege ein Dutzend Mal, bevor sie den Zug findet. Eine nette amerikanische Familie steht vor ihr auf dem Bahnsteig. Vater und Mutter glänzend wie die Titelseite einer Illustrierten, die beiden Kinder in Reisekleidung, das Mädchen mit einer gelockten Puppe, der Junge mit einem großen Bilderbuch. Das kleine Mädchen hält Lillians Blick einen Moment lang stand und schaut dann weg, beunruhigt, dass sie so angestarrt wird, und auch Lillian schaut weg. Weiter unten auf dem Bahnsteig tragen zwei elegante Frauen zwei Zuchthündchen. Gepäckträger ziehen zwei aufeinander abgestimmte Koffersets aus violettem Wildleder an Lillian vorbei, und sie denkt: Nicht genug damit, dass sie im Mantel ihres Liebhabers schwitzend und mit schmuddeligem Kleid und fettigem, angeklatschtem Haar hier im Bahnhof stehen muss, sie wird auch noch von Frauen ignoriert, die wie ein Blumenbeet duften, Gepäck haben, das hübscher ist als ihre Kleidung, und Hunde auf dem Arm tragen, die gepflegter aussehen als Lillian. Sie kann es nicht erwarten, dass diese Art von Stolz vorübergeht; sie stellt sich vor, dass es sie ab einem gewissen Punkt nicht mehr kümmern wird, wie sie aussieht oder wie andere Leute aussehen, sie wird nicht bemerken, wer sie bemerkt; sie wird das Leben als ein großes Rad ansehen, das glatt von der Vergangenheit über die Gegenwart zur Zukunft rollt, von ihrem Leben als Frau zu dem nächsten Leben als Wasserwanze oder Tulpe, alle Leben gleichermaßen wünschenswert oder nicht, und das Rad hält nirgendwo an, so jedenfalls hat ihr Yaakov den Buddhismus erklärt.

»Fahrkarte, Miss?«, sagt ein Gepäckträger, und von der Art, wie er »Miss« ausspricht, könnte Meyer Burstein noch etwas lernen, es liegt gewaltige Verachtung darin, nuancierte Mutmaßung und der rasche Schluss, dass diese Frau Chicago nur auf einem Weg verlassen wird: flach auf dem Rücken liegend mit heruntergezogenem Schlüpfer.

»Ich suche Mr McGann.«

Ein anderer Gepäckträger kommt vorbei und sagt: »Red«, und Lillian bestätigt, ja, es ist Mr Red McGann, den sie sucht. Und die beiden Träger lachen, aber der rundliche mit dem väterlichen Gesicht ruft mit einer Stimme wie ein Signalhorn: »Red, Red McGann, Gleis 27«, und ein weiterer Gepäckträger nimmt den Ruf auf, und hier kommt er, Red McGann, ein bisschen größer als Lillian, die Muskeln in Fett übergehend, die Haut papierweiß, abgesehen von zwei scharlachroten Flecken auf seinen hohen Wangenknochen. Er hat runde, jungenhaft blaue Augen, und sein Haar ist von rostbraunen Strähnen durchzogen und in hohem Bogen nach hinten gekämmt, hart und glatt wie ein Schiffsbug.

Red McGann fasst Lillian am Ellbogen wie ein Onkel und geht mit ihr bis zum vorletzten Wagen. Er fragt sie, wie sie auf ihn gekommen sei, und Lillian erzählt ihm, dass Mr O'Brien sie geschickt habe, und fügt hinzu, dass Mr O'Brien ihr erlaubt habe, in der Besenkammer zu sitzen, und sie mit großer Freundlichkeit behandelt und ihr eine Tasse Kaffee und zwei Sandwiches gegeben habe, und er habe ihr gesagt, Mr McGann werde für fünf Dollar dasselbe tun.

Red McGann lächelt. Es ist nicht das schlimmste Lächeln, das sie je sehen wird, aber es zeigt die Art von Zärtlichkeit, die man aus den Gesichtern von Jungen kennt, die ihre Hunde lieben und sie treten.

»O'Brien ist schon in Ordnung«, sagt er. Er nimmt Lillians Ranzen, hilft ihr in den Wagen und zieht sie in die Damentoilette. Er steht mit dem Rücken zur Toilettentür, legt den Ranzen hinter seine Beine und sagt: »Gib mir deinen Mantel«, und er hängt ihn an einen Haken an der Wand. Er verschließt die Tür. Er knöpft sich den Latz seiner blauen Wollhose auf und breitet seinen dicken Schal auf dem Boden aus. Er legt seine großen weißen Hände auf Lillians Schultern und drückt sie in die Knie auf den Schal.

»Kannst du die fünf Dollar wirklich entbehren, Kleines?« sagt er.

Lillian schaut zu ihm hoch, seinen ganzen Körper entlang, von der blauen Wolle und der herausguckenden Flanellunterhose darunter über das beträchtliche Ausmaß seines blauen Kittels bis zu den Altersfalten an seinem Hals und zur Unterseite seines Kinns, wo sie einige graue Barthaare bemerkt, die er beim Rasieren stehen gelassen hat. Sie kann die fünf Dollar nicht wirklich entbehren – sie kann jeden einzelnen in Seattle gebrauchen. Sie ist ganz auf Seattle konzentriert. Sie atmet durch den Mund, damit sie nicht den Geruch von Red McGann aufnehmen muss, damit sie sich nur an die gesprungene schwarz-weiße Fliese unter dem marineblauen Schal und seine schwarzen Schuhe zu ihren beiden Seiten erinnern muss. Sie schiebt das Haar zurück und befeuchtet sich die Lippen, und Red McGann seufzt: »Du bist wirklich ein Schatz«, sagt er.

Sie kann ihn nicht erregen. Er ist so weich wie Haferbrei in ihrem Mund. Lillian geht mit ihm um wie mit einem Liebhaber, als wäre er Reuben nach einem langen Tag. Sie fasst in seine Unterhose und wölbt die Hand über seine Eier, sie ergreift den Schwanz mit zwei Fingern und dann mit der ganzen Hand, und ständig denkt sie, Seattle, Seattle, Seattle. Sie zieht gleichmäßig an ihm, und er wiegt sich mit ihr und legt seine Hand hinter ihren Kopf, damit er nicht gegen das Porzellanbecken schlägt.

Sie schließt die Lippen eng um den Penis und achtet auf ihre Zähne. Sie macht ihren Mund so weich und einladend wie möglich und drückt die Lippen fest auf ihn. Red McGann sagt: »Ah, gutes Mädchen, gutes Mädchen«, und er stößt zu und wird etwas härter. Lillian öffnet ein Auge, um zu sehen, ob es sie dorthin bringt, wohin sie müssen, und er erschlafft wieder. Sie beugt sich zurück und wischt sich den Mund mit dem Handrücken. Sie legt die andere Hand um ihn und seufzt. Ich kann mit feuchtem Holz kein Feuer machen, Mr McGann, denkt Lillian, und als hätte er sie gehört, legt er seine Hand auf die ihre und hält sie ruhig. Lillians Blick ist gesenkt; unwahrscheinlich, dass er sie anschauen will.

Er tätschelt ihren Kopf. Er streicht das Haar zurück, das sich bei ihrer Drehung gelöst hat.

»Das ist es«, sagt er. »Und selbst wenn mein Leben auf dem Spiel stünde, würde ich es nicht schaffen. Kein Blei im Bleistift.«

Es klingt so, als lächelte er, was sie überrascht, aber sie kann nicht zurücklächeln. Er zieht sie hoch und staubt ihr die Knie ab. Er schüttelt den Schal aus und legt ihn sich wieder um den Hals.

»Nichts passiert, Kleines«, sagt er.

»Nichts passiert«, sagt Lillian und denkt, das trifft durchaus zu.

Red McGann ist kein böser Mensch, und er möchte, dass Lillian das weiß, und er möchte, dass sie das auch sagt. Er möchte das jetzt mehr als das andere vorher. Sie soll sehen, dass er ihr die fünf Dollar ersparen wollte und ein anderer Mann sie wahrscheinlich aufgefordert hätte, den Geigenbogen mit Harz einzureiben, und dennoch das Geld genommen hätte, und er hat gehört, dass einige Burschen einen Zuschlag fürs Wasser und das Sandwich verlangen, was er nicht tut. Er möchte Lillians Zustimmung, dass es Dinge gibt, die man so sehr begehrt, dass man sich nicht um ihre Herkunft schert. Es zählt dabei nicht, ob sie gestohlen oder bezahlt oder aus Mitleid oder Angst erzwungen sind. Es zählt nur, dass man diesen Drink oder diese Erlösung oder dies Geld oder dies Baby kriegt, und wenn man auf der Seite des Entbehrens steht, wo man eben nicht das hat, was man haben muss, spielt Verdruss, der sich vielleicht später einstellt, der sich garantiert einstellt, keine Rolle. Und wenn Red McGann Lillian das sagte, würde sie nicht mit ihm streiten.

Er reicht ihr den Mantel.

»Ich bin am Boden«, sagt er. »Und das ist die Wahrheit.«

Am Boden, denkt Lillian. Sind wir doch alle. Und darüber lächelt sie, und Red McGanns Stimmung hebt sich.

»Ja, wirklich, nichts passiert«, wiederholt er und zeigt Lillian die Besenkammer. »Ich lass dich raus in St. Paul – da kannst du dein Geschäft erledigen.«

Lillian bringt sich im pechschwarzen Innern in Ordnung. Wieder ist da das angemalte Drahtgitter zwischen den Lamellen, der Eimer, die Bürste. Über ihr sind die gleichen drei Regale, der gleiche feuchte Holzboden, eine Schachtel mit Seifenflocken, aber kein Schirm. Lillian bleibt einige Sekunden in der Besenkammer stehen und schlägt sich den Nacken an. Sie hört, wie ein Mann seinem kleinen Mädchen vorsingt: »Hoppehopp, nach Boston. Hoppehopp, nach Lynn. Pass auf, liebe Sarabeth, sonst fällst du noch hin.« Vor Tagesanbruch benutzt Lillian die Toilette in St. Paul und bekommt ihr trockenes Schinkensandwich in Fargo, Norddakota, und hat ihren Albtraum in Minot, Norddakota, und dann wieder in Spokane, und im Traum selbst kann sie fühlen, dass sie danebensteht und sagt: »Ja, ja, Teekanne, Axt, abgetrennte Hand, ich weiß, um Himmels willen, ich weiß.« Sie beginnt zu schreien, sie wacht auf, sie beruhigt sich. Lillian fällt aus der Besenkammer in Seattles King Street Station, und Red McGann hebt sie am Ellbogen hoch.

»Halt Ohren und Augen auf«, sagt er. »Die Welt ist ein furchtbarer Ort.«

3. September 1925

Ist es nicht gemein, so schön zu sein, so schön?

Seattles King Street Station ist berühmt für zwei Dinge, und man erzählt Lillian weder von dem einen noch von dem anderen.

King Street Station ist ein großer, ansehnlicher Schuppen auf einem Platz, und Lokalpatrioten in Seattle vergleichen seinen dunkelroten Ziegelsteinturm mit dem Campanile auf der Piazza San Marco in Venedig. Lillian geht aus dem Bahnhof und sieht den Turm nicht einmal.

Sie schaut von Gesicht zu Gesicht, von Schild zu Schild. DAS SEATTLE HOTEL; DIE SCHREIBMASCHINENMETROPOLE VON AMERIKA; DAS WANG DOODLE ORCHESTER, NUR HEUTE ABEND; CAVE CAFÉ AND GRILL: IMMER ETWAS LOS. Zu beiden Seiten des Haupteingangs gibt es drei Meter hohe Plakate, NICHT SPUCKEN, in Großdruck über dem Körper der Hygiea, der Göttin der Gesundheit, die ein schmuckes Einfamilienhaus in der einen Hand hält und Tauben, die in einem jungen Baum nisten, in der anderen; der Saum ihres grünen Gewandes fällt über Dreck, Krankheit, Verbrechen und ein halbes Dutzend Spucknäpfe. Reisende strömen um Lillian herum aus dem Gebäude und finden ihren Weg zu den Taxis und Droschken oder den wartenden Familien oder den Pagen der besseren oder größeren Reisehotels.

Lillian braucht keinen Platz zum Übernachten; nach Yaakovs Notizen muss sie nur die Alaska Steamship Company am Pier 70 finden, die sie nach Prince Rupert, British Columbia, bringen wird. Von Prince Rupert, Kanada, schreibt er, wird dich ein Schiff den Skeena-Fluss hoch bis nach Hazelton bringen, zum sogenannten Telegraph Trail, und dem folgst du bis Whitehorse und nimmst ein weiteres Dampfschiff nach Dawson City; von dort fahren anscheinend, so Yaakov, kleine Schiffe nach Sibirien ab. Yaakov hat es alles für sie herausgeschrieben, jiddisch auf der einen Seite, englisch auf der Rückseite, außerdem Fakten über Kanada und den Yukon. Sie besitzt sieben Dollar und zwanzig Cent.

Lillian geht zurück in die Bahnhofshalle und sucht den Hinterausgang. Sie folgt den Menschen, die ihr am ähnlichsten sehen – schlecht, aber passend für alle Eventualitäten angezogen, zurechtgemacht, aber nicht sauber – und sich wie kleine verängstigte Fische in einem Riesenteich bewegend.

Der Hinterausgang, neben dem verblassten Schild für die Universal Negro Improvement Association, ist nicht der beste Weg, um den King-Street-Bahnhof zu verlassen. Er führt direkt zum Yesler Way, der ursprünglichen Skid Row (heruntergekommene Gegend, Abladeplatz, Elendsstraße, siehe auch: Slums), die 1852 zur Skid Row wurde, als Henry Yesler, ein großer Mann im Holzgeschäft, eine schmale Ost-West-Schneise durch die Stadt baute, um seine Baumstämme aus dem Wald den Berg hinunter zur Holzmühle rutschen zu lassen.

Lillian kennt den Namen der Straße nicht, die an der King Street Station vorbeiführt. Niemand hat ihr gesagt, sie solle nicht aus dem Hinterausgang gehen. Niemand hat ihr gesagt, dass die örtliche Polizei dieses Gebiet nicht patrouilliert, weil die einzigen Leute in diesem Teil des Yesler Way Auswärtige sind, die durch die falsche Tür gegangen sind, und Einheimische, die hinter ihnen her sind. Seattle hat nicht genug Polizeibeamte für all die Bordelle und Opiumhöhlen und Pfandhäuser und Flüsterkneipen und miesen Diebe und Betrüger. Lillian kommt zur falschen Tür heraus und sieht niemanden, bloß ein paar schwarze Jungen, die mit Murmeln spielen, und eine rothaarige Frau, nur in Rock und Stiefeln, die regungslos auf dem Boden liegt und deren weiße Brüste mit gelbblauen Quetschungen überzogen sind. Lillian schaut sich um nach der Polizei oder einem rechtschaffenen Bürger, aber es gibt keinen in Uniform, und die Männer, die die schmale Gasse entlangkommen, sehen nicht wie rechtschaffene Bürger aus.

Jemand gibt Lillian einen leichten Stoß in die Rippen. Sie öffnet die Augen, und was sie sieht, ergibt keinen Sinn für sie. Es ist das glatte dunkle Bein einer sehr jungen Farbigen, ihr Fuß steckt in einem weißen Mary-Jane-Schuh und weißen Baumwollsöckchen mit weißer Häkelspitze auf dem umgeschlagenen Rand, und eine abgerundete glänzende Schuhspitze stößt in Lillians Seite. Das kleine Mädchen in weißer Schürze und hochgeschlossenem blauem Kleid blickt auf Lillian hinunter und sagt: »Lady, Miss Lady, willst du nicht aufstehen?«

Gumdrop weiß sofort, was sie da vor sich hat. Einheimische können das. Einheimische kommen früh und bleiben bis spät in die Nacht auf ihrem vertrauten Gelände; sie verstehen, was los ist, noch bevor es begonnen hat, und nehmen die Bedeutung von Ereignissen wahr, bevor sie überhaupt Form angenommen und sich manifestiert haben. Lillians Vater sah den schmalen gelb werdenden Rand eines Birkenblatts im späten August und wusste, dass sein Schwiegersohn sich im Oktober Geld borgen musste. Reuben sah Lillians verfärbte, von Nadeln zerstochene Finger und wusste, dass sie etwas bieten konnte. Cousine Frieda sah die Hüte und die glitzernden Armbänder der amerikanischen Frauen und wusste, dass sie einen Ehemann verlieren und sich ihren Lebensunterhalt mit den seichten, schnell sich ändernden Modelaunen der neuen Welt verdienen würde. Gumdrop weiß, dass die Frau, die da in einer Gosse des Yesler Way liegt, keine Amerikanerin ist, ungefähr ihr Alter hat, nicht tot ist und ihr sehr wahrscheinlich von Nutzen sein wird.

Gumdrop stößt Lillian noch einmal an, härter. Sie beugt sich hinunter, um ihr ins Ohr zu flüstern, ihre Ausdrucksweise präzise wie die einer Sonntagsschullehrerin. Mit einer ernsten und völlig erwachsenen Stimme sagt sie: »Steh jetzt auf. In etwa zwei Minuten haben sie dir die Kleidung vom Rücken gerissen.« Lillian macht die Augen ganz auf, und Gumdrop sagt: »Jetzt.«

Lillian wacht in Gumdrops Bett auf. Als sie den Kopf dreht, tut ihr das Schlucken weh, und sie hat überall starke Schmerzen. Sie versucht, sich nicht zu bewegen und nur die kleine Frau, die sie hierher gebracht haben muss, heimlich zu beobachten (es gab eine Fahrt mit dem Taxi, jemand hat sie eine Treppe hochgetragen, ihr Hinterkopf schlug dabei gegen das Geländer). Die Frau beugt sich über Lillian, um ihr Kissen glatt zu streichen, ihre Brüste berühren dabei Lillians Wange, und obwohl das vielleicht noch nicht die ganze Geschichte ist, weiß Lillian, dass sie Glück hat, am Leben zu sein, und dass diese Frau das Glück ist. Von dem kleinen Mädchen in der Gasse ist jetzt nichts mehr zu spüren; mit zusammengekniffenen Augen und vorgeschobener rechter Hüfte tritt die Frau ein paar Schritte vom Bett zurück, und als sie einen schlanken Arm zum Erkerfenster streckt und zu Lillian sagt, sie solle sich aufrichten und den Tag begrüßen, ist sie wie jede Schauspielerin, die Lillian je erlebt hat, strahlend vor Selbstbewusstsein und großer Geste. Gelbe Seidenbluse und mit Volants besetzter orangefarbener Rock, Beine, die in Seidenstrümpfen glänzen, zierliche orangene Pumps mit Strass-Schnalle. Lillian möchte sagen, dass sie auch solche Schuhe hat, aber sie sagt es nicht. Sie hatte solche Schuhe, das ist alles. Die Frau und Lillian sehen sich an, und Lillian zieht das Laken ein bisschen enger um sich.

»Nichts, was ich nicht schon gesehen habe«, sagt die Frau. Sie streckt die Hand aus. »Ich heiße Gumdrop.«

»Ich heiße Lillian«, sagt Lillian und wünscht sich, sie hätte einen flotteren Namen, den sie bei Bedarf verwenden könnte.

Gumdrop öffnet die Türen ihrer beiden Kleiderschränke, um etwas zu finden, das sie Lillian leihen kann, und es ist Lillian klar, dass sie bis jetzt nur Gelegenheitsprostituierte kennengelernt hat; Gumdrop ist eine Professionelle, eine Professionelle mit einer Spezialität, und ihre Spezialität ist »Das kleine Mädchen«. Es gibt steife weiß-marineblaue Schürzen, weitere glänzende Schuhe, vorn abgerundet wie diejenigen, mit denen Gumdrop sie angestupst hat, ein schwarzes Paar, ein rotes Paar und ein rosafarbenes Paar mit rosafarbenen und weißen Bändern statt Riemen. Es gibt einen mit weißen Bändern geschmückten Matrosenanzug, dazu ein keckes rot-weißes Barett und einen lavendelfarbenen Wollmantel mit einem Büschel von Seidenveilchen am Revers sowie ein Paar lavendelfarbener Kinderhandschuhe, die aus den samtbesetzten Taschen hervorschauen. Es ist die Garderobe einer viel geliebten, viel gehätschelten und sehr verwöhnten Zehnjährigen.

Gumdrop ist die farbige Mary Pickford, und Lillian sagt es ihr, und Gumdrop lächelt zum ersten Mal. Gumdrop weiß, was sie hat, und Mary Pickford ist gar nichts gegen die nackte Gumdrop. Ihre reizend schmale Taille biegt sich scharf nach innen – ein Mann mittlerer Größe kann seine Hände darumlegen, und seine Fingerspitzen treffen sich –, und ihr Po ist größer, als man erwarten würde, was sich gut macht, denn ihre Hinteransicht muss sie oft genug zeigen, so oder so, und ihre Brüste sind genau wie die der Königin von Frankreich oder wer immer es war, die diese berühmten hübschen kleinen Brüste hatte, von denen jede einzelne perfekt in einen Champagnerkelch passte. Und mit Kokosnussbutter hält sie alles rundum weich und satinbraun, außer ihren Brustwarzen, die sie zweimal am Tag rot schminkt, da die Männer das mögen, und ihre Möse ist gerade eine Spur heller als der Rest von ihr, und sie ist glatt rasiert, weil Männer das mögen. Gumdrop geht sorgsam mit ihren Händen um und wäscht sie jeden Abend mit einem Teil Zitronensaft und einem Teil weißen Essigs, dazu zwei Teile weißen Brandys, damit sie nicht rissig und rau werden, und wenn man Gumdrop fragte, würde sie einem erzählen, sie stimme Petrarca wie Madame Lola Montez, von der das Rezept stammt, zu, dass man mit schönen Händen Herzen erobert.

Gumdrop fragt Lillian über ihr Leben aus, bis zu dem Punkt, als sie ihrer Habe beraubt und als tot zurückgelassen wurde; gründlich und schnell wie ein Polizist kommt sie auf die Lücke und die vertuschte Einzelheit zu sprechen. Die letzten Jahre in ihrem Leben haben Gumdrop gelehrt, wie man nützliche Antworten auf unangenehme Fragen bekommt. Sie stellt jede Frage auf zweierlei Weise, und wenn Lillian zögert, was nicht oft geschieht, lächelt Gumdrop und tätschelt ihre Hand. Das Warum bleibt das Einzige, was Lillian ihr nicht sagen wird. Sie erzählt der Frau, die ihr das Leben gerettet hat (es sei denn, es stellt sich heraus, dass es Gumdrop war, die Lillian ausgeraubt und geschlagen und es dann bereut hat, aber das scheint unwahrscheinlich, da Gumdrop nicht so aussieht, als neige sie zur Reue), von ihrem friedlichen Leben in Turov und dem Massaker an ihrem Mann und ihren Eltern. Sie erzählt ihr, sie sei die Geliebte eines berühmten Mannes und seines Sohns in New York City gewesen (und Gumdrop nickt anerkennend), sie sei eine leidliche, aber unwillige Näherin (und Gumdrop nickt wieder; sie selbst würde eher dem verstorbenen Warren G. Harding an einem heißen Tag einen blasen als einen Knopf annähen) und sie habe entschieden, dass Amerika nichts für sie sei, und kehre in die Heimat zurück.

Lillian hat ihr ganzes Geld verloren, sie hat wertvolle Zeit verloren und verliert sie noch immer; sie lässt Sophie im Stich, selbst wenn sie Gumdrops Fragen beantwortet, und sie kann es nicht ertragen, Sophies Namen zu sagen oder ihre Geschichte dieser cleveren, harten Frau zu erzählen, die ihren Lebensunterhalt damit verdient, vorzutäuschen, sie sei ein glückliches Kind.

Gumdrop schenkt zwei Schuss Whiskey ein. »Prösterchen«, sagt sie, und die Frauen beobachten einander über den Glasrand hinweg. Gumdrop hat nichts gegen Lillians Lügen. Leute, die einem sofort die Wahrheit erzählen, sind Leute, die keine Angst vor einem haben, und das ist entweder eine gute Nachricht, weil sie zu dumm sind, um Angst zu haben, oder eine sehr schlechte, weil sie wissen, dass die einzige Person, die Angst haben sollte, ihr Gegenüber ist.

Als Gumdrop Lillian in die Badewanne steckte, den kreidigen Dreck der Skid Row abwusch und um die Quetschungen am Hinterkopf und Nacken herum tupfte, hatte sie die dünnen silbernen Dehnungsstreifen auf Lillians bleichem Bauch bemerkt und die verblasste rosafarbene Zickzacklinie an den Seiten von Lillians Brüsten, und da weder eine Schwangerschaft noch ein Baby in Lillians Geschichte vorkam, dachte Gumdrop, dass, egal ob Lillian sich als Lügnerin herausstellte (und Gumdrop wusste, dass dem so war), sie jedenfalls nicht die passende Sorte Hure war. Wonach Gumdrop Ausschau hält, das sind ein paar vernünftige Huren, von denen eine vielleicht eine Spezialität zu bieten hat. Vernünftige Huren sind Mädchen, die Männer verstehen und es ausnutzen; Mädchen, die Männern acht Stunden zuhören und ihre dunkelsten Bedürfnisse befriedigen können, ohne sie umbringen zu wollen; Mädchen, die nicht zu viel Opium oder Alkohol konsumieren; Mädchen, die Anweisungen befolgen und intelligente Ausnahmen machen können; Mädchen, die sich nicht in ihre Freier oder in andere Mädchen verlieben. Liebe und Drogen sind schlecht fürs Geschäft; sie führen zu hoher Fluktuation und einer Störung im Verkauf des Produkts, und seit Kurzem hat Gumdrop herausgefunden, dass sie sich fürs Geschäftliche interessiert. Sie ist durch Zufall auf den Ehrgeiz gestoßen, oder er hat sie gepackt, und sie stellt fest: Wenn man ein Ziel im Leben hat, kann man aus fast allem, was einem passiert, selbst aus Schmerz und Enttäuschung, Kapital schlagen. Gumdrop liest die Tageszeitungen, für Farbige und Weiße; wann immer es sich ergibt, stellt sie den Freiern, die Grundeigentum haben, leichte, gezielte Fragen, und später, nach ihrem Bad, schreibt sie sich die Antworten auf.

Snooky Salt ist Gumdrops Zuhälter, und er ist nicht der schlimmste Zuhälter, den ein Mädchen haben könnte. Er schätzt Gumdrops Spezialität, schickt ihr keine Freier, die eine große, fette Frau mit Brüsten haben wollen, in denen sie ihr Gesicht vergraben können, oder ältere Herren, die behaupten, sie wollten ein süßes kleines Mädchen wie Gumdrop, aber in Wirklichkeit wollen sie selbst die süßen kleinen Mädchen sein, wofür Gumdrop weder Geduld noch Accessoires hat. Ein schlechter Zuhälter würde die Abenteurer nach oben schicken, die nach ihrer Ölsuche mit Taschen voller Gold in die Stadt kommen und nach einer Frau Ausschau halten, die genauso verrückt ist wie sie, einer Frau, die sie am Bettpfosten aufgehängt und mit Abschürfungen am ganzen Körper zurücklassen würden. Snooky tut so etwas nicht. Er ist Gumdrops Cousin Walter, und als sie vor sechs Jahren nach Seattle kam, streckte er ihr das Geld für das Notwendigste vor und stellte ihr ein freundliches Zimmer über dem Black and Tan Club zur Verfügung. Aufgrund ihrer Blutsbande können sie miteinander sehr viel entspannter umgehen als mit anderen Leuten aus ihrem Metier, und das gefällt ihnen, und Snooky ist sehr nett, wenngleich etwas größenwahnsinnig im Bett. Aus diesem Grund hat Gumdrop ihm noch nicht gesagt, dass sie ihn feuern will. Sie hat ihm nicht gesagt, wie gut sie darüber unterrichtet ist, dass er sie betrügt. Und sie hat ihm nicht gesagt, dass sie, obwohl sie immer davon geträumt hat, die erste und prominenteste schwarze Madam von Seattle zu sein, mehr als das will; sie will an der Spitze eines Zusammenschlusses von Huren stehen. Sie will A. Philip Randolph sein, aber in Wirklichkeit, das würde sie einem nach einigem Drängen vielleicht verraten, will sie W. I. Lenin sein.

Lillian und Gumdrop nippen am Whiskey und schauen aus dem Fenster. »Danke«, sagt Lillian noch einmal. Gumdrop nickt. Sie wissen beide, dass Lillian Gumdrop etwas schuldet dafür, sie nicht im Dreck liegen gelassen zu haben, aber keiner ist klar, was Gumdrop mit Lillian tun kann oder sollte, da sie für den durchschnittlichen Geschmack zu mager und erwiesenermaßen eine Lügnerin ist und eine Frau, die glaubt, wenn man zwei Männer an einem Tag bedient, sei man so etwas wie eine Hure. Was Gumdrop hier vor sich hat, ist nicht das, was sie gewollt oder erwartet oder auf das sie sich vorbereitet hat, es ist ein Gast.

Lillian fühlt sich nicht wie ein Gast. Sie beobachtet, wie Gumdrop mit ihren schicken, kleinen orangefarbenen Schuhen aufs Linoleum klopft, und sieht das, was Gumdrop sieht: eine überspannte weiße Frau, mit wenigen Fertigkeiten, ohne Geld und ohne große Aussichten. Es tut weh, in einer warmen, hübschen Wohnung zu sein, selbst wenn die nicht jedermanns Geschmack entspricht, und zu spüren, dass man dort ein Fremdkörper ist. Schon im Zuhause von jemandem zu sein tut weh, selbst wenn dieser jemand eine Prostituierte ist; Lillian hatte sich so etwas wie die Gelegenheitspension auf der Canal Street in Manhattan oder eine grobe Blockhütte vorgestellt (sogar Wigwams oder Iglus wie diejenigen, die sie auf Yaakovs Rollen gesehen hatte, Orte, wo, was immer sie auch erleben würde, jedweder Neid auf herrlich emaillierte Teller und Tassen und Untertassen, die in einem Geschirrschrank aus Ahorn schimmern, oder auf einen hellen, modernen Kühlschrank oder auf einen blauen Samtdiwan mit passendem Sessel keine Rolle spielen würde). Lillian beobachtet, wie Gumdrop das rote zerknautschte Federbett und die dazu passenden rot-weißen Kissen glatt streicht.

Lillian kann Gumdrop nicht sagen, dass sie bereits daran gedacht hat, sie zu berauben, damit sie ihren Weg nach Sibirien und zu Sophie wieder aufnehmen kann; sie kann ihr nicht sagen, dass sie bereits das venezianische Stilett bemerkt hat, das tief im linken Matratzenrand steckt, sein glatter Griff ragt nur ein wenig heraus. Stattdessen sagt sie Gumdrop, wie sehr sie den Geschirrschrank bewundert, was stimmt, und Gumdrop erkennt sofort, was wahr ist, und sie lächelt zum zweiten Mal. Sie sagt, direkt gegenüber auf der Straße gebe es einen Kabinettschrank aus Ahorn, der für eine lächerliche Summe zu haben sei, aber sie befürchte, er könnte zu groß sein für den Fenstererker. Lillian sagt, ihrer Meinung nach würde sich der Kabinettschrank bestens dort machen, er würde den Raum bereichern. Esther Burstein, die Lillian in Gumdrops Gegenwart von Zeit zu Zeit in den Sinn kommt, hatte einen hohen, girlandengeschmückten Kabinettschrank aus Ahorn, der genau das Richtige für Gumdrops Südosterker wäre.

Die beiden Frauen wenden sich nach den Möbeln den Stoffen zu, froh, ihren täglichen Panzer ein klein wenig lockern zu können, von den gegenwärtigen Umständen zu entspannen und über Dinge hinwegzugehen, die nicht gesagt werden können. (Gumdrop versteht Not und ihre Begleiter, und sie hat ihr Bargeld und ihre goldene Puderdose bereits versteckt, und das Stilett ist nur eine von drei Waffen, die sie bereithält.) Als wären sie Frauen mit Muße, gleiten sie in das warme Fahrwasser von Haushaltsdingen; sie machen eine Tour durch das Wohnzimmer wie englische Ladys, Gumdrop ein prachtvoller Tukan, Lillian halb nackt und barfuß. Gumdrop, die vorgehabt hatte, die nutzlose, gefährliche Lillian an der Ecke Fifteenth/Pike mit den besten Wünschen abzusetzen, besinnt sich und sagt, als hätte Lillian gezögert und müsste gedrängt werden: »Du siehst verhungert aus – gehen wir essen.«

Ein Abendessen im Golden West Hotel (»Das beste Hotel für Schwarze westlich von Chicago«, was die Art bescheidenen Selbstlobs ist, für das Seattles schwarze Bevölkerung bekannt ist) bedeutet: Hähnchen mit Wurstsoße, dazu Brötchen und Kartoffelpüree und eine Art ausgebackener Kürbispuffer, wie Lillian sie nie zuvor gesehen hat. Beim Essen beißt Gumdrop winzige Stücke ab und kaut sorgfältig; ihre engen Kiefer bewegen sich stetig, bis nichts auf ihrem Teller übrig ist und auf den anderen Tellern auch nichts. Sie ist ein Wunder an Effizienz und zielgerichtetem Verlangen. Lillian isst langsam, damit ihr nicht übel wird bei diesem deftigen Essen, und Snooky Salt sitzt zwischen ihnen und reicht die Brötchen nach links und rechts, während er Holunderbeerwein ausschenkt – ein glücklicher Familienvater.

Gumdrop hat Lillian auf dem Weg zum Golden West erzählt, dass Snooky Salt eine Schlange sei. Nicht nur, weil er Zuhälter sei, hat Gumdrop gesagt. Einige Zuhälter seien keine Schlangen. Reichlich böse, das schon, sagte sie, aber im Allgemeinen seien es große Männer und keine Schlangen. Große Männer, sagte Gumdrop, würden nicht dazu neigen, tückisch zu sein. Sie wissen, dass man weiß: Bei ihnen geht es ums Geschäft. Man schaut einen großen, gut gebauten Mann an, und er lächelt. Er lehnt sich mit weit gespreizten Beinen in seinem Stuhl zurück. Er bietet einem eine Tasse Kaffee an und ein Stück Kuchen. Man kann auf seinem breiten Schoß sitzen und Dinge besprechen, und er redet sanft mit einem, weil er es kann. Snooky, so hatte Gumdrop gesagt, stamme von einer langen Reihe kleiner muskulöser Männer ab, alle gemein wie Schlangen. Sie sind schneller beleidigt, als man denkt, sie nehmen keine Rücksicht auf die Feinheiten einer Situation, und man muss ihnen hundertmal am Tag sagen, wie viel schöner und gescheiter und tapferer sie sind als all die großen Männer, mit denen sie zu tun haben. Große Männer können einen mit ihrer Liebenswürdigkeit und diesem warmen, tiefen Lachen, das so viele von ihnen haben, zum Narren halten, sagte Gumdrop. Ich verlasse mich auf meinen Snooky, sagte sie. Er ist Schlange durch und durch. Und Lillian sucht bei ihm nach Merkmalen einer Schlange, aber er ist so würdevoll wie Reuben, so elegant wie Meyer.

Snooky reicht Lillian ein weiteres Brötchen. Er hat das Gefühl, sie ist eine exzellente Ergänzung, und die Leute schauen zu ihnen dreien hinüber; Snooky mag die schöne Haltung des neuen Mädchens und ihre großen dunklen Augen, und er kann ihre Möglichkeiten sehen. Aufgrund ihrer Hautfarbe und ihrer

Magerkeit und einer gewissen Form des Kiefers ist sie nichts für jedermann. Aber vielleicht ist sie was für ihn. Er häuft Stücke weißen Fleisches und Berge von Kartoffelpüree auf Lillians Teller. »Probier das, Süße«, sagt er. »Ich mag Frauen, die ein bisschen was auf den Rippen haben.« Lillian lässt ihn. Sie ist zu müde, um sich Sorgen zu machen, welchen Eindruck das erweckt. Sie trägt ein grünes Kleid, das sie sich von der Hure am anderen Ende des Flurs ausgeliehen hat, sie lässt sich in aller Öffentlichkeit füttern von einem Schwarzen im schwarz-weißen Anzug mit Hahnentrittmuster, mit lila Melone und dazu passenden Stiefeln, und sie weiß, dass das einen schlechten Eindruck erweckt. Aber da ist nichts zu machen. Oder, denkt sie, als Snooky ein Loch in den Kartoffelbreihügel gräbt und Soße hineinschüttet, es ist was zu machen, und sie sollte sich von den Stiefeln nicht täuschen lassen.

Nachts teilen sich die beiden Frauen Gumdrops großes Bett, und beim Einschlafen sagt Gumdrop: »Haben sie all dein Geld gekriegt?« Lillian nickt bejahend im Dunkeln, und Gumdrop findet Lillians Arm und zwickt ihn etwas fester, um sie zu wecken. »Wie viel genau haben sie gekriegt?«, fragt Gumdrop, und Lillian antwortet: »Neun Dollar und zwanzig Cent.« Und Gumdrop lacht und sagt: »Na, so was«, und macht eine Pause und sagt: »Immerhin, ich kann mehr für dich rausholen.« Sie tätschelt Lillians Hintern und rollt sich zur anderen Bettseite.

Es stellt sich heraus, dass Gumdrops Bedürfnisse denen von Meyer Burstein oder anderen einflussreichen Persönlichkeiten nicht unähnlich sind. Sie braucht eine Garderobiere, sie braucht eine kräftige Mahlzeit am späteren Nachmittag, wenn das Geschäft schleppend läuft, und ein leichtes Abendessen um Mitternacht herum. Sie braucht regelmäßige Fahrten zu Rexall's Drugstore, und sie braucht Hilfe bei ihrem ehrgeizigen Arbeitsplan (es gibt ein Dutzend groß gebauter weißer Männer, die jeden Tag durch den Black and Tan Club marschieren oder schleichen und Ausschau nach Gumdrop halten). Sie braucht genau das, was Meyer am meisten brauchte: aufrichtige, sichtlich vernünftige und rückhaltlose Schmeichelei. Gumdrop kann riechen, dass Lillian es kaum erwarten kann, wegzugehen, aber sie weiß, Geld ist eine große Verlockung, und der Reiz, eine weiße Bedienstete zu haben, ist unwiderstehlich für Gumdrop, auch wenn sie nicht »Bedienstete« sagt. Wenn Lillian einige Wochen für sie arbeitet, wird sie genug Geld haben, um weiterzuziehen. »Vier Dollar pro Tag,« sagt Gumdrop, »für drei Wochen«, und Lillian sagt: »Fünf für zehn Tage«, und Gumdrop sagt: »Viereinviertel Dollar für zwei Wochen«, und Lillian streckt die Hand aus. Gumdrop schüttelt sie und denkt keineswegs unfreundlich: Jude.

Für die nächsten dreizehn Tage und Nächte essen die drei unten im Black and Tan, wenn Snooky und Gumdrop nicht gerade geschäftlich unterwegs sind; und wenn Gumdrop eine Verabredung am späten Abend hat, sitzt Lillian schräg gegenüber von dem Tisch, an dem Snooky Geschäfte erledigt, und verbringt einige Stunden damit, die Zeitung zu lesen und Snookys beiden anderen Huren zuzunicken, wenn sie vorbeikommen (Ladivina, sehr hellhäutig, schmollend und gelangweilt wie eine enttäuschte Debütantin, beliebt bei Freiern, die sie zum Lächeln oder zum Aufschreien bringen wollen; und Big Taffy, eine ungestüme, stämmige Waliserin mit keiner Spezialität außer Vitalität). Snooky sieht Lillian gern dort, sie gibt dem Ort Niveau, und wenn er ihren Blick erhascht, blinzelt er ihr kräftig zu und lächelt und lässt ihr eine Schale mit Erdnüssen und eine Kräuterlimonade bringen, bis er seine Geschäfte erledigt hat. Lillian arbeitet für eine Prostituierte und wird von einem Zuhälter hofiert, und das ist nicht das Schlimmste, was je passiert ist.

In der zweiten Nacht ihres neuen Lebens wacht Lillian schreiend auf, und Gumdrop hält sie fest an ihren Seidenkimono und ihre nackte Brust gepresst. Gumdrop sagt, was ihre Mutter immer gesagt hat: »Alles ist gut. Mach die Augen auf, hier ist die Welt.«

Lillian lehnt ihr Gesicht an Gumdrops warme Schulter.

Gumdrop sagt: »Na los. Ich weiß mit Träumen Bescheid.«

»Ich bin tot, und ich bin blind. Überall helles Rot, wie Augenlider von innen. Ich kann die Sonne auf meinem Gesicht spüren, aber ich kann nicht sehen. Alles ist verschwunden, die Häuser, die Menschen, die Hühner – ich bin in der Stadt, aus der ich komme, ich bin in Turov –, und es gibt nichts dort; ein einziges Weiß wie ein Laken. Ich reibe mir die Augen, und etwas krümelt von meinen Händen. Es ist getrocknetes Blut. Blut hat mir die Augenlider verklebt. Ich versuche das Blut wegzureiben, aber es ist klebrig, es ist auch an meinen Händen, meine Hände und Arme sind rot und feucht. Und der Boden ist rot, und der arme Ossip – wir waren vier Jahre verheiratet – liegt auf dem Boden, voller Blut, seine Kleidung ist schwarz verkrustet, und da sind all diese Sachen auf dem Boden zwischen uns. Die Teekanne meiner Großmutter ist in Stücke zerbrochen, und da ist ein Eimer.«

Lillian weiß, was neben dem Eimer liegt – sie sieht die Hand, sie weiß, wessen Hand es ist –, aber sie kann Gumdrop, die sie zärtlich hält, nicht sagen: »Die abgetrennte Hand meiner Mutter liegt direkt neben dem Eimer.«

Sie sagt: »Meine Mutter ist auf dem Boden, tot. Ich bin nackt in dem Raum, alles ist rot, und ich knie mich hin zu meinem Vater, er liegt tot vor der Tür in seinem Nachthemd und hält sein Hackbeil noch in den Händen. Und das Bettchen meiner Sophie – ich habe eine Tochter namens Sophie – ist leer, und ich schreie nach ihr. Das ist der Traum.« Lillian erinnert sich an den Rest, das Sonnenlicht, blassgoldenes Morgenlicht, das auf Ossips Ehering fällt und in den Fenstern aufglänzt, aber das scheint ihr nicht erwähnenswert.

»Sophie ist ein schöner Name«, sagt Gumdrop. Sie stützt sich in dem großen Bett auf und streckt den Arm nach Lillians lädiertem Nacken aus, und Lillian legt ihren Kopf auf die kleine Schulter, die im Dunkeln breit und voll wirkt. In der Dunkelheit fühlt sich Gumdrop wie eine große Frau an.

»Mein wirklicher Name ist Clothilde«, sagt sie. »Ich komme aus einer kleinen Stadt nicht weit von hier – wir waren die einzigen Schwarzen in der Gegend. Meine Mutter war eine Gesundbeterin, mein Vater machte etwas Farmarbeit. Hühner«, und Lillian nickt im Dunkeln und stellt sich Turov mit all seinen Bewohnern vor, nur braunhäutig, »einige Ziegen. Wir kamen so durch, du verstehst doch? Wir hatten einen Hund, was bei Schwarzen selten vorkommt, weil … in der Vergangenheit.«

Gumdrop ist sich nicht sicher, was Lillian über Hunde und Schwarze in Amerika weiß; Lillian weiß gar nichts, nicht einmal so viel, um sagen zu können, dass Juden auch keine Hunde mögen.

»Ich habe diesen Hund geliebt – eine große schwarze Labradorhündin. Delta hat mein Vater sie genannt. Ach«, sagt Gumdrop, weil sie sich an etwas erinnert, und sie hört auf zu reden.

Den ganzen gestrigen Tag hat Gumdrop ununterbrochen auf Lillian eingeredet und ihr eine unzensierte Einführung in das schwarze Seattle und die Welt der Gumdrop gegeben. Sie hat sie im Viertel herumgeführt, ihr gezeigt, wohin man geht und wohin besser nicht (ja, zum Ubangi Room, dessen Besitzer ein weiterer Cousin ist, nein, ein absolutes Nein zum Shake and Shimmy, das einem Weißen mit seltsamen Gewohnheiten gehört). Sie erklärte Lillian, wie man aus drei Flüssigkeiten, ganz gleich, welcher Art, einen Cocktail mixt, sie hat ihr gesagt, warum schwarze Damen ein Relaxans für die Haare benötigten und weshalb Lauge immer noch besser sei als das ganze moderne Zeug und weniger rabiat, sie schaute auf die Schuhe anderer Frauen, die auf der Straße vorbeigingen, und erzählte Lillian deren Lebensgeschichten (verheiratet mit einem reichen alten Mann – sieh dir die glänzenden Ledersohlen an –, sie muss keine zwei Häuserblocks laufen; hat sich eine besondere Freundin zugelegt, die ihr die Schuhe auswählt und ihr sagt, das Leben habe mehr zu bieten als Sex mit dem Mister, nämlich rosafarbene Wildlederpumps). In ihrer hellen, flötenden Stimme, als wären Cocktails und Schönheitsprodukte und Schuhe die Dinge, die ihrem kleinen Glitzerherz am Nächsten stünden, vermittelte sie Lillian intime Einblicke in die Welt, wie sie ihr vertraut war.

»Ich glaube, das Wichtigste auf der Welt ist, tapfer zu sein«, sagt Gumdrop jetzt im Dunkeln. »Ich würde lieber tapfer sein als schön. Du nicht? Zum Teufel, ich wäre schon froh, wenn es *aussieht*, als wäre ich tapfer.«

Sie redet schnell, als habe sie seit Stunden gesprochen und müsse nun rasch die Dinge zusammenfassen, bevor Lillian sich langweilt oder einschläft. Lillian legt Gumdrop die Hand auf die Brust und streicht ein paarmal darüber, um ihr zu signalisieren, dass sie langsamer sprechen kann, Lillian wird bis zum Tagesanbruch da liegen bleiben und auf Gumdrops Atmen lauschen, wenn das hilft. Gumdrop hebt Lillians Hand hoch, als wäre sie ein Blatt oder ein Marienkäfer, und legt sie wieder aufs Bett.

»Meine Mutter war tapfer«, sagt Gumdrop. »Mein Vater starb – ihn hat 1916 die Grippe erwischt, wie die halbe Welt. Meine allerkleinste Schwester auch. Es war eine schlimme Zeit. Ich war vierzehn, mein Bruder elf, meine kleinen Geschwister waren acht und sechs. Die Sechsjährige starb. Mabel. Wir machten mit der Farm weiter, ich und mein Bruder; meine Mutter hatte reichlich mit dem Heilen zu tun, bei all den Menschen, die an der Grippe litten. Schlimme Zeit. Zwei weiße Männer kamen, als meine Mutter gerade Kranke besuchte, und ich sagte meinem Bruder, er solle sich verstecken, und sie nahmen die Ziegen und machten sich an mir zu schaffen. Das Baby wurde im Frühjahr 1917 geboren. Wunderschönes Mädchen. Ach«, sagt Gumdrop und verstummt wieder.

Die Sonne geht über Seattle auf, silbernes Licht im Osten, das für wenige Minuten eine neue Welt zu erschaffen scheint, und die beiden Frauen wenden die Gesichter dem Fenster zu, um dieses Schauspiel zu verfolgen, so vielversprechend hell und rosafarben, und dann nimmt die Welt draußen vor Gumdrops

Fenster ihre vertraute Gestalt an, und sie legen sich wieder zurück, Gumdrop zur Wand hin eingeigelt, Lillian hinter ihr; sie wartet.

»Ach, du weißt doch, wie es ist«, sagt Gumdrop, und sie klingt haargenau wie Reuben Burstein, wenn er angesichts irgendeines sentimentalen Unsinns entnervt ist. »Meine Mutter hat mir geholfen, das Baby großzuziehen, und dann hatte ich es satt, das Leben auf der kleinen Farm, mich um mein Kind zu kümmern und um die drei anderen, Eier auf dem Markt zu verkaufen und einen Gemüsestand zu führen, und keinerlei Aussichten. Großstadtlichter, da bin ich«, sagt Gumdrop. »Und ich stelle mir vor, dass ich sie holen lasse, sobald ich etabliert bin und eine schöne Wohnung habe und mich um meine Mutter und meine Tochter kümmern kann, um beide, und es kostet mich nur zwei Jahre, um auf eigenen Füßen zu stehen, und ich schicke einen Brief, und ich höre rein gar nichts, und ich schicke einen zweiten Brief und fünf Dollar; du kannst dir ja vorstellen, wie die Post da draußen auf dem Land ist«, und Lillian nickt, auch wenn sie noch nie in ihrem Leben einen Brief bekommen hat, »und der Geistliche schreibt ein paar Zeilen zurück, und nach einigen Monaten erreichen die mich. Mein Bruder hat sich davongemacht, und meine Schwester ist in einer Klosterschule, meine Mutter und mein kleines Mädchen sind tot. T-O-T. Zwei Jahre nicht zu Hause, und dann ist da irgendeine Krankheit, die man an einem zivilisierten Ort nicht einmal kriegen kann, wenn man es darauf anlegt, und erwischt gleich beide.«

Lillian legt die Arme um Gumdrops Taille und öffnet den Mund, um etwas zu sagen.

»Wir müssen noch ein bisschen schlafen«, sagt Gumdrop.

Beim Frühstück schweigt Gumdrop, wuselt bis um drei nachmittags herum und nimmt dann ein Bad, bei dem sie über zwei Dinge nachdenkt, die sie Lillian sagen muss. Das eine ist, dass Snooky, wie Gumdrop es erwartet hat, einen Dreier möchte, und das andere ist, dass Gumdrop die Gelegenheit dieses Dreiers nutzen möchte (dieses besagten Dreiers, den sie Lillian schmackhaft zu machen beabsichtigt als Dreier, der absolut nie vollendet wird, es sei denn, Lillian ist nicht abgeneigt), um das Geld zurückzuholen, das Snooky ihr gestohlen hat.

Snooky hatte die Idee mit dem Dreier am vergangenen Abend zur Sprache gebracht, als Gumdrop mit dem Kopf auf seinem Bauch lag und Lillian unten im Black and Tan las. Snooky lag daran, das Ganze wie eine Einladung aussehen zu lassen und nicht wie eine Forderung, denn er mochte Lillian, und er wollte keine Missverständnisse, er wollte keine Vorkommnisse, zu denen Missverständnisse manchmal führen.

»Versteh das bitte nicht falsch«, hatte Snooky gesagt.

»Ich verstehe gar nichts falsch«, sagte Gumdrop. Sie setzte sich auf ihn drauf. »Ich soll also meine Lillian fragen, die keine Professionelle ist, ob sie bei einer *ménage à trois* mitmachen möchte, bevor sie sich davonmacht.«

Snooky zog Gumdrop zu sich und leckte die kleine Mulde über ihrem Schlüsselbein.

»Ich mag sie«, sagte er. »Und du magst sie.«

»Und wie ich sie mag«, sagte Gumdrop, so als täte sie das nicht.

»Doch, du magst sie«, sagte Snooky. »Du könntest es schön mit ihr im Bett haben, G.«

Gumdrop zuckte mit den Achseln. Snooky Salt hielt sich

wie Otto von Bismarck für die eiserne Faust im Samthandschuh, und er zeigte sich Gumdrop noch einmal von seiner samtenen Seite.

»Ich könnte ihr einen Fünfdollarschein zum Abschied schenken und ihr alles Gute wünschen«, sagte er. »Ihr helfen, auf den Weg nach Ost-Buskavitch zu kommen oder wo auch immer sie hinwill.«

Na schön, dachte Gumdrop, er hat sich entschieden. Wiedersehen und viel Glück, Lillian.

Gumdrop hat sich viele Gedanken über Snookys Absichten gemacht. Sie hat sich bemüht, ihn nicht des Diebstahls zu verdächtigen, was einer vernünftigen Frau, die zwei und zwei zusammenzählen kann, schwerfällt, aber sie hat sich bemüht, weil sie weiß, dass ein solcher Verdacht ernste Folgen nach sich ziehen kann. Als Snooky anfangs vorschlug, das Geld für sie zu kassieren, sagte Gumdrop: »Kommt nicht infrage«, und Snooky zuckte betrübt mit den Schultern. Kurz darauf musste sie einen neuen Freier daran erinnern, das Geld auf ihren Nachttisch zu legen, und der Mann versetzte ihr mit der Reitgerte einen Hieb auf die Brust. Snooky hörte davon und peitschte in der Jackson Street zur Zufriedenheit aller seinerseits auf den Mann ein, und Snooky kam kummervoll und mit großen Augen zu Gumdrop, hielt die zwei blutbefleckten Dollars des ausgepeitschten Mannes in der Hand und sagte, er könne es nicht ertragen, dass man sie so misshandle, sie möge ihn doch bitte das Geld einkassieren lassen. Er würde sich zusätzlich Zeit nehmen, sagte er, um jeden Freier auf seinem Weg aus Gumdrops Tür abzupassen und das Geld zu kassieren, er würde seinen Anteil einbehalten und Gumdrop am Ende jeden Tages ihre volle Hälfte geben (abzüglich dessen, was sie ihm für die immensen Anfangsausgaben schulde). Und das hat er getan. Aber Gumdrop hat so allerlei gehört, sie hat ein Gespräch mit Ladivina geführt, die mürrisch ist, aber nicht dumm, und sie vermutet, dass Snooky ihren Preis vor Kurzem erhöht hat, ohne ihren Anteil entsprechend zu erhöhen.

Gumdrop sieht ihr gestohlenes Geld jeden Morgen und jeden Abend: aufgetürmte silberne Zehncentstücke, ein Extra-Zehncentstück abgezweigt von jedem Dollar, den sie sich zwischen ihren Beinen herausgepresst hat in den letzten zwei Jahren. Sie sieht blassgrüne Dollarnoten in einer Stahlkassette, mindestens dreißig von ihnen gehören ihr, wenn sie richtig gerechnet hat (und sie hat die Berechnung Dutzende Male gemacht – so, wie andere Leute Schäfchen zählen; sie errechnet sich das tägliche Einkommen, Tage, die sie wegen Krankheit und Ferien verpasst hat, gearbeitete Wochen, gearbeitete Monate, und es sind mindestens dreißig Dollar, die er ihr für die letzten zwei Jahre schuldet), und die Kassette muss hinten in Snookys Wandschrank sein, zwischen seinen lilafarbenen und seinen kirschroten Stiefeln. Es müssen mindestens hundert Dollar in der Kassette sein (Snooky Salt ist kein Mann, der sein Geld auf die Bank bringt), und es scheint nicht unmöglich, dass Gumdrop ihn mit Lillians Hilfe scharfmachen, ihn betäuben und ihr Geld ohne allzu großes Trara zurückholen kann. Sie wird Lillian geben, was sie ihr schuldet, plus einen weiteren Fünfer für ihre Mithilfe bei der Wiedergutmachung, und die beiden Frauen können sich fröhlich auf den Weg machen, Lillian zur Äußeren Mongolei und Gumdrop nach St. Paul, wo Gewerkschaften und Bildung für Schwarze der letzte Schrei sind.

An ihrem vorletzten Abend in Seattle notiert Lillian einige Gedächtnishilfen für Gumdrop.

»Morgen kommt Fasttrack«, sagt Lillian, und sie schreibt »Mr FT 3:00« in das schmale schwarze Hauptbuch, das sie für Gumdrop gekauft hat. Beide lieben sie die Ausstattung der Hauptbücher, die schwarz lackierten Deckel, die eingenähten roten Lesezeichen, die blauen Linien, die von rosafarbenen gekreuzt werden. Es sieht nach Geschäftlichem aus, das von bezaubernden und praktischen Frauen erledigt wird. »Und es ist mein letzter Tag.«

Gumdrop seufzt. Fasttrack Peterson brüstet sich damit, was er mit seiner Zunge alles vollbringen kann, und nichts davon ist aufregend oder auch nur erholsam, aber er vergeudet bei jedem Treffen zehn Minuten damit, Gumdrop in allen Einzelheiten aufzuzählen, wie viel Lust er ihr bereiten wird, und dann braucht es reichlich Gezappel und Geschlängel und Getue von Gumdrop. Der Genuss kommt erst, wenn Fasttrack ihr ein Trinkgeld spendiert und die Tür hinter sich schließt. Fasttrack ist für Gumdrop am morgigen Tag das geringste Problem.

Sie sagt: »Vergiss ihn, Lillian. Snooky hat mein Geld.«

»Was kannst du da machen?«, sagt Lillian, und sie meint damit: Was wirst du tun? Sie meint: Was kann jemand tun angesichts eines Cousins, der einen bestiehlt? Sie möchte Gumdrop etwas Gutes tun und fügt hinzu: »Schraub deinen Mut nur bis zum Punkt des Halts, und es misslingt nicht.«

Gumdrop nickt, als habe sie gerade auf diesen Ratschlag gewartet. Sie sagt, wenn Lillian einfach so tue, als mache sie bei dem Dreier mit, den Snooky sich wünscht (und Lillian ist nicht überraschter als Gumdrop; sie hat nicht viele Männer kennengelernt, aber genügend), werde sie, Gumdrop, in einem günstigen Augenblick die Sache mit Snooky in Ordnung bringen, und sollte es ungemütlich werden, habe Gumdrop ja Lillian zur Unterstützung, und sie werden schon etwas finden, um mit ihm klarzukommen. Sie reicht Lillian den Mantel, dessen zerrissener Ärmel ordentlich ausgebessert ist und in dessen Geheimtaschen noch die Landkarten stecken, aber nichts von Lillians Geld aus New York, worüber sich beide nicht wundern. Sie legt Yitzak Nirenbergs leeren Lederranzen vor Lillian hin, die nicht so dumm ist, nach den drei Dollars zu suchen, die sie unter dem Zwischenboden des Ranzens verstaut hatte, sie sagt nur Dankeschön. Gumdrop sagt: »Du lieber Himmel, du hast ja gar nichts«, und sie gibt Lillian eine zweite Garnitur Unterwäsche, mehr oder weniger Lillians Größe, was heißt, dass sie eigentlich Ladivina vom anderen Ende des Flurs gehört, und sie faltet die beiden Hemden und die beiden Unterhemden zusammen, die von Stammfreiern zurückgelassen worden sind. Es ist klüger, für alle Fälle zu packen, und Lillian tut es, legt ihre Tweedhose zusammen und ihren Ledergürtel, wobei ihr ganzer Besitz kaum den halben Ranzen ausfüllt, und Gumdrop sagt: »Komm, wir machen einen drauf.« Und sie beide waschen sich Gesicht und Hände, stecken sich das Haar gekonnt zurecht und ziehen das an, was Gumdrop Partykleidung nennt, Gumdrop geht in rosa Seide und Lillian in Ladivinas Grün, Kleider, die man leicht ausziehen und, ohne zu zögern, von sich werfen kann.

Es gibt eine Menge Dinge, die Gumdrop Lillian über den kommenden Abend nicht gesagt hat. Ihrer Erfahrung nach sind Amateure nicht hilfreich, und es macht keinerlei Unterschied, wenn man sie vorbereitet. Sie musste einmal einen Dreier in der

Jackson Street mit einer auf Besuch weilenden Cousine zweiten Grades durchziehen, die willens, aber unerfahren war, und es folgte eine lange, schlimme Nacht. Sie konnte dem Mädchen nicht verklickern, dass der Zweck der Sache eine Darbietung war: den Freier zu erregen, einander schön sichtbar zu lecken und zu befummeln, was die Zeit ohne viel Schererei vertrieb (dreimal kurzes Keuchen in zehn Sekunden Abstand, wonach Gumdrop leise aufschreit: »O mein Gott, mein Gott«, als schäme sie sich und sei doch entzückt, eine so durchdringende Süße zu erleben, während sie im Geiste den neuesten *Half-Century-Magazine*-Artikel über Baptisten-Missionare in China memoriert). Gumdrop operierte nach dem allgemeinen Geschäftsprinzip, ein Minimum zu investieren, um ein Maximum zu erzielen, aber ihre Cousine hatte über und unter Gumdrop gebockt, als wäre Möselecken ihre Religion, und war wie ein Taschenmesser zusammengeklappt, als sie kam, wobei sie Gumdrop fast ins Auge schlug, und konzentrierte sich dann so voll auf den Freier, dass sie die Kratzer auf seinem Rücken mit Tinktur behandeln mussten, was dem Mann gefiel, bis er sich daran erinnerte, dass er nach Hause zu seiner Frau zurückmusste, ohne eine angemessene Erklärung zu haben, weshalb kein Trinkgeld heraussprang. Seitdem vermeidet Gumdrop Amateure, und auch wenn Lillian sich in diesen zwei Wochen als überaus nützlich erwiesen hat – eingenommene und ausgegebene Dollars im Auge behielt, die Wäsche ausbesserte und ihre Kostüme bügelte –, spricht nichts dafür, dass sie dem, was auf sie zukommt, gewachsen ist.

»Er muss sturzbesoffen sein«, sagt Gumdrop auf dem Weg zu Snookys Räumen und zwickt Lillian in die Hüfte, damit sie auch zuhört. Snooky wartet auf dem Bett wie ein Sultan, die Arme hinter dem Kopf, und sagt: »Was wird es, Mädchen? Heute ist Sadie Hawkins Day«, was Lillian nichts sagt, aber Gumdrop grinst spitzbübisch zu dieser Damenwahl. Sie zieht ihr Kleid aus, und Lillian auch, und Snooky bemerkt sofort Lillians schlichte, zusammengeschusterte Unterwäsche. Schlichter geht es nicht mehr neben Snookys seidener Unterhose, die rot gestreift wie die Stange der Friseure ist, und neben Gumdrops Eleganz ist sie anstößig, aber Snooky sagt sich sofort, dass es ihm nichts ausmacht. Als sie sich fürs Bett bereit machen, sagt er freundlich, er vermute, sie spare sich ihr Geld für Wichtigeres auf als Luxusschlüpfer, und als Gumdrop aus dem Zimmer ist, um persönliche Vorbereitungen zu treffen, überreicht Snooky Lillian fünfundsiebzig Cent. »Das ist extra«, sagt er, »für dein Sparkonto.« Lillian weiß, er ist so böse, wie Gumdrop behauptet, schlimmer noch: Er ist ein Zuhälter und ein Dieb, der eine hart arbeitende Frau bestiehlt, die eigene Familie bestiehlt, aber es ist schwer, diesen Mann nicht zu mögen.

Gumdrop kommt zurück und nimmt Lillian bei der Hand und sagt ruhig zu ihr: »Dreh dich auf den Bauch.« Lillian tut es und denkt: »O Gott, mach, dass dies nicht der größte Fehler meines Lebens ist«, als ließe der sich unter den vielen anderen noch ausmachen, und als Gumdrop ihr einen einzigen Schlag auf den Hintern versetzt, kräftig, schreit Lillian ungeheuchelt und völlig zufriedenstellend auf, und Snooky lacht voller Vorfreude. Gumdrops kleine braune Hand auf Lillians rundem, rosigem Arsch ist wundervoll anzusehen, und er ist erfüllt von Liebe zu seiner Cousine und zärtlicher Zuneigung für Lillian, die er sich schon in drei verschiedenen und gleichermaßen aufreizenden Positionen vorstellen kann.

Lillian setzt sich hoch und öffnet den Mund, um dagegen zu protestieren, versohlt zu werden, allein schon gegen das Ansinnen, und Gumdrop zwickt sie unter dem Laken und zwinkert ihrem Cousin auffällig zu. »Schüchtern«, sagt Gumdrop, als hätte sie es mit diesem Mädchen wieder und wieder versucht, aber als würde sie es ohne Snookys überzeugende Präsenz nicht schaffen. Und Snooky ist es lieber so, es ist ihm lieber, dass Lillian von sich aus mitmacht. Er ist nicht der Typ Mann, der seine Mädchen brutal behandeln muss, um Sex zu kriegen; sie nennen ihn Brown Sugar, sie nennen ihn Sugar Bear und Sweet Man, und er mag das, er mag, dass er nie dafür zahlen und nie dafür schlagen muss.

»Entspannen wir uns etwas«, sagt Gumdrop, als hätte sie plötzlich eine glänzende Idee. »Lillian«, sagt sie, »bring doch mal die Flasche Brandy rüber, wir feiern eine kleine Party.« Sie schenkt sich und Lillian zwei Tassen halb voll ein und Snooky einen großen Becher randvoll, und sie machen ein paar Trinkspiele, und Lillian steuert eins aus Turov bei, bei dem man den Löffel von der Tischplatte in eine leere Tasse katapultieren muss. Sie kann es ausgezeichnet, im Gegensatz zu Snooky, und sie lachen alle herzlich darüber und trinken noch mehr Brandy. Lillian lässt die Träger ihres Unterhemdchens von der Schulter gleiten, und Gumdrop macht Lillian auf sich aufmerksam und nickt. Snooky verträgt nicht viel, was die meisten nicht wissen, weil er gewöhnlich aufpasst, aber Gumdrop weiß alles über diese Schwäche, aus der Zeit, als sie zehn waren und hinter dem Hühnerstall getrunken haben und Cousin Walter, wie Snooky damals hieß, ohnmächtig umkippte.

Gumdrop winkt Lillian zu sich heran. Snooky liegt flach auf dem Rücken, lächelnd, fast eingeschlafen. Gumdrop kniet sich neben ihn. Sie fährt mit ihren schmalen Fingern seine glatte, breite Brust auf und ab. Sie zieht leicht an seinen Brustwarzen, wie er es mag, und er stöhnt ein wenig, und sein Penis zuckt. Gumdrop sieht es und runzelt die Stirn. Sie will nicht, dass Snooky sich zu einem ungünstigen Augenblick erregt. Sie reibt seine Brust in sanften Kreisen und singt eines der Lieblingslieder ihrer Mutter von 1908, als sie und Snooky noch Babys waren und auf dem Küchenboden spielten, während ihre Mamas sangen und buken. Sie singt ganz leise, und Snooky seufzt im Schlaf, und Gumdrop lächelt auf ihn hinab.

Sie durchtränkt ein Taschentuch mit Brandy und steckt es ihm in den Mund, und er saugt an dem Tuch, bis kein Brandy mehr da ist. Sie durchtränkt es immer von Neuem, bis er mit dem Saugen aufhört und sein Kopf zur Seite fällt, sein Mund offen, seine Zunge rosa und nass. Ein wenig Brandy tropft von seinem Kiefer auf sein Schlüsselbein. Seine Brust glänzt im Lampenlicht, und Brandy hat sich in dem seichten Schlitz seines Nabels angesammelt. Sein Schwanz liegt zusammengerollt und dick auf seinem Bein, verborgen in seiner purpurnen Hülle. Er beeindruckt Lillian selbst im Ruhezustand, aber Gumdrop gönnt ihm keinen zweiten Blick. Sie stößt ihren korallenroten Seidenschlüpfer von sich und schleudert ihr korallenrotes Leibchen zum Bett hin. Sie steht in der Mitte des Zimmers in nichts als ihrer braunen Haut und einem Paar marokkanischer Seidenpantoffeln, die vorn spitz nach oben zulaufen und mit rosafarbenen und orangenen Münzen verziert sind. Sie ist zum Handeln bereit, und ihre Kleidung hindert sie nicht mehr.

Gumdrop fühlt sich ohne Kleidung genauso wohl wie mit Kleidung, und sie glaubt, dass Lillian es wahrscheinlich einfacher findet, wenn sie sie nackt und zum Stehlen bereit sieht, als im gestärkten weißen Schürzchen samt Gingham-Schleifchen auf dem Weg zur Arbeit. In Snookys überladener Suite (die marokkanischen Elemente treten mit jedem Tag deutlicher hervor, da der Rest der Schiffsladung hereingekommen ist und Snooky eine Wasserpfeife aus Messing, zwei Brücken aus Chalzedon und sich aufbauschende Vorhänge aus orange- und rosafarbener Seide hinzugefügt hat). Auch wenn Snooky jetzt schnarchend und betrunken auf dem Bett liegt und sie drauf und dran sind, ihn zu berauben, sieht Gumdrop wunderschön aus, wie eine grazile griechische Statue in einem türkischen Harem (Serail, Palast, Frauengemach), und Lillian sagt es ihr.

Gumdrop kann sehen, dass Lillian müde ist; das Rollenspiel und die Anspannung haben sie erledigt, aber der Abend ist noch nicht zu Ende. Bei Weitem nicht, denkt Gumdrop, und Zeit ist wesentlich. Lillian streckt sich neben Snooky aus, und Gumdrop legt ihre Hand auf Snookys Schenkel, sie weist mit dem Kopf dahin, wo sein Geschäftsstilett steckt, das mit dem fleckigen braunen Ledergriff, der gerade so weit über den Matratzenrand herausragt, dass man bei einer Unterbrechung wegen dringender Geschäfte sofort auf den Beinen und gewappnet ist, noch bevor das Mädchen, mit dem man sich eben im Bett so gut amüsierte, die Beine wieder zusammengeklappt hat. Schlafend sieht Snooky wie ein starker, schlauer Junge aus.

»Du bleibst hier«, sagt Gumdrop zu Lillian. »Wenn er sich regt, gib ihm mehr Brandy. Wenn er seine Hand auf dich legt ...«

»Lass ich ihn«, sagt Lillian und denkt, ich mag zwar keine Professionelle sein, aber eine Idiotin bin ich nicht, und sie macht es sich mit dem Brandy neben Snooky bequem, und ihre Beine liegen in Reichweite seiner Fingerspitzen.

Gumdrop sucht nach der Stahlkassette, und da sie so fieberhaft darauf aus ist, schaut sie an den falschen Plätzen, müht sich mit Knaufen und Scharnieren ab, die normalerweise anstandslos funktionieren. Sie fährt mit den Händen durch alle Regale des Wäscheschranks: blaue Decken, ausgebesserte weiße Laken, geflickte Kissenbezüge, eine Garnitur gelber Satinlaken, so dick und schlüpfrig, dass es sich anfühlt, als liebe man sich auf Mayonnaise, was Gumdrop kein weiteres Mal erleben möchte, und dann ist sie da, eine graue Stahlkante steht aus dem obersten Regal hervor. Mit dem Schemel kommt Gumdrop nicht daran. Sie geht ins Schlafzimmer zurück und sieht, wie Lillian sich erwartungsvoll aufrichtet und dabei Snookys Hand ignoriert, die blind und schläfrig den Weg zwischen ihre Beine sucht. Lillian signalisiert Gumdrop, dass alles in Ordnung ist, und Gumdrop zieht einen Stuhl hinüber zum Wäscheschrank. Sie sollte das eigentlich Lillian tun lassen, denkt sie, und just in dem Moment rutscht ihr die Kassette durch die Hände und kracht auf den Boden. Der Deckel springt auf, und Münzen verstreuen sich, und Snooky, der völlig hinüber zu sein schien, fährt erschreckt im Bett hoch, kerzengerade und hellwach, und ist schon auf dem Sprung zum Wandschrank, bevor Lillian mehr tun kann, als seinen Knöchel zu packen.

»Clothilde!«, schreit Lillian, als er sie mit der festen Kante seiner Handfläche vom Bett auf den Boden fegt, und Snooky, der verdutzt ist, diesen Namen aus dem Mund einer Weißen zu hören, hält inne, um die Frau anzublicken, die sich unter ihm duckt und sich an seinem Bein hochtastet. In diesem Augenblick, als Snooky sich verblüfft des Mädchens gegenwärtig wird, das Gumdrop einst war, eine Zehnjährige, die Maisfäden rauchte und Tomaten geschickt mit der angestoßenen Seite nach unten aufeinanderschichtete, springt Gumdrop über das Durcheinander von Lillian und Snooky und beugt sich zum Bett, um sein Stilett herauszuziehen, das genau an der gleichen Stelle steckt wie das ihre. Snooky kommt auf sie zu wie ein wild gewordener Bär, seine Augen glänzend und rot, sein Mund offen – es wird ihr noch leidtun, dass sie geglaubt hat, ihn, der sein Geld hart verdient, verarschen zu können, es wird ihr noch verdammt leidtun, dass sie je geboren wurde, aber Lillian hält ihn an seinem linken Fuß fest, sodass er sich nicht richtig bewegen kann, bis er seinen schönen Rumpf dreht und sie heftig mit der Rechten in den Bauch stößt. Lillian lässt los. Snooky schlägt Gumdrop ins Gesicht, und sie fliegt aufs Bett, aber sie lässt das Stilett nicht fallen. Snooky greift nach Gumdrops Handgelenken, um sie zu zwingen, ihre Hand zu öffnen, während er denkt, dass er sie vögeln und bewusstlos schlagen wird, und ganz gleich, ob sie für eine Woche außer Gefecht gesetzt ist, sie wird sich an diese Lektion erinnern, und Lillian muss er auch fertigmachen, denn es ist irgendwie noch schlimmer, dass ein weißes Mädchen, an dem er grundlos Gefallen gefunden hat, ihn zu bestehlen versucht. Gumdrops Gedanken kann er wenigstens verstehen, und er sagt es auch. Er sagt: »Du hättest mich um das Geld bitten sollen, Baby«, und er packt sie an den Handgelenken und reißt ihr fast die Arme aus den grazilen Gelenkgruben, und ihre Finger zittern um den Messergriff.

Lillian stürzt sich auf ihn, zieht an seinen Schultern und schreit auf Jiddisch und Englisch: »*Gozlen*, Mörder, runter von ihr!« Sie schaufelt ihre Arme unter Snooky, als wäre er ein ertrinkender Schwimmer und sie müsste ihn ans Ufer ziehen, aber sie strauchelt, die Laken sind feucht von Sex und Schweiß und Brandy, und als Gumdrop die Hände hochhebt, um sich vor diesen beiden großen Leuten zu schützen, die sie zusammendrücken, fällt Lillian mit ihrem ganzen Gewicht auf Snookys Rücken und treibt das Stilett in sein Herz.

Gumdrop wälzt sich vom Bett, als Snooky nach vorn kippt. Sie und Lillian liegen auf dem Boden, fünfzehn Zentimeter von Snookys ausgestreckter Hand entfernt. Er ringt nach Luft und dreht sich aus eigener Kraft um, und das Messer fängt die untergehende Sonne ein. Seine Augen öffnen sich, und er blinzelt mehrmals wie jemand, der durch ein helles Licht aufgeweckt wird. Er zieht sich hoch, bis er fast sitzt, die Muskeln starr vor Anspannung, und sackt dann zurück, und das Stilett gleitet, wie es seine Bestimmung ist, weiter in Snookys Brusthöhle hinein.

Lillian kann nicht auf das Ende des Griffs blicken, der nur drei bis vier Zentimeter über Snookys glatter brauner Haut herausragt, oder auf die dünnen roten Streifen, die ringsum erscheinen, und sie kann Gumdrop kaum ansehen, die eine Gänsehaut hat und voller Blutflecken ist und schwer atmet, aber sie kann nicht untätig sein und zulassen, dass das Messer noch tiefer in die Brust des Mannes dringt. Sie nimmt einen Kissenbezug von einem von Snookys Kissen und reißt ihn mittendurch.

Sie wickelt das Leinen um ihre Hand, packt die Parierstange und zieht das Stilett heraus. Blut fließt wie ein reißender Fluss, wie Wein aus einer fallen gelassenen Flasche, und Lillian wischt sich Blutspritzer vom Gesicht und zwängt den zerrissenen Kissenbezug in das Loch in Snookys Brust. Gumdrop liegt auf ihm und hält das Leinen mit ihrem Körper fest. Lillian wischt sein Gesicht mit einem kalten Tuch ab. Gumdrop flüstert: »Walter, Walter.« Snooky atmet mühselig, Blut sickert aus der Wunde und ergießt sich dann aus seinem Mund.

Wenn Gumdrop und Lillian nicht solche Angst gehabt hätten vor dem kurzen und leeren Leben, vor ihrer eigenen Geschichte, voller Fehler, etwas getan oder nicht getan zu haben, wenn sie nicht Angst gehabt hätten, sie würden das, wovon sie sich gesagt hatten, dass sie es tun könnten und sollten, nie getan haben, dann läge Snooky nicht im Sterben, und er weiß es auch. Er schaut zu ihnen hoch und sagt: »Ihr habt den falschen Mann erwischt, Mädchen.« Und beide tätscheln hilflos seine Hände. Sie wissen, er hat recht, er kann nicht der richtige Mann sein, aber es lässt sich nicht sagen, wer der Richtige ist.

Lillian zieht Gumdrop vom Bett. Sie stehen in einem Berg von Laken, feucht von Brandy, ihre Füße eingegraben in die kühlen Windungen von Snookys Federbett aus roter Seide, und sie können sich nicht bewegen, sie können nicht hingucken, sie können nicht getan haben, was sie getan haben. Wenn die Einzelheiten seines Todes längst verschwommen sind, wenn es Lillian so vorkommt, als wäre Snooky gestolpert und auf Gumdrop gefallen, wenn sie die Lebensgeschichten der anderen und die Namen der jeweiligen Töchter längst vergessen haben, werden sie sich daran erinnern, wie sie das Blut aus seiner Nase und seinem Mund mit ihren Händen aufgehalten und das Loch in seiner Brust mit spitzengesäumtem Baumwollstoff gestopft haben.

Gumdrop schließt ihm die Augen mit ihren Daumen, wie es ihre Mutter immer getan hat, und sie sagt aufbrausend zu Lillian: »Du kannst gleich in deiner Unterwäsche bleiben. Wir müssen seinen Körper irgendwo abladen. Wir müssen die Wohnung sauber machen, damit es so aussieht, als wären wir nie hier gewesen. Und dann müssen wir aus der Stadt verschwinden.« Als sie innehält, legt Lillian die Arme um sie, und Gumdrop steht da und mag von niemand anders umarmt werden als von ihrem toten Cousin, mit dem sie die schrägen, kupfernen Augen teilte, die eleganten Hände und Füße und die Faszination an der Begierde und was man alles damit anstellen kann, und dann geht sie in Snookys neues, mit Marmor ausgestattetes Bad und übergibt sich.

Lillian findet ihre und Gumdrops Schuhe, und sie findet ihre Kleider und ihre Markasit-Haarspangen. Sie hebt die auf den Kaminteppich gestoßene Kristallkaraffe auf und stellt sie zurück zu den anderen auf das Sideboard. Sie bringt den kleinen französischen Beistelltisch an seinen Platz und stapelt die ganz gebliebenen vergoldeten Aschenbecher oben auf den Kaminsims. »Hör auf damit«, sagt Gumdrop, und Lillian achtet nicht auf sie. Sie murmelt das Kaddisch und räumt die sauberen Handtücher wieder ein, die auf den Schrankboden gefallen sind, und wischt Blut und Brandy vom Nachttisch und von der rotgoldenen marokkanischen Bettlampe.

Sie erledigen alles, was sie erledigen müssen. Sie wickeln Snooky in das Federbett und transportieren ihn die Treppe hinunter, wobei sie aufpassen, dass seine Fersen oder sein Kopf nicht auf die Stufen rumsen. Als sie zu der Pendeltür zwischen Treppenhaus und Eingangshalle kommen, geht Gumdrop mit ihren Stöckelschuhen, die auf dem Parkett klicken, bis zum Empfangsschalter, lehnt sich zurück und fächelt sich Luft zu, als gönnte sie sich eine Pause zwischen zwei Freiern. Am Empfang ist niemand, und Gumdrop winkt Lillian zu sich in die Eingangshalle, und die beiden schleppen Snooky die Seitentreppe hinunter in die Gasse und postieren die Mülltonnen vor ihm. Lillian berührt Snookys warmes Gesicht, seine schmale, gebogene Nase, seinen adretten Schnurrbart, seine hübsch gewundenen Ohren, bis Gumdrop ihr die Hand wegschlägt. »Pass auf ihn auf«, sagt sie und rennt die Treppe hoch zurück, um Snookys lilafarbene Melone zu holen und seine lilafarbenen Stiefel, weil er die so geliebt hat, und sie legt den Hut neben seinen Kopf und stellt die Stiefel an seine Füße, als schliefe er nur. »Wie bei den Ägyptern«, sagt Gumdrop, und Lillian, die rein gar nichts über die alten Ägypter und ihre Beerdigungsriten weiß, nickt und steckt die Enden des Federbetts unter ihm fest.

Gumdrop und Lillian haben beide schon Tote gesehen, und Snooky sieht aus wie alle anderen, seine Gesichtszüge schrumpfen leicht zusammen, werden kummervoll. In der kühlen, ranzig riechenden Luft bleiben sie einen Augenblick lang zitternd über ihm stehen und laufen dann wieder nach oben, um sich fertig anzuziehen, das Geld aufzuteilen und aus Seattle zu verschwinden, bevor jemand sich zu wundern beginnt, wo Snooky Salt und die kleine Hure Gumdrop und das weiße Mädchen geblieben sind.

Gumdrop sagt: »Was willst du haben, den Spazierstock oder die Taschenuhr?« Keine von ihnen will das blutige Stilett, das unters Bett gestoßen wurde, als sie Snookys Leiche wegschleppten.

Lillian antwortet nicht. Sie will gar nichts mitnehmen. Sie hat nicht vor, Seattle wie ein Grabräuber zu verlassen, und sagt es auch. Gumdrop zuckt verständnisvoll mit den Schultern. Lillian hat immer noch Yitzak Nirenbergs Lederranzen bei sich, sie würde auch noch den Mantel von Kurlanskys toter Tochter tragen, wenn er nicht kaputtgegangen wäre, und es ist freundlich von Gumdrop, dass sie nicht sagt: Wem willst du was vormachen? Lillian hebt die Taschenuhr hoch und legt sie hin. Sie ist so groß wie ein Ei. Gumdrop öffnet sie mit dem Daumen und zeigt ihr, dass unter dem schweren, mit Kreuzlagen schraffierten Deckel, auf dem TOUJOURS GAIES eingraviert ist, ein zweiter Deckel mit einer Szene von drei ballwerfenden Frauen in hauchdünnen Gewändern ist. Es ist das Ausgefallenste, was Lillian je gesehen hat, und sie könnte eine Uhr gebrauchen – sie hat nie eine gehabt, und sie scheint aus echtem Gold zu sein. Sollte sie Schlimmes durchmachen, wie sie es erwartet, könnte sie die Uhr sofort verkaufen.

»Glaubst du, ich könnte fünf Dollar dafür kriegen, wenn ich sie einlösen müsste?«, fragt Lillian, und Gumdrop sagt: »Ganz bestimmt, vielleicht sieben.« Und Lillian nimmt die Uhr und die dazugehörende zwanzig Zentimeter lange Goldkette und versenkt beides in ihrer mittleren Geheimtasche. Gumdrop seufzt. Sie hat fair sein wollen, und man könnte sagen, sie ist es gewesen – sie hat ihrer Freundin den Vortritt gelassen, aber sie hat Lillian nicht gezeigt, dass in dem Spazierstock aus Malakka-Bambus ein wunderschöner Degen ist. Oftmals wird Lillian sich in den nächsten Monaten wünschen, sie hätte einen Spazierstock und einen Degen – sie wird es sich so sehnlichst wünschen, dass es Tage gibt, an denen ihr einziges Flehen diesen beiden Sachen gilt –, und es ist wohl besser, dass Gumdrop dies nicht erfährt und dass Lillian nicht erfährt, wie leicht sie beides hätte haben können. Gumdrop gibt Lillian fünfunddreißig Dollar, denn es sind weit mehr als dreißig Dollar da – hundertundvierzig Dollar liegen in der Kassette –, und Gumdrop nimmt das restliche Geld, und beide finden, dass sie das auch soll. Gumdrop ist Steuermann und Konstrukteur des schrecklichen Ereignisses gewesen, und Gumdrop musste mit ansehen, wie das Messer in die Brust ihres Cousins drang, und Gumdrop musste an ihrem Cousin und ihrem Liebhaber und an seinem Hut und seinen besten Stiefeln vorbeigehen, und beide, sie und Lillian, glauben, dass all das mindestens hundertfünf Dollar kostet.

Lillian und Gumdrop sind zwei Blocks entfernt vom Golden West, als Lillian sagt: »Du brauchst mir nur den Weg zur Alaska Steamship Company zu zeigen, und schon bin ich weg.« Schwindelig vor Erleichterung und mit den Nerven am Ende, singt Gumdrop den ersten Vers von »Bonnie Banks o'Loch Lomond«, und da sie sich immer weiter von Snookys Leiche entfernen, kann ein bisschen Singen nicht verkehrt sein. Gumdrop hüpft an Lillians Seite. »Ye'll take the high road, and I'll take the low road, and I'll be in Scotland afore ye …« Gumdrop liebt alles Schottische; sie hatte einen schottischen Großvater – sie hat sein Foto in der Familienbibel entdeckt, ein alter, zorniger weißer Mann mit hellen Augen und Gumdrops spitzem Kinn. Snooky hat den Leuten gern erzählt, dass sie von einem Indianerhäuptling der Chippewa abstammten, aber wenn Gumdrop von jedem Farbigen, der behauptete, der Sohn eines Indianerhäuptlings zu sein, ein Fünfcentstück bekäme, hätte sie aufhören können, anschaffen zu gehen, hätte gar nicht erst damit anfangen müssen.

Als Gumdrop mit Lillian ins Taxi steigt und dabei ihren Lederranzen hält, damit der Fahrer denkt, er sieht eine Weiße und ihr farbiges Dienstmädchen (eine exzentrische weiße Frau in Männerkleidung und ein reizend gekleidetes farbiges Mädchen, aber die Menschen sehen, was sie erwarten zu sehen), fragt sie sich, ob sie vielleicht ihre eigenen Wünsche missverstanden hat. Sie kann doch nicht jemanden, den sie liebt, für hundertfünf Dollar getötet haben, und das versehentlich; unmöglich, damit ins Reine zu kommen. Sie muss Snooky getötet haben, um sich selbst zu befreien, wie Moses den Pharao schlug (und hat Moses den Pharao etwa nicht geliebt; hat sie nicht gelesen, dass die beiden Jungen zusammen auf dem Boden des Palastes gespielt haben?). Sie muss Snooky getötet haben, um wiedergeboren zu werden. Wer auch immer diese Hurenorganisation ins Leben rufen wird – und es ist eine Idee, deren Zeit gekommen ist –, sie müssen ohne sie auskommen. Sie fährt heute Abend nach St. Paul und wird eine Lehrtätigkeit an einer Schule finden – es gibt keinen Grund, warum sie das nicht könnte; ihr Englisch, ihre Ausdrucksweise und ihre Handschrift sind erstklassig und lassen Aberdeen erahnen (und wenn die Verwaltungsbeamten nach der Kopie ihres College-Abschlusses fragen, wird sie ihnen, die Hände still haltend, direkt ins Auge blicken, um zu sagen, dass sie die zwei Jahre bis zu ihrem Abschluss im Kloster absolvierte und dass ihr eine Medaille für Ausdruckskunst und eine zweite für Rhetorik verliehen wurde von den Barmherzigen Schwestern in Spokane, Washington, deren renommierte Schule aber leider bei dem schrecklichen Feuer abgebrannt ist, das in seiner Art fast so schlimm wie das von Chicago oder Seattle war – sie hätten vielleicht davon gehört –, und all ihre Schulurkunden sind jetzt Asche, wie sie sich vorstellen könnten, aber sie hat die Abschlussprüfung bestanden, die sie befähigt, in dem großen Staat Minnesota Englisch zu unterrichten, und sie wird dem Blick des Direktors standhalten, und er wird feststellen, dass er eine feine junge Dame vor sich hat, die keinen Ehering trägt, und dass direkt unter ihren dichten, gesenkten Augenwimpern etwas lauert, das die guten Schwestern hätten ausmerzen sollen).

Und jetzt, da Gumdrop klaren Kopfes darüber nachdenkt, wird sie sich bewusst, dass das, wonach sie sucht, ein nobler Jude mit fortschrittlicher Geisteshaltung ist, so wie Sam Blumenthal, ihr Stammfreier vom Mittwochabend. Nachdem sie einige Jahre in einer Schule für Farbige unterrichtet und sich mit aufgeschlossenen Weißen befreundet hat, wird sie den nettesten Mann aus diesem Gesellschaftskreis heiraten, und ihre Kinder werden hellhäutige Farbige oder dunkelhäutige Juden sein, und sie können sich auswählen, welches College sie bevorzugen und welches Leben, und sie werden nichts erfahren von der kleinen Farm, wo man von der Hand in den Mund lebt, oder vom Anschaffen in der Jackson Street oder von Mord.

Gumdrop hilft Lillian aus dem Taxi, und sie teilen sich den Fahrpreis, und Gumdrop küsst Lillian zum Abschied. Hätten sie sich am Nachmittag geküsst statt jetzt am Abend (und es ist erst zehn Uhr; Snooky verführen und berauben und töten hat im Ganzen drei Stunden gedauert), wäre es der Kuss von Frauen gewesen, die auf dem besten Weg waren, Freundinnen zu werden, und die sich in Eile trennen mussten, noch in der ersten aufregenden Blütezeit, nachdem bereits Vertraulichkeiten ausgetauscht worden sind, Abhängigkeit und Enttäuschung sich jedoch noch nicht eingestellt haben. Aber es ist ihr einziger Kuss, und auch wenn sie keine Feindinnen sind, so sind sie keine Freundinnen mehr; sie sind Verschworene und schämen sich. Lillian hat den Vorteil ihrer Hautfarbe, Gumdrop hat fast alle anderen Vorteile, und als sie Lillian küsst, lässt sie ihre Zunge in Lillians Mund gleiten, und es ist so, als sei dies ein leichter, rosiger Klaps, so etwas wie Gumdrops vertrautes warnendes Zwicken. Lillian weicht zurück, und Gumdrop lacht und dreht sie in Richtung Dampfer, der darauf wartet, sie tausendfünfhundert Kilometer die Pazifikküste hoch zur Stadt Prince Rupert in Kanada zu bringen.

Sechs Wochen später taucht Clothilde Brown, zuletzt wohnhaft in Spokane, tatsächlich im marineblauen Kostüm mit marineblauen Pumps und Fesselriemchen in St. Paul auf, und sie tut das, was sie sich vorgenommen hat. Sie unterrichtet an der besten Schule für Farbige, sie lernt einen noblen Juden kennen, sie konvertiert unter den Augen eines argwöhnischen Rabbis (über die weitreichende, rachsüchtige und launische Hand Jahwes kann ihr niemand etwas Neues erzählen), und sie heiratet Morris Teighblum im Arbeitszimmer des Rabbis. Sie bekommen drei Kinder in fünf Jahren, Sylvia, Samuel und Louise, und Clothilde hat jedes Mal schon nach kurzer Zeit ihre alte Figur wieder. Die Kinder sind sehr stolz auf sie und ängstigen sich ein bisschen vor ihrer Gereiztheit, und wenn sie Trost brauchen (wenn sie, ihrer Mutter zufolge, ihre Mitleidsparty veranstalten), gehen sie zu ihrem Vater. Clothilde Brown Teighblum spendet anonym für die National Association for the Advancement of Colored People, eine Organisation für Bürgerrechte. In den dreißig Jahren, in denen sie zu den Mittagessen der Hadassah

Organisation geht, eines zionistischen Frauenverbands, trägt sie einen schicken Hut, ein maßgefertigtes Kostüm und dazu passende Handschuhe, und sie lässt sich nicht brüskieren, denn wie ein englischer Gentleman übersieht sie jeden Versuch einer Beleidigung.

Wenn sie an Sommernachmittagen im Park junge Farbige sieht und an Snooky Salt denkt, an seine schmalen, sich wiegenden Hüften und an seine zusammengekniffenen Augen, wenn sie an seine Leiche in der Gasse denkt, nur getröstet von der lilafarbenen Melone und den lilafarbenen Stiefeln, muss sie ein wenig lächeln, weil sie ein so waghalsiges Mädchen war, und ihr wird übel, da sie noch immer das bernsteinfarbene Licht in Snookys Augen aufflackern und ausgehen sieht. Sie hat noch immer seine Überraschung und seinen furchtbaren Schmerz vor Augen, selbst jetzt noch, da sie eine alte Dame ist, und sie kann noch immer die Stelle in ihrem Herzen fühlen, wo sie ihn erstochen hat.

Woraus die Leute gemacht sind

Mit ihrem Lederranzen, ihren Haarnadeln und ihrer neuen goldenen Taschenuhr ist Lillian auf dem miesesten Dampfer der Alaska Steamship Company unter die Christen geraten. Der Kapitän meinte, ihr etwas Gutes zu tun, als er sie zu den einzigen anderen Frauen steckte, und jetzt liegt sie in einer der drei an Seilen aufgehängten Hängematten in einer kleinen Kabine, die nach Fisch stinkt, und lauscht den Gebeten von Mary und Martha Hornsmith. Sie beten wie alte Juden; sie murmeln, sie schwanken hin und her, sie besprechen sich ein wenig, sie reden dazwischen (Martha lässt sich regelmäßig über die Krankheit ihres Vaters und die Kriegsverletzung ihres Bruders aus). Sie beten die ganze Zeit für Lillian und lassen es sie auch wissen.

»Deine unvergängliche Seele ist es, für die wir beten«, sagt Mary, und Martha nickt.

Martha sagt: »Jesus wünscht sich von uns, dass wir das verlorene Schaf retten«, und Mary nickt.

Nicht weil Lillian Jüdin ist, beten sie. Sie sind nicht die Sorte Missionarinnen, die glauben, alle anderen seien Heiden.

Sie beten für Lillian, weil diese am ersten Abend, als sie in ihre Hängematte kletterte und die Lampe ausmachte und Mary Hornsmith ihr siebenundvierzig persönliche Fragen stellte, nicht antworten konnte (Ja, ich hatte ein Kind – ich glaube, sie ist vielleicht tot, aber ich gehe auf alle Fälle nach Sibirien; ja, ich war verheiratet, und er ist auch tot; ja, ich komme aus einer kleinen Stadt, die von Christen niedergebrannt wurde – danke der Nachfrage) und schließlich sagte, sie sei eine Prostituierte aus Seattle und vor ihrem Zuhälter getürmt. Sie sagte, sie heiße Gumdrop Brown, und machte sie glauben, dass sie ihr sündhaftes Leben, das unvorstellbar furchtbar gewesen sei, satthabe. Die Frauen schauderten und waren betrübt, als sie vom Treiben im Black and Tan Club hörten, und sie waren unermüdlich in ihren Gebeten für das Glück ihrer Mitreisenden. Zweifellos freundliche, anständige Frauen, die Missionarinnen geworden waren, weil sie das Unglück eines betrunkenen Vaters, einer toten Mutter, eines unfallverletzten und nutzlosen Bruders erlebt hatten und die Farm notverkauft werden musste. Ansonsten wären sie Ehefrauen und Mütter in Goldville, Oregon, geworden, und Lillian hätte nicht dem Impuls nachgegeben, sie zu täuschen und sich vor ihrer rundgesichtigen Neugier in Gumdrops verruchter Gewandung zu verstecken.

Am Morgen legt Mary ihren handgestrickten braunen Schal um Lillians Nacken, als die Wellen zu ihnen hochspritzen. Am Abend kommen die Händler, Goldsucher und Kaufleute hintereinander zum Essen. Sie alle ziehen den Hut oder heben den Kopf oder zupfen sich am Haar, wenn sie die drei Frauen sehen, und die Hornsmiths sind hocherfreut, dass ihre Gumdrop so wenig Interesse zeigt. Martha macht für alle drei Kamillentee in Bechern, die sie aus dem Speisesaal mitgenommen hat. Bei den rauchenden, Karten spielenden und Schnaps trinkenden Männern sollten sie nicht länger bleiben, sagt Martha, und Mary und Lillian folgen ihr wie Entchen zurück in die Kabine.

Lillian ist an der Reihe mit der Katzenwäsche in der Kabine, und sie macht das Beste aus dem Stummel Karbolseife und dem lauwarmen Wasser. Martha Hornsmith ist nicht die Frau, die im selben Raum bleibt, wenn eine Prostituierte, selbst eine geläuterte Prostituierte, sich der Kleidung entledigt, aber Mary sehr wohl, und sie sitzt auf dem Klavierhocker, den sie gemeinsam benutzen, und beobachtet, wie Lillian sich wäscht, als gäbe es nichts Interessanteres auf der Welt. Als sie die runde Narbe auf Lillians Schulter sieht, sagt sie: »Du meine Güte, das muss ja wehgetan haben«, und Lillian möchte ihr etwas Bizarres, eine fantastische Geschichte von niedergerungener Gemeinheit und belohnter Tugend erzählen, von einem knappen Entkommen aus etwas derart Schrecklichem, kaum auszudrücken, aber nicht zu schrecklich, um es anzudeuten, doch Marys Gesicht ist reine Freundlichkeit. Lillian sagt: »Ach ja, die da, ein Suppenlöffel – meine Mutter hat mich damit verbrannt, als ich ein kleines Mädchen war.« Mary sagt nicht noch einmal: »Du meine Güte.« Sie zieht ihre schlichte graue Bluse nach oben und krempelt ihr Baumwollleibchen hoch und entblößt ihre weiche, weiße Mitte und einen rosarotfarbenen Halbmond aus abgeschabter, gefurchter Haut. »Kochendes Wasser«, sagt sie. »Furchtbar, nicht, was das Leben Menschen tun lässt?«

Sie sind beinahe in Prince Rupert und trinken zum letzten Mal Marthas Kamillentee, als Lillian beichtet. »Ich bin nicht Gumdrop Brown«, sagt sie. »Ich bin Lillian Leyb.« Mary nimmt Lillians Hand in die ihre und sagt: »Den Herrn kümmert es nicht, wie du heißt, mein Liebes.« Martha, ein wenig klüger, legt ihren Stickrahmen hin und sagt: »Lillian ist ein viel schönerer Name. Du kannst nicht unter anständige Leute gehen und dich Gumdrop nennen. Leyb?«

Als sie anlegen, wissen sie, dass Lillian nie eine Prostituierte gewesen ist, nie einen Zuhälter gehabt, nie knapp bekleidet im Black and Tan getanzt hat. Sie haben die ganze Zeit gewusst, dass sie Ausländerin ist (»Miss Brown, so ein Quatsch«, flüsterte Martha in der ersten Nacht. »Den Akzent kann man ja mit einem Messer schneiden.« Worauf Mary sagte: »Vielleicht hat sie den Namen in Brown umgeändert, als sie hierherkam«), und sie können sehen, dass sie leidet und in Eile ist, weil sie beides selbst erlebt haben.

Martha steckt ein gerade besticktes Batisttaschentuch in Lillians Ärmel, mit marineblauen Initialen aus Seide: L.L., und Mary drückt ein kleines Kreuz aus Kirschbaum an einer angelaufenen Kette in Lillians Hand und sagt: »Das Lamm Gottes, Liebes – halt durch.« Lillian steckt das Kreuz neben Yaakovs Sicherheitsnadeln und Snookys Taschenuhr in ihre Tasche und klimpert mit den drei Grazien, den nützlichen, rostfreien Sicherheitsnadeln, und dem Lamm Gottes auf dem ganzen Weg bis nach Prince Rupert, das nicht mehr *das Glückstor zum Gold* ist wie einst.

Arthur Gilpin ist ein rechtschaffener Mann und der einzige Polizeibeamte von Prince Rupert, und seine Frau ist seit neun Monaten tot. Er hat allein im Bett gelegen und fast jede der zweihundertsiebzig Nächte in das Nachthemd seiner toten Frau geweint, außer wenn er zu betrunken war, um ins Bett zu steigen. Es macht ihn traurig, zu den Stadthuren zu gehen oder zu den Haida-Mädchen, die im Kanu kommen, dreißig auf einen Schlag, und für einige Nächte durch die Städte am Fluss fahren, Decken aus Ziegenhaar und sich selbst verkaufen, sich Seidenblumen von Eaton's ins Haar stecken und in Mokassins aus Elchfell durch Prince Rupert laufen und städtische Kleidung tragen, die gar nicht zu ihnen passt.

Die Haida-Mädchen sind wachsamer als die örtlichen Huren, aber weniger bitter, und sie machen nicht so ein Theater wie die hiesigen. (»Oh, Mr Gilpin«, sagte Marie und lächelte ihn albern an, als er sie direkt nach Helens Tod aufsuchte, »macht Sie das an?« Und er hätte sie am liebsten geschlagen für das, was sie von ihm und sich selbst dachte und was sie von seiner Helen denken musste.) Wenn einem Haida-Mädchen gefällt, was man tut, keuchen oder lächeln sie oder ziehen einen am Haar; wenn nicht, liegen sie still da und starren an die Decke, und wenn man fertig ist, schließen sie die Augen, und ohne dass Worte fallen, weiß man, dass sie danksagen.

Wenn die Haida-Mädchen da sind, benutzen sie die leeren, türlosen Räume, die vom Winslow Hotel übrig geblieben sind, werfen ihre dicken, leichten Decken für den Abend auf den Fußboden, schieben Mäusekot und tote Vögel in die Ecken. Die geschäftstüchtigeren Mädchen stellen eine Whiskeyflasche und Lachsstreifen bereit, und man kann beim Weggehen zahlen. Mit einem Haida-Mädchen, deren Haar sich wie Tinte über die Männerbrust ausbreitet, unter der streng riechenden, fettigen Decke und einem Schuss Whiskey intus könnte man sich für ein paar Stunden etwas vormachen, und darum hat Arthur Gilpin seine Besuche bei ihnen eingestellt. Wenn er sich auf die Zunge beißen muss, denkt er, um einem stämmigen, pockennarbigen Mädchen, dessen Namen er nicht kennt, keinen Heiratsantrag zu machen, nachdem er eine Stunde ihr Feld beackert hat, während sie gelassen und robust und mit vagem Lächeln die ganze Zeit unter ihm lag, ist es angebracht, die Besuche einzustellen.

An diesem Abend hat er zweimal seine Runden durch die Stadt gemacht, und zweimal hat man ihm mitgeteilt, dass im Winslow ein Mädchen pennt, was ihn verpflichtet, nachzuschauen. Er sieht, dass Ben Newlands Schweine offenbar da waren und dass das Mädchen hinter der Theke schläft. Sie stinkt nach Schweinescheiße und Müdigkeit, und sie ist nicht einmal halb so groß, wie er gedacht hat. Er weckt sie, als wäre sie ein betrunkener Nachbar, stößt mit der Stiefelspitze gegen die ihre, und sie schnellt herum und stöhnt, ohne aufzuwachen. Er legt die Hand auf die Schulter des Mädchens, um sie aus ihrem bösen Traum zu holen, und sie öffnet die müden Augen, aber ihr Blick ist leer.

Sie sagt: »Oh, Sophie«, und legt die Arme um ihn und schluchzt, als breche ihr das Herz. Arthur Gilpin hält sie, nur aus den freundlichsten Absichten und wegen seiner polizeilichen Verpflichtung, und denkt sich, dass ein anderer Mann womöglich ihre Lage ausnutzen würde. Er kann nicht anders, als sich das Wie vorzustellen, und ihm wird siedend heiß, und er lässt sie auf den Boden zurückgleiten, und dann, dann sieht sie ihn. Er kann sehen, dass sie ihn sieht, dass sie ihn aus Versehen umarmt hat; es zeigt bloß, wie müde das Mädchen ist. Er zieht sie auf die Füße, und sie kämpft ums Gleichgewicht, ist erschöpft und dreckig im Gesicht vom langen Weg in die Stadt. Als er sie an der Taille fasst, fällt sie schlaff in seine Arme. Sie beide müssen wie eine Slapstick-Nummer wirken, denkt er, etwa eine von den Keystone Kops. Er schlägt den keinen Widerspruch duldenden Ton an, den für Jungen, die in Schwierigkeiten geraten sind, nur ein bisschen lauter, für den Fall, dass sie Ausländerin ist.

Er sagt: »Was tust du da?« Und das Mädchen wirft einen kurzen Blick auf ihn, als wäre dies eine Fangfrage.

»Ich bin auf dem Weg nach Dawson City«, sagt Lillian, und sie spricht so laut und kraftvoll wie er.

»Wirklich?«, fragt Arthur. »Und wer bringt dich dahin?«

Vielleicht hat sie einen Liebhaber oder einen Ehemann, aber sie sieht nicht wie eine Frau mit einem Mann aus, und der Liebhaber hat sich wahrscheinlich davongemacht und sie hier in Prince Rupert sitzen gelassen, einem Abladeplatz für Ehefrauen von Händlern und Liebchen von Goldsuchern und alle Sorten von Gepäck, das abgestoßen werden muss, bevor ein Mann seinen Weg nach Norden macht.

Lillian lehnt sich an die Theke.

»Ich bringe mich selbst hin«, sagt sie und schaut nach draußen in den Nachthimmel, als wollte sie ihren Lederranzen nehmen und losgehen, was sie auch täte, wenn sie bloß an diesem großen, talgigen Mann mit den furchtbaren buschigen Koteletten und den traurigsten Augen, die sie je gesehen hat, vorbeikäme.

Er breitet die Arme aus wie zu einer Umarmung und legt ihre Handgelenke vor ihrem Bauch übereinander.

»In dieser Jahreszeit schaffst du es nicht so weit«, sagt er; ihre Gelenke sind wie glattes, zersplitterndes Holz in seinen Händen. »Wir haben schon Schnee gehabt.«

Lillian reckt den Kiefer, und er glaubt, sie wolle das Weite suchen, nach rechts antäuschen und dann links an ihm vorbeilaufen. Er nimmt eine Hand von ihrem Gelenk und berührt den Schlagstock, wobei er hofft, ihn nicht benutzen zu müssen, und gerade als sie erwartet zu hören: Du bist verhaftet, für was auch immer sie einen in Prince Rupert verhaften können (und Lillian ist lange genug draußen in der Welt, um zu wissen, dass sie sich gegen Verbrecher irgendwie wehren kann, allerdings nicht gegen das Gesetz), sagt Arthur Gilpin: »Ich mach jetzt Essen für dich und biete dir mein Zuhause für die Nacht an.«

Lillian hebt ihren Ranzen auf und denkt an Yaakov. Bei jeder Essenseinladung, die er erhielt, erwiderte er: »Danke, gern, ja«, und dann sagte er zu jedem Gastgeber: »Ich warne Sie – ich kann allem widerstehen außer der Versuchung.«

Helen Gilpin war eine vernünftige Frau und eine vernünftige Köchin von Hausmannskost, und sie liebte ihren Mann. Mittags tischte sie ihm eine große Mahlzeit auf und um sechs das Abendessen, und wenn es auch nicht gerade zu seinem Besten war, hielt sie jede Nacht direkt vor dem Schlafengehen ein Stück frischen Apfel- oder Zitronenkuchens für ihn bereit. Sie schaute ihm gern beim Essen zu, und sie langte gern hinüber und wischte ihm die Krümel von seinem Unterhemd über dem Bauchansatz, wenn er den Zitronenkuchen im Bett aß wie ein Junge, dem etwas spendiert worden ist. Arthur Gilpin denkt jeden Tag an Helens Wildeintopf und ihre Hähnchenragouts und ihr Händchen für gedeckten Apfel- und Zitronenkuchen, und er versucht es erst gar nicht selbst.

Er sitzt dem Mädchen gegenüber an seinem Küchentisch, und sie essen, was er die letzten neun Monate gegessen hat: ölige Fleischpasteten von Mrs Hennepin, die einmal die Woche für ihn kocht, Kartoffeln und in Brandy eingelegte Äpfel.

»Meine Frau war eine gute Köchin«, sagt er.

Lillian nickt. Sie kann die ganze schreckliche Geschichte hören, die darauf brennt, erzählt zu werden, und sie weiß, sie kann nicht sagen: »Ach bitte, Constable, ich hab's bis hier. Ich kann keine weitere Geschichte von Liebe und Verlust gebrauchen.« Lillian bittet um Nachschlag und isst alles auf, muss etwas schlucken bei den Fleischpasteten, deren Teig angebrannt, aber nicht durch ist und die vor Fett triefen, das graue Fleisch voller Knorpel und Knochensplitter. Sie sagt: »Bleiben Sie bitte sitzen«, und steht auf, um die Teller und die beiden verbogenen Gabeln und die zwei angestoßenen Becher zu spülen, was alles ist, das sie tun kann. Er ist so ergriffen von ihrem jungen Rücken, von ihrer Angst, von ihrem Unglück, von ihren Händen, die gewandt durch das seifige Wasser gleiten wie Helens, dass er sagt: »Du kannst hier so lange bleiben, bis du weißt, wie es weiter geht«, und Lillian dankt zweimal und macht ihre Ablehnung deutlich, ohne sich auch nur umzudrehen. Er isst den letzten der Äpfel und gießt sich noch etwas Brandy ein und denkt, wie dumm es von ihm war, ihr das vorzuschlagen, und dass er Glück hat, abgewiesen worden zu sein.

Helen Surges Gilpins Aussteuer umfasste ein schmales schmiedeeisernes Rollbett, das von ihrem Onkel in Calgary gefertigt worden war, und Lillian liegt darin in einem von Helens geblümten Flanellnachthemden. Ihre dreckige Kleidung und ihre Schuhe sind auf dem Boden. Lillian hört zu, wie Arthur sich das Gesicht wäscht und die Zähne putzt und noch einmal die Haustür kontrolliert. Sie hört, wie er sich auszieht (die Stiefel, das leichte Sausen, als er die Hosenträger von seinen Schultern streift, sein gelbbraunes Hemd, seine Fliege, seine Polizeijacke, das Aufseufzen eines großen Mannes beim Ausziehen der Kleidung, die ihm über die letzten Jahre etwas zu eng geworden ist), und sie hört, wie er sich in sein Doppelbett legt, auf seine Seite, da er nicht auf Helens Seite schlafen kann, wo er heimlich drei ihrer bestickten Kissen arrangiert hat und sich zum Schlafen ihnen zuwendet, ein Arm um das mittlere Kissen gelegt, den anderen unter dem Kopf, wobei seine Hand wie zum Schutz auf seiner Stirn ruht.

Er denkt an Helen und hofft, von ihr zu träumen. Seine Träume sind der beste Teil des Tages. Ihre Brüste und ihr Bauch pressen sich gegen seinen Rücken, ihr Flachshaar löst sich aus ihrem Zopf und kitzelt seine Wange. Er denkt an all die Nächte, wo sie auf dem Rücken lag und sich für ihn öffnete, und er verschränkt die Arme um das mittlere Kissen und zieht es zu sich. Am besten erinnert er sich an die Nacht, als Helen erst am Anfang ihrer Krankheit stand und sie nicht wussten, wie schlimm es werden würde, ihr Fieber schien auf dem Rückzug, und sie riss sich im feuchten Bett ihr Nachthemd vom Leib, weil sie es unerträglich fand, darin zu schlafen, und er kroch aus dem Bett, um ihr ein frisches zu holen, aber sie hielt ihn auf. Sie legte ihre kühle Hand, nur die Fingerspitzen, auf seine Brustmitte und fuhr an seinem Körper entlang, und er hofft, dass er von jener Nacht träumt.

Lillian liegt im Bett von Helen Gilpins Onkel und denkt über Joseph Stalin nach. Die Juden alten Stils waren sie schon losgeworden, bevor Lillian Turov verließ, und die Leybs waren vom alten Stil. Die Pinskys waren modern. Sie waren schlaue Leute; Lev Pinsky machte Lärm wie ein Bolschewik, wenn Bolschewiken in der Nähe waren. Er redete über das Proletariat und Lenins neue Wirtschaftspolitik, sobald er Nichtjuden sah. Am Ende des Tages saß er mit ihrem Vater im Hof, und die Männer tranken einen kleinen Schnaps, und ihr Vater sagte: »*L'shanah haba b'ah Yerushaleym*. ›Nächstes Jahr in Jerusalem‹«, und Lev Pinsky sagte dann: »Wozu deine Eile?« Sie tranken ein weiteres Schnäpschen, wenn das Essen noch nicht fertig war, und Pinsky zog nach einer Weile eine Schachfigur, und ihre Mutter schüttelte den Kopf, und Ossip holte tief Luft, womit er seine Missbilligung von allem jenseits der Thora zum Ausdruck brachte. Lillian bürstete und flocht jeden Abend Sophies Haar, und manchmal flocht sie aus Spaß vier Zöpfchen statt zwei, und Sophie rannte zu ihrem Großvater und wackelte mit ihren vier Zöpfchen. Hat Ossip ihnen allen nichts bedeutet?, dachte Lillian im Bett von Helen Gilpins Onkel, ist nicht mehr von ihm vorhanden, woran ich mich erinnern kann, als eine seufzende Abwesenheit? Und an einem dieser Abende nahm Lillians Vater Sophie auf seinen Schoß und sagte: »Das ist die jüdische Zukunft.« Und Lev Pinsky sagte: »Wie ich höre, ist die jüdische Zukunft Tikhonaia in Sibirien, und es wird ein Paradies sein, von Juden für Juden, und liegt außerdem nicht in der gottverdammten Wüste.« Er zog ein bisschen zu hart an Sophies Zöpfchen, wie immer, und Sophie schrie auf, und Lillian nahm sie hoch und brachte sie ins Haus. Lillians Mutter sagte zu Sophie:

»Du wirst leben, Miss Sarah Bernhardt«, und dann: »Wenn er erst einmal in Tikhonaia ist und sich die Eier abfriert bei den Chinesen, wird er nicht mehr so schnell kleine Mädchen belästigen.« Lillian lachte, und Sophie zog eine Schnute und nickte, und ihre Mutter tätschelte Sophies Wange, und es war ein großer Augenblick der Solidarität für die drei Leyb-Frauen, die Lev Pinsky und seine groben Manieren nicht mochten.

Oh, Tikhonaia, denkt Lillian jetzt, dahin sind sie also gegangen, und sie zieht Hose und Mantel über das warme, angenehm duftende Nachthemd (sie hat seit Monaten kein Nachthemd angehabt; sie kann es nicht über sich bringen, dies eine herzugeben), und sie trägt ihre Schuhe und ihren Ranzen nach unten, und ihre Hand ist auf der Klinke. Sie drückt die Tür auf, und Schnee weht in die Eingangsdiele. Arthur Gilpin steht in Unterhemd und Hose da, legt seine Hand auf die ihre und nimmt ihr den Ranzen ab.

»Du kannst bei diesem Wetter nicht fort«, sagt er.

»Ich muss«, sagt sie, und einige Sekunden tut sich nichts zwischen ihnen, dann fesselt er sie mit Handschellen an den Geländerpfosten und setzt sich auf die Treppenstufe neben sie.

»Ich kann dich nicht nach draußen lassen«, sagt er. »Du wärst in einem Tag tot.« Es gibt keine Auseinandersetzung darüber oder über die stählernen Handschellen oder die tote Frau, aber Lillian sagt: »Ich könnte mich um Sie kümmern, Sir«, und er schaut sie an und sagt: »Du kannst dich nicht mal um dich selbst kümmern«, und auch darüber gibt es im Augenblick keine Auseinandersetzung.

Der Polizist seufzt und sagt: »Versprich mir, dass du diese Nacht bleibst, und ich nehme dir die Handschellen ab«, und

Lillian seufzt und denkt, was für eine Sorte Frau müsste sie sein, einen so lieben Mann zu belügen (vielleicht könnte das eine stärkere Frau), und sie schafft es nicht, die Wahrheit zu sagen (nehmen Sie dieses dumme Stück Metall von meiner Hand, und ich werde in die Nacht verschwinden, und Sie können von Glück reden, dass ich diese Wolldecke nicht mitnehme). Arthur Gilpin zuckt mit den Achseln. Er nimmt die Handschellen ab und führt sie die Treppe hoch und fesselt sie an den eisernen Bettpfosten.

»Ich bleibe unten«, sagt er, »und sitze an der Haustür.«

»Daran zweifle ich nicht«, sagt Lillian, und es gibt auch hier keinen Groll zwischen ihnen. Sie wünschen einander Gute Nacht, und am Morgen befreit er ihr Handgelenk und setzt sich vor die Schlafzimmertür, während sie sich anzieht (sie behält das Nachthemd an; sie wird es lange besitzen), und dann fesselt er sie wieder mit den Handschellen an den Küchenstuhl. »Ich tu das nicht gern«, sagt er, »aber du bist zu schnell für mich, und ich befürchte, dass du selbst dann gehst, wenn ich deine Schuhe oder deinen Mantel hierbehalte, so eigensinnig, wie du bist.«

Lillian nickt; »eigensinnig« ist eine nette Art, es auszudrücken.

»Du kannst bei diesem Wetter nicht reisen«, sagt Arthur Gilpin, und er deckt den Tisch für zwei. Er macht butterige Rühreier und brät einen Bannockfladen und ein halbes Pfund Speck. Er kocht höllisch starken Kaffee und schöpft den Rahm von seiner letzten Milchflasche, um den Kaffee fett und süß für sie beide zu machen. Lillian isst mit einer gewissen Unbeholfenheit, aber der Polizist hilft ihr. Er tupft ihr verschiedentlich den Mund ab, wenn das Rührei kleben bleibt, und er sagt: »Nimm den Speck doch mit der Hand, warum denn nicht – hier gibt's doch nur dich und mich und die Küchenuhr.« Und sie tut es, und er tut es auch, um ihr Gesellschaft zu leisten. Kurz vor neun sagt er: »Ich habe einen Jungen zu der Verwaltung von Hazelton geschickt, eigentlich heißt es richtig: Hazelton Agrarian Work Center for Women. Hör zu, was ich denen sagen werde. Du hast meine Uhr gestohlen, aber du bist kein böses Mädchen. Das muss ich sagen. Weiter sage ich, vermutlich gab es da einen schlechten Einfluss, und darum schicke ich dich nach Hazelton – die haben dort Frauen, die Probleme haben, aber nicht wirklich böse sind. Ich habe nicht das Gefühl, dein Charakter ist so geschädigt, dass du eine lange Strafe absitzen musst, werde ich sagen. Zu viel Gutes darf ich nicht sagen; als Liebchen eines Polizisten hättest du keine Freunde dort. In Hazelton haben Damen das Sagen. Aber du kannst auf der Arbeitsfarm überwintern – deine Strafe wird im Frühling verbüßt sein. Weihnachten bringe ich dir ein paar Dinge, als wäre mir zu Ohren gekommen, du hättest bereut«, und er lächelt breit, als wäre er selbst kein bisschen christlich, als denke er, Reue gebe es so oft wie Wasser, das sich in Wein verwandelt. »Wenn der Frühling kommt, bist du auf und davon nach Dawson, und das war's dann auch schon.«

Als um zehn Uhr die beiden Hazelton-Verwalter kommen, um Lillian abzuholen, hat er bereits das Geschirr gespült. Er macht die Handschellen los, und sie steht in der Eingangsdiele, die Augen niedergeschlagen wie ein geläutertes Mädchen. Arthur Gilpin sagt das, was er angekündigt hat, und Lillian sagt nichts, und er ist kühl und bedauernd, als hätten sie nie eine Mahlzeit geteilt oder einander im Arm gehalten.

5. Oktober 1925

Schwere Zeiten, schwere Zeiten

Fat Patty ist Hazeltons Künstlerin. Sie arbeitet in einem Atelier mit niedriger Decke unter eingeschränkten Möglichkeiten und produziert schöne Bilder. Sie hat Bewunderer. Sie hat einen Förderer. Sie hält den Raum ausreichend warm, um Gänsehaut und Frösteln zu vermindern, die, zusammen mit plötzlichen Krämpfen, Hepatitis und Sinneswandel, Heimsuchungen ihres Berufes sind. Mit der einen Hand sticht sie die Nadelspitze in die Rundung von Lillians Hüfte, mit der anderen fächert sie sich Luft zu. Fat Patty schwitzt stark, und man bekommt keine feine Linie hin, wenn einem der Schweiß die Sicht vernebelt. Lillian beißt in den Lumpen, den Fat Patty ihr in den Mund gesteckt hat.

»Der ist ziemlich sauber«, sagt Fat Patty, und Lillian gibt keine Widerrede, sie zieht nicht den Lumpen raus, um auf Schmutzkrusten und den von Fett dunklen Saum zu deuten. Wie nett, dass Fat Patty sich überhaupt die Mühe machte, Lillian anzulügen; und um ihr zu danken und weniger die Fremde zu sein, sagt Lillian: »Ich hatte schon Schlimmeres in meinem Mund als das.«

Fat Patty lacht und zieht die Hand weg, bevor sie die Tinte verschmiert. Sie lacht das volle, dreckige Lachen fetter Frauen, als gäbe es da etwas an Männern, was sie gesehen und in ihren Körperfalten versteckt hätten, Dinge, die Männer schlankeren Frauen nicht enthüllen, und Fat Pattys Handlangerin, das schielende Mädchen, von jedem nur Mama's Little Helper genannt, lacht auch und stößt die Zwergin, von der sie überallhin begleitet werden und deren Name Lillian nie gehört hat, mit dem Ellbogen an. Die Zwergin kichert, und Lillian denkt, ich sollte mich schämen. Und dann denkt sie, vielleicht ist es ein gutes Zeichen, dass sie sich noch schämen kann. Wir sind die einzigen Tiere, die Scham empfinden, hat Yaakov an einem Abend im Royale gesagt. – Oder nötig haben, hat Reuben ausgerufen und mit beiden Händen auf die Tischplatte geschlagen, und sie lachten so, wie es Männer tun, wenn sie sich so richtig freuen, Männer zu sein.

Fat Pattys Zelle ist Hazeltons Warenhaus rund um die Uhr, und alle Frauen von Hazelton sind ihre Kundinnen gewesen. Die Zwergin ist Hauptkassiererin und steht an der Tür, nimmt und versteckt die Zahlungsmittel, die versteckt werden können (Schokolade von einem weichherzigen Verwandten, eine Pfundnote, weitere Nadeln, ein Lippenstift in einer Goldhülse), und gelegentlich kauft sie sogar selbst etwas, eine kleine Dreingabe für die bewunderte Fat Patty, und daneben gibt es all die anderen Formen des Bezahlens: das Essen, das Fat Patty mag, die Aufmerksamkeit, die sie mag, der erste Platz am ersten Tisch bei jeder Mahlzeit, und Lillian nimmt an, dass es andere Dinge gibt, Dinge, die nachts zwischen den Frauen ablaufen oder sogar im Hof, wenn sie unter irgendeinem Vorwand eine Bettdecke auf der entferntesten Bank nähen. Lillian versucht, nicht hinzuschauen, aber wie kann man nicht hinschauen, wenn zwei Menschen in der Öffentlichkeit Sex haben, während dreißig andere Frauen sich um ihre Angelegenheiten kümmern, als hätte die eine Frau den Kopf nicht wie garrottiert nach hinten sinken lassen, während die andere sich nach vorn beugt, ihre Hand unter dem Stoff ruckelt, und beide sind sie erhitzt und bewegen sich unregelmäßig hin und her, und dann werden sie langsamer, und eine wischt sich das Gesicht mit einem bestickten Taschentuch ab – sie sind hochberühmt für ihre schöne Handarbeit, die beiden, kein Wunder –, und dann wischt sie jeden Finger ihrer Geliebten ab, und sie breiten ihre Röcke aus wie brütende Hennen, und niemand schaut zu außer Lillian und Mrs Mortimer, die Bibliothekarin, die alles beobachtet.

Das schielende Mädchen mit den wüst übers Gesicht verteilten Muttermalen, als hätte jemand einen Mundvoll brauner Farbe auf sie gespuckt, ist Fat Pattys Verkaufsleiterin; sie zeigt Kundinnen einige Muster, sie erläutert, was am beliebtesten und was am billigsten ist, und sie gibt jeder genug Zeit, sich zu entscheiden. MUTTER ist sehr beliebt und VATER überhaupt nicht. Namen von den jeweiligen Kindern sind es, besonders toten Kindern. Einige Frauen hätten gern den Namen ihrer Idole: Kleopatra, Königin von Saba, Theda Bara, der Filmstar. Nach ihrer berühmten Attacke auf die Banken Kanadas ist PEARL HART ein paarmal auf einem Rücken, einem Bizeps erschienen, und MARIA, MUTTER GOTTES, ist auch beliebt. Fat Patty hat es nicht so mit gegenständlichen Darstellungen, aber sie verfügt über eine schöne fließende Handschrift und einige Bildsymbole. Wenn man seine Strafe im Hazelton Agrarian Center for Women abgesessen hat, kann man mit einem elegant geschriebenen Namen in einem entrollten Banner oder inmitten eines Sträußchens von blauroten Blumen, rund und ordentlich wie Cartoons, davonziehen, aber man bekommt kein Hula Mädchen, keine springende Forelle oder Johanna von Orléans, und die Gaunerin aus Toronto, die allen ihren unteren Rücken zeigte mit der Johanna auf einem Pony, vielfarbig vor dem Hintergrund der französischen Fahne, verärgerte Fat Patty schwer, was der Gaunerin noch sehr leidtun sollte.

Fat Patty ist Mr R. H. Macy höchstpersönlich, Warenhaustycoon, der unsichtbar die Fäden zieht, um die Waren abzusetzen, und die Konkurrenz ausspioniert. (Gypsy Lou macht Geschäfte mit Flüchen und Tätowierungen, aber genau das, was die Frauen an Zigeunerflüchen schätzen, wirkt sich bei den Tätowierungen nachteilig aus; sie glauben, sie sei nicht sauber und ihre Muster hätten eine geheime Bedeutung.) Fat Patty bietet im Sommer, wenn sich wegen des Schwitzens und der Infektionsgefahr niemand tätowieren lassen will, sogar spezielle Preise an. Das schielende Mädchen erzählt dies Lillian, und als Fat Patty einen Augenblick innehält, weiteres Papier in der Teetasse verbrennt und mit Wasser vermischt, um Tinte herzustellen, sagt das Mädchen: »Denk schöne Gedanken«, wie Mrs Mortimer immer Frauen zu sagen pflegt, denen sie erfolgreich nachgestellt hat. Lillian lacht, und Fat Patty schlägt Lillian fest auf die Hüfte wie einem nachlässigen Kind. »Guck her«, sagt sie und sieht es nicht als Zuwendung an, Lillians volle Aufmerksamkeit zu bekommen, denn Lillian kann nichts anderes, als sich ganz auf die Arbeit der Nadel und das Einstechen der rußigen Tinte zu konzentrieren und dann auf Fat Pattys warme Bierfahne und dann auf ein weiteres Abtupfen mit dem Lumpen, um das Blut zu entfernen. Lillian verlässt Fat Pattys Raum mit einem säuberlichen Stoffstreifen, der in Zaubernuss getränkt und unterm Schlüpfer an ihre Hüfte gepresst ist. Lillian braucht mehr von Sophie bei sich, denn die Ecken und Kanten ihres Gedächtnisses beginnen zu schwinden und sich verdächtig zu ändern; aber bei der ersten Wölbung des S legt sie die Hand auf Fat Pattys Hand, und sie einigen sich darauf, stattdessen sieben blaue Sterne zu machen, und die Zwergin sagt: »Du hast jetzt die Plejaden. Du weißt doch, Orion war hinter denen her, dann haben die Götter sie in Sterne verwandelt«, und Lillian packt den Lumpen. Sophies Name auf einem Banner oder in einem Strauß blauroter Maßliebchen wäre ein Fehler gewesen und vermessen.

»Das hilft dir nicht weiter, Kleine«, hätte Yaakov gesagt, und Reuben hätte auf den Tisch gehämmert und geschrien: »Schaden kann's auch nicht.« Und sie hätten alle gelacht, bis sie schließlich geweint hätten. Lillian denkt, dass ihre Tätowierung von sieben Mädchensternen wohl in diese Kategorie gehört; es wird nicht helfen, aber schaden kann es auch nicht. Sie legt sich auf ihre Pritsche, dreht die wunde Hüfte zur Decke hin und lauscht den Liebenden sechzehn Betten weiter.

Am Ende ihrer ersten Woche hat Lillian das Gefühl, sie habe den größten Teil ihres Lebens im Hazelton Agrarian Center for Women verbracht. Lillian hat eine Blechtasse, zwei Kleider, eine Schürze, drei Paar Schlüpfer und ein Paar Filzpantoffeln. Bei den Mahlzeiten hat sie einen Platz am Ende des abgelegensten Tisches. Zu ihrer Rechten sitzt eine Taubstumme, die nichts anderes getan hat, als taub und stumm und nicht allzu helle zu sein; zu ihrer Linken sitzt eine rothaarige Prostituierte, die einem Freier seine Uhr und sein Automobil gestohlen und ihn dann überfahren und ihm dabei beide Beine gebrochen hat; ihnen gegenüber ist die Muttermörderin, die ihre Mutter durch Vernachlässigung getötet hat. Sie ist in Hazelton und nicht in einem richtigen Gefängnis, da es nur Vernachlässigung war, und die Frau sagt das bei jedem Essen; sie sagt zu Lillian und zu den beiden anderen, ihrem unfreiwilligen Publikum: »Es ist wahr, ich habe meine Mutter vernachlässigt. Ich hatte andere Familienverpflichtungen, und das hatte unglücklicherweise die Vernachlässigung meiner Mutter zur Folge. Es ist wahr.« Jeden Tag gibt es für alle von ihnen eine Blechtasse mit Wasser zu den Mahlzeiten und einen Becher schwachen Tees zum Abendessen. Jede hat eine Suppenschale und einen Löffel, und wenn eine am Ende der Mahlzeit ihre Suppenschale und ihren Löffel nicht zurückbringt, stehen alle bis zum Morgen im Speisesaal oder bis zum Mittag oder bis der Verbleib aller Löffel und Schalen geklärt worden ist.

An Lillians elftem Tag spaziert ein neues Mädchen in den Speisesaal, in einem verblichenen blauen Kittelkleid, das zwei Nummern zu groß ist, und einer Schürze mit angesengter Vordertasche. Ihr langer Zopf schwingt hinter ihr hin und her. Einige Frauen spekulieren laut, was sie wohl hat tun müssen, damit die Aufseherin ihn nicht sofort abgeschnitten hat. Die

Aufseherin setzt das Mädchen zwischen Gypsy Lou und Epiphany Smith aus Jamaika. Die anderen sind aus Norwegen und Schweden, Irland, England, Schottland und Neufundland, und von der Kap-Breton-Insel stammen zwei Mädchen, die aus allen Häusern, wo sie geputzt haben, Schmuckstücke mitgehen ließen. Das neue Mädchen schaut auf die Mitessenden und nickt höflich und isst die Erbsensuppe und den Bannockfladen und die gebratenen Kartoffeln. Gypsy Lou knufft sie in die Seite und sagt: »Du bist ein Schlitzauge«, und die Chinesin nickt höflich. Lou sagt: »Scheißschlitzaugen.« Die Chinesin nickt wieder höflich und nimmt ihren Löffel in die linke Hand, kniet sich auf die Bank und presst ihn gegen Gypsy Lous Nacken und drückt ihr Gesicht in die Kartoffeln mit dem gedünsteten Kürbis und lässt erst locker, als Lou aufhört zu zappeln.

Das neue Mädchen isst Lous Kürbis, die Kartoffeln und den Rest ihrer Suppe bietet sie Epiphany Smith an. Als sie nach der Mahlzeit Reihen bilden und in der Kapelle zehn Minuten in stummem Gebet verweilen und danach paarweise, ohne zu reden, weitergehen (aber Briefchen wandern von der Hand in die Schürzentasche, und es gibt bestimmte Handzeichen und unterschiedliches Scharren mit den Füßen für einfache Mitteilungen), geht die Muttermörderin an der einen Seite des neuen Mädchens und Lillian auf der anderen. Das neue Mädchen schaut jede einzeln an und lächelt. Ihr Lächeln gleicht Gumdrops Lächeln, das wie Esther Bursteins war, strahlend und knapp, und es sprach nicht mehr Glück daraus als aus einem Krummsäbel.

»Chinky Chang«, sagt sie. »Betrügerin.«

Lillian hat den Dreh raus, wie man Erbsen drischt und sie für Kaffee röstet. An gebackene Erbsen zum Frühstück, Erbsensuppe und Erbsenmus und als Sonntagsessen ein bisschen Konservenfleisch auf einem Klatsch Erbsenpüree hat sie sich sowieso schon gewöhnt. Das Dreschen und Rösten ist Drecksarbeit; die grünen Schalen der Erbsen kleben an ihren Handtellern und Fingernägeln, der geröstete braune Staub liegt auf ihrem Haar und ihren Wimpern und Augenbrauen wie Sand, und nach zwei Wochen kommt Mrs Mortimer auf Lillian zu und sagt: »Vielleicht würdest du lieber sticken.« Sie zwinkert mit ihren großen Augen und sagt: »Ich habe gehört, du bist ganz geschickt darin.« »Ich kann nähen«, sagt Lillian und senkt den Blick, wie sie es die anderen Mädchen bei Mrs Mortimer tun sieht, »aber am liebsten würde ich für Sie in der Bücherei arbeiten.« Mrs Mortimer sagt: »Geduld ist eine Tugend«, und teilt sie für die Waschküche ein, die mit ihrer feuchten Luft genauso schrecklich ist wie der Raum fürs Dreschen mit seiner trockenen.

Lillian geht hinein zu abkühlender und kaltnasser Wäsche, Zubern mit heißem Wasser, Seifenlachen auf dem Boden, jedermanns Überresten, Haarsträhnen, einem abgebrochenen Zahn, Schnipseln von Fingernägeln, Heftpflastern und Üblerem, das auf der Wasseroberfläche dahintreibt und dann am Zementfußboden kleben bleibt. Das neue Mädchen klopft Laken, wobei Wasser von ihrem schwarzen Zopf trieft, und die beiden Mädchen von der Kap-Breton-Insel haben sich bis zur Taille entblößt, um die Bettwäsche zu wringen. Sie haben ihre Blusen heruntergekrempelt zu Gürteln; ihre Oberkörper sind rot und nass, ihre nackten, breiten Rücken glänzen vom Dampf, und sie nicken Lillian zu und knicksen vor Mrs Mortimer, die auf ihre Brüste starrt und sagt, dass Lillian beim Bügeln helfen wird.

Chinky hat ihre Bluse bis zur Taille aufgeknöpft, ihre Ärmel am Handgelenk aufgerissen, sodass sie sich bis über die Ellbogen hochschieben lassen, und den Rock in ihren Gürtel hochgesteckt. Lillian gedenkt dasselbe zu tun; sie ist doch nicht so weit gekommen, um in Hazelton, Kanada, einen nassen Tod zu sterben. Sie hat gerade ihren Kragen geöffnet, als die Mädchen von der Kap-Breton-Insel ins Bügelzimmer stürmen und die Tür hinter sich schließen. Lillian dreht sich um.

Gypsy Lou hat einen Becher mit Lauge in der Hand, und als ihr Arm zurückschwingt, um sie Chinky ins Gesicht zu schütten, reagiert Lillian, die von Gypsy Lou seit ihrer Ankunft nicht ein einziges Mal bemerkt worden ist (falscher Tisch, falscher Typ), ganz ohne nachzudenken, was, wie Chinky ihr später sagen wird, das Schlimmste ist, was ein Mädchen tun kann. Sie wirft ein nasses Laken über Gypsy Lou, und Chinky versetzt der Frau einen so harten Schlag, dass sie hinfällt und der Becher mit der Lauge wegrollt und sich mit den anderen Giften auf dem Boden vermengt. Mrs Mortimer geht an der Tür zur Waschküche vorbei, in den Händen die frisch gebügelten Läufer aus Spitze, die sie für ihr Pult und ihren Schreibtisch verwendet. Sie schaut hinein zu den dreien, sieht, wie Chinky und Lillian schwer atmend über einem Körper unter einem feuchten Laken liegen, und drückt die schwere Pendeltür auf. Sie hebt ein Ende des Lakens hoch und sieht Gypsy Lous blasses Gesicht, ihre flatternden Augenlider, und sagt nur: »Ladys, sauber machen.« Die Mädchen von der Kap-Breton-Insel warten, bis Mrs Mortimer verschwunden ist, dann kommen sie mit zugeknöpften Blusen, die Haare wieder aufgesteckt, hinaus und überschlagen sich mit Komplimenten. Überall in Hazelton ist es ein großer Tag für die Fremden. »Jetzt hast du mich am Hals«, sagt Chinky zu Lillian.

Danach nickt Mrs Mortimer Lillian an den meisten Tagen zu, und eines Abends vor der Vesper, einem wichtigen gesellschaftlichen Ereignis, da Frauen in die Bankreihe neben ihren Schwarm gleiten, kleine Geschenke von Kirchenbank zu Kirchenbank austauschen, sagt die Bibliothekarin zu Lillian: »Deine Leute sind große Leser, wie ich höre. ›Leute des Buches.‹« Lillian denkt an ihre des Lesens unkundige Mutter und an das, was ihr Vater, der jüngste Sohn des ärmsten Mannes im Dorf, an Leidensgeschichten aus seiner jüdischen Elementarschule erzählt hat, und sie sagt: »Oh ja, das sind wir.« Mrs Mortimer übereicht ihr *Bulfinch's Mythology*.

Lillian liest Chinky vor, wobei sie gleich zu dem Absatz springt, den sie fast auswendig kann. »Wenn kein anderes Wissen es verdient, als nützlich eingestuft zu werden, als jenes, das unseren Besitz vergrößert oder unsere gesellschaftliche Stellung hebt, dann hat Mythologie keinen Anspruch auf diese Bezeichnung. Wenn aber das, was uns glücklicher und besser macht, nützlich genannt werden kann, beanspruchen wir dieses Attribut für unser Thema.« Sie liest, als säße Reuben noch neben ihr, allzeit bereit, mit den Teetassen zu klappern, sobald sie einen Fehler macht. Manchmal, wenn sie sehr müde ist, kriegt sie die W nicht richtig hin. Das ist ihr egal; der harte, unsichere Laut eines Mädchens, das gerade aus einem kleinen Dorf in Russland nach Amerika gekommen ist, der Akzent, den sie früher hatte, tröstet sie, während sie in Schlaf sinkt.

»›Literatur ist eine der besten Verbündeten von Tugend und Förderer des Glücks.‹«

Chinky prustet: »Mortimer wird dich glücklich machen, da wette ich.«

Mrs Mortimer ist sowohl Zeus als auch Hera in Hazelton. Sie ist die Herrin über alles, sie ist die Verfolgerin von Nymphen und Jungfrauen, und sie ist die eifersüchtige Göttin, voll dunklen Argwohns und noch dunklerer Rache. Schließlich lädt sie Lillian in die Bibliothek ein. Chinky sagt: »Zieh zwei Unterhosen an.« Es ist ein kleiner Raum mit Büchern an den Wänden, die niemand haben will (Druckschriften mit erbaulicher Lyrik, privat veröffentlicht, Mrs Beetons Handbuch zur Haushaltsführung, lutherische Kochbücher, Opernlibretti und einige Erlebnisberichte über das Leben bei der kanadischen berittenen Polizei oder bei den Eskimos oder den Rübenfarmern). Mrs Mortimer hat in der Bibliothek einen Kreis aus sieben Stühlen arrangiert. Lillian ist eingeladen vorzulesen. Die anderen Frauen waren schon jeweils als *lectrice* dran, wie Mrs Mortimer das bezeichnet, und die fünf haben ziemlich präzise Vorstellungen von dem, was passieren wird, nachdem Lillian eine halbe Stunde aus *Die Lady von Shalott* oder *Tristan und Isolde* gelesen hat. Sie haben alle auch ihren Bulfinch gelesen oder sich hindurchgequält, und selbst wenn einige wegen ihrer Beschränktheit schließlich nur aus *Elsie Dinsmore* oder *War er es wert?* vorlesen, wird die Regel und die Position der *lectrice* beibehalten. Als Lillian und Mrs Mortimer allein sind und über König Artus und die Ritter und romantische Freundschaft und Südfrankreich reden, wo Mrs Mortimer in ihrer Jugend zwei glückliche Sommer verbracht hat, hält Lillian den Atem an.

Letzten Endes passiert nichts. Mrs Mortimer gießt zwei winzige Gläschen Sherry ein und fragt, welche Teile von Bulfinch Lillian am meisten gefallen. Lillian sagt, die Mythen, was sozusagen naheliegend und wahr ist; die arme Skylla und der arme Cupido und die einfältige, bezaubernde Psyche lenken ihre Aufmerksamkeit von Mrs Mortimers erlesenen Händen ab. Sie ist eine burschikose Frau mit einem Pferdegesicht im grauen Kammgarn und mit fest geschnürten, schwarzen Schuhen, aber ihre Hände sind lang und schön mit eleganten rosaovalen Nägeln und fein gezeichneten blauen Adern auf den Handrücken. Es sind die Hände einer viktorianischen Lady, und Mrs Mortimer ist sich deren Wirkung durchaus bewusst; sie bevorzugt Ärmelaufschläge aus schwerer Spitze, steif vor Stärke, jede einzelne Reihe wie glänzende, spitze Battenberg-Gipfel, und sie trägt einen großen rubinroten Cabochon an ihrem Zeigefinger.

»Woran ich am meisten Freude habe«, sagt Lillian, »sind Landkarten.«

Mrs Mortimer nippt am Sherry und hebt eine dichte, ergrauende Augenbraue. »Wir haben hier keine Landkarten, meine Liebe.«

Lillian nippt auch am Sherry. Es gibt keinen Grund für Mrs Mortimer, zu lügen, aber jemand im Hazelton Agrarian Center for Women sollte eine Karte haben. Jemand muss doch gelegentlich irgendwohin.

»Bestimmt«, sagt Lillian, »gibt es den einen oder anderen Atlanten, etwas, das uns zeigt, wo wir uns im Verhältnis zu Afrika oder Indien oder den Heimatstädten der Mädchen befinden.«

»Ganz recht«, sagt Mrs Mortimer. »Genau deshalb haben wir keine Karten. Dies ist ein Ort der Zuflucht und der Besserung. Landkarten ermutigen einen, an die Welt in ihrer ganzen Größe zu denken. An Flucht.«

»Für mich persönlich«, sagt Lillian, »ist es die Kunst der Kartografie. Ich bewundere Karten.«

Mrs Mortimer zuckt mit den Achseln. Jede hier will Dinge, die sie nicht haben kann, besagt das Achselzucken. Ich zum Beispiel bewundere dich, aber ich kann sehen, dass du am Ende ein verräterisches, unaufrichtiges, hartherziges Mädchen wärst. Du würdest dich eher in einen Baum oder einen Hirsch oder in ein hässliches Vöglein verwandeln wollen, als meine Umarmung hinzunehmen, oder du würdest sie hinnehmen und auf deine Belohnung pochen, und wenn ich dir eine Karte von Kanada brächte, mit großem persönlichen Risiko für mich und meine Redlichkeit, würdest du mich nur ohne Unterlass rubbeln oder mich kaum merklich mit deinem Bein reiben und darüber seufzen, wie viel du hast geben müssen, und deine Kälte würde mich beschämen. Mrs Mortimer lässt einige Tropfen Sherry im Glas zurück und steht auf. Lillian ist sich schmerzlich dessen bewusst, dass sie als unzureichend befunden worden ist und keine Karte von dieser Frau bekommt und dass das, was Hera noch mehr hasste als Untreue, Undankbarkeit war.

Chinky sagt: »Es ist zum Aus-der-Haut-Fahren«, und windet sich das Haar um den Kopf wie eine skandinavische Hausfrau und erbettelt sich ein Sträußchen Seidenveilchen von Fat Patty. Sie singt bei der Vesper und presst sich ein paar verträumte Tränen ab, und Mrs Mortimer ist eingenommen von ihr. Sie gibt ihr den Bulfinch, den Chinky an Lillian weiterreicht. »Egal, was«, sagt Chinky, »finde mir einfach was von einem jungen Mädchen und einer alten Frau, und wenn da nichts ist, dann vielleicht was von zwei Schwestern. Oder von zwei Blumen, zwei Schwänen, irgend so was, zum Teufel, du kapierst schon«, sagt sie. »Und Chinesinnen wären auch nicht schlecht«, wenn es da was gibt.« Chinky hebt die Zeitschrift *Screen* hoch, lacht und lutscht an einem Pfefferminzbonbon aus einer Schachtel, die die rothaarige Nutte hat herumgehen lassen.

Chinky wird die Favoritin. Sie bemüht sich, für Lillian, die sie liebt, eine Landkarte zu besorgen, aber sie ist nicht so hartnäckig, dass sie den Honig im Tee aufs Spiel setzte, das Stück Ivory-Seife, das Versprechen auf frühzeitige Entlassung, vielleicht gleich nach der März-Veranstaltung, wenn die Leute aus Hazelton und von weiter weg kommen, um die berühmten Stickereien und die Scones und die Kuchen zu kaufen und den Hazelton-Frauenchor singen zu hören. Chinky fragt ein paarmal danach, bis Mrs Mortimer sagt: »Das ist vermutlich für deine jüdische Freundin«, und Chinky zuckt mit den Achseln und sagt: »Ich kann ja nicht mal eine Karte lesen.«

Lillian macht einfach weiter. Sie strengt sich an, eins nach dem anderen zu tun. Sie fängt damit an, selbst im kältesten Wetter im Hof herumzulaufen, manchmal mit der Taubstummen, die das jeden Tag macht, und manchmal mit Anhängerinnen der Christian Scientists, die sehr viel von frischer Luft halten. Eine der Läuferinnen, blass und mager, mit schwarzem Haarschopf und einem zahnlückigen Lächeln, sagt zu Lillian, als sie eine weitere Meile abhaken: »Aus welchem Grund läufst du?« Lillian sagt: »Ich muss bis nach Russland kommen, zu meiner Tochter.« Die Frau sagt leichthin: »Ich laufe für meinen Geist.« Nach ein paar Wochen weiß Lillian, dass Emily Anne Warren damit meint, sie laufe, um ihren Geist zu beruhigen, sodass sie, wenn sie rauskommt, nicht angeblich aus Versehen eine andere Frau vergiftet, die sie nervt, und Emily Anne weiß, dass Lillian einen sehr beschwerlichen Weg vor sich hat. Sie bringt Lillian zwei Bleischeiben aus der Tenne.

»Wenn ich du wäre«, sagt sie, »würde ich die in meinen Schuhen tragen, um meine Beine aufzubauen, verstehst du?«

Lillian versteht, und Emily Annes grausam gute Laune ist erbarmungslos.

»Und die Ärmchen da musst du auch aufbauen«, sagt sie. »Mit so dürren Stecken kannst du dein Baby nicht retten.« Sie sagt: »Als abgewracktes, träges Weibsbild kommt man nicht nach Sibirien.«

Nachts reibt sich Lillian ihre Beine mit Liniment ein und liest sich durch die Bibliothek, auch wenn sie kein Mitglied des Lesezirkels mehr ist.

»Jesses!«, sagt Chinky. »Ich hab ja nicht mal gewusst, dass die Iren eine Mythologie haben. Morty lässt uns die Geschichte von *Cúchulainn* lesen.«

Chinky legt ein Stück gestohlenen Teekuchens auf Lillians Bett. Sie teilt alles mit Lillian, die Kuchen aus dem Bibliothekszirkel und die neuesten Frauenmagazine, die wie Kokain sind; sie sind so beliebt, dass die Frauen sich um ihre glänzenden, prachtvollen Seiten schlagen und über jedem Wort und jedem Bild brüten, sogar über den kleinen, unscharfen Anzeigen auf der Rückseite für die Verschönerung des Busens, für Perücken aus Menschenhaar und Sexspielzeug. Chinky hat Lillian angeboten, mit ihr das zu machen, was Mrs Mortimer mit ihr macht.

»Es vertreibt die Zeit«, sagt Chinky.

Lillian fragt: »Warst du je verliebt?«, und Chinky lacht und schüttelt den Kopf.

»Bis jetzt nicht, und in Zukunft hoffentlich auch nicht.«

Chinky macht das Kreuzzeichen über dem Herzen und küsst ihren rosigen Finger. Sie liegt auf ihrer Pritsche, die Arme wie ein Leichnam gefaltet, und wartet bis zum Lichtausmachen. Sie geht ruhig zu Lillians Pritsche und sagt: »Rutsch mal.« Sie lässt die Finger rund um Lillians gerippte Baumwollunterhose gleiten und tätschelt dann Lillians Bauch. Sie legt ihre schmale Hand zwischen Lillians Beine.

»Entspann dich«, sagt sie. »So fängt es an«, und Lillian spreizt ihre Beine ein wenig, ihre Oberschenkel verspannen, reißendes Wasser breitet sich unter ihren Beinen aus, fließt durch ihren Brustkorb hinauf in ihren Hals, bis ihre Ohren davon summen, und sie setzt sich schnell auf.

»Ich kann nicht«, sagt Lillian.

»Natürlich kannst du, Dummchen. Wir haben noch drei Monate.«

Lillian legt sich wieder zurück, und selbst als sie ihre eigene Stimme aus großer Entfernung etwas Undeutliches murmeln hört (sie sagt natürlich nicht Chinkys Namen; sie denkt an Reuben, sagt aber seinen Namen nicht; sie denkt auch an ihren eigenen Namen, aber was sie sagt, ist: »Nein, nein, nein«), selbst als sie Chinkys starke, harte Schulter unter ihren Händen fühlt, selbst als sie Chinky sagen hört: »He, ganz ruhig, ruhig jetzt, Lillian, schalt doch dein Hirn ein«, weiß sie, dass, sobald dieses Vergnügen hinter ihr liegt, es so sein wird, als hätte es nie stattgefunden. Penis, Hand, es könnte genauso gut ein Fuß oder ein Türknopf sein, denkt Lillian; es ist nichts von Bedeutung, nichts, und das ist ihre Schuld, nicht Chinkys. Chinky, Gott segne sie, berührt sie mit entschlossener Geschicklichkeit und einer zügigen, aber echten Freundlichkeit, gleich der einer Krankenschwester auf dem Schlachtfeld. Wasser hat sich auf Sandwüste ergossen, denkt Lillian, als ihr Körper sich entspannt. Fünf Minuten nachdem der letzte Tropfen geflossen, aus der kühlen, nassen Tülle eines Kruges auf den Boden gefallen ist, wird der schwarze Fleck wieder getrocknet sein und der Sand unbeeindruckt darüberwehen.

Lillian hat das Zeitgefühl verloren; sie hat viel länger schweigend neben Chinky gelegen, als es die Höflichkeit erlaubt, selbst unter diesen Umständen, und sie streckt die Hand aus, um Chinky zu berühren und ihr zu danken, auch wenn das womöglich nicht die richtige Art ist, es auszudrücken. Die Matratze quietscht ein bisschen, und Chinky ist wieder auf ihrer Pritsche und wischt sich die Unterseite ihrer Hand am Kissen ab.

»Lass dich ja nicht von den Wanzen beißen«, sagt Chinky.

Kurz vor Weihnachten – eine schreckliche Zeit für Frauen, die Kinder in der Obhut von Leuten zurücklassen mussten, die sie selbst hassen oder verletzt haben oder kaum kennen, die herzkranke Mütter zurücklassen mussten (»Ich bin froh, dass meine arme Mutter nicht einen Feiertag ohne mich verbringen musste«, sagt die Muttermörderin gespreizt), und schlimm auch für Liebende, die für Neujahr vielleicht andere Pläne geschmiedet haben oder auch nicht. Arthur Gilpin kommt mit einem englischen Kuchen und einer gelben Strickjacke mit Glasknöpfen. Er hat eine kurze Weihnachtsveranstaltung von »O Come, All Ye Faithful« und »O Canada« über sich ergehen lassen, und zum ersten Mal singt der Hazelton-Chor »Wicked Polly« und dann die Zeilen »Ihre Nägel wurden schwarz, ihre Stimme ganz schmal, sie starb und verließ dies Jammertal« mit umwerfender, sogar übermütiger Begeisterung. Mrs Goode, die der Vorsteherin bei kulturellen Aktivitäten assistiert, hatte angenommen, dass die Frauen angesichts von Pollys Bestrafung mit Scham erfüllt wären und befürchteten, dasselbe Schicksal zu teilen, aber sie singen es wie ein Kampflied, und die Vorsteherin merkt sich vor, Mrs Goode in die Waschküche zu versetzen.

Die Vorsteherin erlaubt Lillian und Arthur Gilpin, unter Mrs Mortimers Basiliskenblick in der Bibliothek zu sitzen.

»Danke für die Strickjacke«, sagt Lillian. »Es wird hier bitterkalt.«

»Das habe ich gehört«, sagt Arthur Gilpin, und er schaut ihr nicht in die Augen.

Sie sieht nicht schlecht aus. Tatsache ist, sie sah schlechter aus, als sie im Schweinedreck hinter der Winslow-Theke lag, aber nicht viel schlechter. Sie hat etwas Gewicht zugelegt und mehr Muskeln, deshalb sieht sie nicht so erschöpft aus, und auch wenn ihre Haut die blassgelbe Glätte von Wäschestärke und frühem Anbruch der Nacht aufweist, scheint sie energiegeladen, ihr Schritt sicherer. Ihr Aussehen gleicht, wie er nicht umhinkann festzustellen, dem eines jeden Gefangenen, den er je gesehen hat: müde und wachsam, wütend auf die Welt und meistens darauf bedacht, es nicht zu zeigen. Er hatte angenommen, es wäre bei einer Frau anders.

»Vermutlich brauchen Sie keine Haushälterin mehr?«, fragt Lillian.

Arthur Gilpin blickt auf seine Hände. Er glättet seine drahtigen Koteletten, die ordentlich gestutzt sind. Sein Kragen ist sauber, und seine Stiefel sind geschwärzt.

»Oder eine Frau«, sagt Lillian, und es tut ihr leid, das gesagt zu haben. Er aufsteht, um sich die Bücher in den Regalen anzusehen.

»Sie halten euch wohl nicht so recht auf dem Laufenden?«, sagt er.

»Ich glaube, sie hoffen, dass altmodische Bücher altmodische Moral einflößen.«

Arthur Gilpin schnaubt verächtlich, und Lillian lächelt. Er setzt sich wieder und schiebt den englischen Kuchen ein wenig näher zu ihr hin.

»Um ehrlich zu sein, ich werde heiraten. Im Januar. Feine Frau. Eine Witwe.«

»Sehr gut«, sagt Lillian, und sie bietet Esther Burstein auf: »Ich freue mich so für Sie. Herzlichen Glückwunsch!«

Es ist lächerlich, so zu reden, als wären sie alte Freunde oder in jüngeren Jahren unvergesslich ineinander verliebt gewesen. Er hat sie zu ihrem eigenen Nutzen ins Gefängnis geschickt, so seine Worte, und jetzt ist sie im Gefängnis, und er heiratet im Januar eine feine Frau, und sie sollte ihm sagen, dass es sehr freundlich von ihm ist, sie zu besuchen.

»Hat Ihre Frau, das heißt, Ihre Verlobte, Sie nach Hazelton begleitet?«

Arthur Gilpin scheint peinlich berührt, und Lillian tröstet es kaum, dass sein Interesse an ihr offenbar groß genug ist, um ihre Existenz vor seiner zukünftigen Frau zu verheimlichen.

»Diesmal nicht. Aber sie würde dich gern kennenlernen, und wenn du … wenn du Hazelton verlässt, lädt sie, Mrs Wexall, dich ein, bei uns zu wohnen, bevor du zu deiner Reise aufbrichst.«

Hm, denkt Lillian, gescheite Mrs Wexall. Sie nimmt ihre Strickjacke und ihren Kuchen, sie schüttelt Arthur Gilpins Hand, sie wünscht ihm Frohe Weihnachten, wie sie es im Sinn hatte, als er ins Zimmer kam, und sie hält Mrs Mortimers Blick stand, der nicht ohne Anteilnahme ist. Lillian geht zu Fat Pattys Raum, wo alle sich versammeln, um zuzuschauen, wie die rothaarige Nutte sich über ihrer Möse FROHE WEIHNACHTEN eintätowieren lässt.

O schöne Stadt

Der März kommt, und genau wie Chinky es geplant hat, ist sie weg, bevor der Schnee schmilzt.

»Du kannst mit uns reisen«, sagt Chinky. »Meine Familie ist okay.« Chinky nimmt Lillians Hände fest in ihre. »Ich kann in Vancouver auf dich warten«, sagt sie. »Was sind schon zwei Wochen?«

Aber wie ein Pferd, das sich nach seinem Stall sehnt, sehnt Chinky sich danach, nach Vancouver zu kommen und noch weiter, um die Gimpel zu schröpfen und um Mr Chang wiederzusehen. Für Lillian ist es sonnenklar. Lillian drückt das Stroh in ihrem Kissen zusammen und sagt: »Weißt du, ich habe meine eigenen Pläne.« Was stimmt, auch wenn die Pläne nicht weit gediehen sind (sich den Lederranzen und die Landkarten und eine heiße Mahlzeit verschaffen und möglicherweise ein wenig Geld von Arthur Gilpin, ein langes Bad nehmen, eine Kleinigkeit von der neuen Mrs Gilpin klauen, nach Sibirien gehen,

Sophie finden), und Chinky ist zu freundlich, um zu fragen, wie Lillian diese Pläne verwirklichen will.

Lillian sagt: »Zwei Wochen sind eine ganze Menge. Deine Familie erwartet dich.« Sie sagt noch: »Dein Vater braucht dich«, und Chinkys Gesicht wird weich vor Zustimmung; es gibt niemanden in der Familie, der tun kann, was sie kann.

»Ich werde die ganze Zeit an dich denken, während ich unterwegs bin«, sagt Chinky. Sie überreicht Lillian ihr bestes Kittelkleid, ihr Kissen und die Spange aus Rheinkiesel, die sie Mrs Mortimer gestohlen hat. »Du träumst von mir, und ich träume von dir.«

Lillian vermisst Chinky unablässig. Sie und Mrs Mortimer sehen einander an wie Ehefrau und Geliebte beim Leichenschmaus; sie können den Geruch oder die Stimme der anderen nicht ertragen, sie können nicht einmal dem Blick der anderen standhalten, aber es gibt niemanden sonst, mit dem man es aushalten würde. Lillian wäscht Chinkys Kittelkleid und trocknet es hinter dem Komposthaufen. Sie versteckt das Kleid und die Spange in ihrem Kissen zwischen dem Musselin-Taschentuch und den Maishülsen, und wenn sie den Kopf darauflegt, hört sie das Kisseninnere um sich herum rascheln wie das Meeresrauschen in einer Muschel.

Chinky ist mittlerweile bestimmt schon auf dem Dampferdeck und grüßt Vancouver mit einem Hallo, wobei sie die salzige Gischt auf ihrem Gesicht spürt. Sie eilt jetzt bestimmt die Rampe hinunter, und da sind ihre Eltern, und ihre Mutter winkt mit einem weißen Taschentuch, damit Chinky geradewegs auf sie zugehen kann.

Tatsächlich aber ist Chinky knochentrocken, und sie ist nicht einmal in der Nähe des Decks. Sie hat die letzten sieben Stunden im Dunkeln neben einem Mormonenjungen gesessen. Als ihre Schwester so krank wurde, dass sie an der Tür liegen musste, um frische Luft zu atmen, nahm Chinky ihren Platz auf der Bank ein und hielt die ganze Nacht Xiu-meis weiße Bibel auf dem Schoß. Es ist jetzt kurz vor Tagesanbruch: Der Himmel geht von Schwarz in Grau über, und das dunkle Wasser schlägt kraftlos gegen die Schiffsseite, und der neben Chinky sitzende Junge schläft ein, und sein Kopf bleibt auf Chinkys Schulter ruhen. Sie kann seine lange, breite Nase studieren, stumpf wie eine Schaufel, und die darauf versprengten Sommersprossen, grellorange und braun auf seinen weißen Wangen. Selbst als sein schlafender Kopf auf ihrer Schulter liegt, selbst als eine gebräunte Hand sich auf ihrem Knie spreizt und eine Noppe ihres grob gewebten Garns an seinem rauen Nagel hängen bleibt, vermutet Chinky, dass er niemals etwas Weiblicheres als die Milchkuh seines Vaters berührt hat. Sie tut so, als wäre sie eingeschlafen, damit sie nicht so tun muss, als hätte sie Angst. Ein anständiges Christenmädchen würde sich jetzt gleich die Seele aus dem Leib schreien, geängstigt vom Atem des Jungen an ihrem Hals. Ein anständiges Mädchen müsste jetzt gleich aufspringen und sich schütteln vor Empörung. Chinky weiß das. Sie ist Hunderte von Malen aufgesprungen und hat geschrien und sich geschüttelt; Chinkys Nummer-eins-Job und Lebensunterhalt der ganzen Familie ist es, sich wie anständige Christen zu benehmen. Chinky spielt »Das Mädchen«, ihre Schwester ist »Die Miss« und manchmal »Die Invalide«, ihre Mutter ist »Die blinde Dienerin«, ansonsten »Die Beraterin der Damen«,

(Fehlgeburten natürlich aussehen zu lassen und Babytausch in letzter Minute), und Mr Chang ist »Der Geistliche« oder »Das Medium« oder »Der Kräuterdoktor«. Xiu-mei im kecken Filzhut und grauen Rock ist besonders gut in der Rolle der Miss, die eine weiße Lederbibel mit beiden Händen umklammert und den Blick stets gesenkt hält, als kreuzte gerade Jesus höchstpersönlich auf, aber keiner spielt seine Rolle so überzeugend wie Chinkys Vater.

Mr Chang wurde in Nevada City groß, wo er Chinatown nächtelang von einem bis zum anderen Ende durchwandern konnte, vom Kräuterhändler zum Bordell und von dort zur Opiumhöhle, ohne je einen Weißen zu sehen, der nicht Kunde war. Mr Chang hat einen Schrankkoffer mit kleinen Seidentaschen: Hirschbast für Männer, Reishi-Pilze für Frauen, die keine Kinder kriegen, und Sägepalmenextrakt für Frauen, die keine wollen. Er hat zu feinem Pulver gemahlene Rubine und besitzt einen großen blauen Kristall, der so heiß brennt, dass er ihn in einem feuersicheren Kasten auf dem Boden des Koffers transportieren muss. Am Anfang eines Besuchs macht Mr Chang nur eine flüchtige Anspielung auf diese exotischen Dinge und sagt dann rasch: »Aber das war in alten Zeiten.« Er erzählt den Leuten, dass er sich glücklich preist, Christ zu sein, dass es eine Ehre ist, dieses große Land von den Seen Wisconsins bis zu dem mächtigen Pazifik zu bereisen, westwärts getragen von dem Wort Gottes. Erst wenn es dunkel wird, wenn sie fast im Aufbruch sind, senkt Mr Chang ein Augenlid in Chinkys Richtung, und sie verrät, dass ihr Vater noch andere Heilverfahren kennt, wenn das christliche Gebet nicht ausreicht. »Papa«, sagt sie, »erinnerst du dich an die schreckliche Grippe, die all unsere Nachbarn wegraffte, nur uns nicht? Erinnerst du dich, wie die arme Großmama nicht gehen konnte, weil die Arthritis so schlimm war, bis du ...« Ihr Vater erstarrt und springt dann auf, er droht Chinky Schläge an. Sie rennt zu dem Wagen hinaus, die Zöpfe fliegen, und ihr Vater steht im Wohnzimmer, klein und schlank und verletzt angesichts der Erwähnung heidnischer, chinesischer Heilmittel, wo er doch so durch und durch Christ ist. Die Hausherrin begleitet ihn hinaus zum Wagen, entschuldigt sich für ihr Interesse – vielleicht ein süßes Brötchen oder ein Keks für die Kleine, es war nicht ihre Schuld –, und die Dame und Mr Chang reden noch eine Weile miteinander, während Chinky isst, was man ihr zum Trost herausgebracht hat. Oder der Hausherr führt Mr Chang herum zur Scheune, auf eine Zigarettenpause und ein kleines Gespräch.

Chinkys Vater hat ihr ständig gesagt: »Mach niemandem vor, etwas zu sein – sei es.« Mr Chang ist überall das beste Medium, weil er weiß, wie die Menschen sind. Er weiß, dass Frauen wegen der Liebe kommen, wegen ihrer Kinder, wegen Frauenproblemen und manchmal wegen Geldsorgen. Männer kommen wegen des Geldes und ihrer Männlichkeit und wegen Ärgers mit einem mächtigeren Mann oder einem schwachen Sohn, und manchmal, meist dann, wenn sie gerade aufstehen, um zu zahlen, erwähnen die Männer ihren Verdacht gegen ihre Frauen, und Mr Chang hat es nie erlebt, dass ein Mann sich darin täuscht, aber es zahlt sich nicht immer aus, das zu sagen. Oft erzählt Mr Chang den Leuten, was sie hören wollen, und nicht, was jeder hundert Meilen im Umkreis als beschissene Wahrheit kennt. Niemand kommt zu uns, weil er glücklich ist, sagt er. Sieh dir die Hände an, hart arbeitend oder zart. Sieh dir die

Schuhe an: Reiche tragen gute Schuhe, sagt er, außer wenn sie vor der Polizei türmen. Er weiß, wie man Einzelheiten herausbekommt, er weiß, wie man den Leuten schmeichelt. (Jeder denkt, er sei sensibel, sagt Mr Chang. Jeder glaubt, er sei ein bisschen schlauer als sein Nachbar. Selbst die Bauern – man erzählt diesen Männern einfach, dass niemand wisse, wie tief sie die Dinge empfinden, und schon weiten sich ihre Pupillen, und man sieht ihnen an, wie sie denken: Wieso muss erst ein verdammtes Schlitzauge kommen, um festzustellen, dass bei ihnen mehr zu finden ist als fünfzig Jahre Aufstehen vor Tagesanbruch, um auf dem Acker zu schuften?) Mr Chang weiß, wie man an der richtigen Stelle eine Pause einlegt. Mr Chang murmelt ein paar Buchstaben, ein paar Zahlen, und dann stößt er eine plausible Mußmaßung aus, und der Sitzende beugt sich vor, taucht wie eine Forelle auf und sagt: »Nein, nicht Januar, im Januar war nichts, aber im Juni, es war Juni«, und Mr Chang sagt: »Ja, ich habe das J gesehen – es tut mir furchtbar leid, dass ich Januar gesagt habe«, und der Sitzende ist so froh, dass sie sich jetzt auf Juni konzentrieren, als der ganze Ärger begonnen hat, dass das Wort *Januar* entschwindet wie Wolken an einem Hochzeitstag.

Hätte Mr Chang Chinky in Hazelton sehen können, wäre er zufrieden gewesen, das weiß Chinky. Sie ist das Mädchen, zu dem er sie erzogen hat: mild, gerissen und falsch, eine schnellere Taschendiebin als die tollpatschigen weißen Mädchen. Jedes Mal, wenn Chinky in der Kapelle die Psalmen sang, mit einem kräftigen Tremolo, das ihr Vater ihr beigebracht hatte (»Du bist ein Vogel«, sagte er. »Du bist der süße kleine Vogel Jesus, und du bringst sie dazu, dich füttern zu wollen«), war die Vorsteherin in Tränen aufgelöst gewesen, und Chinky hätte sich auf der

Stelle adoptieren lassen sollen, anstatt sich wieder der Chang-Christian-Road-Show anzuschließen, die, wie Xiu-mei ihr erzählte, zu fetteren Weiden in Alaska weitergezogen ist. Die Menschen da oben sind einsam, hatte ihre Schwester gesagt und damit weitergegeben, was ihr Vater sagte. Einsame Männer, besorgte Frauen und allesamt immer noch auf der Suche nach Gold.

Sie schließt die Augen und macht es sich bequem auf der Bank, sodass die Lippen des Jungen von ihrem Kragen auf ihre Haut gleiten. Sie zwingt sich einzuschlafen, treibt dahin auf dem grünen Flüsschen, das sie sich jede Nacht in Hazelton vorstellte; silbrige Fische blitzen auf und ziehen die Strömung mit, ziehen Chinky stromabwärts über die wasserglatten Felsen, die das seichte Flussbett säumen. Sie zwingt sich zu atmen wie die sanfteste Brise durch die grünste Weide, und sie lässt ihre Hand, nur den kleinen Finger ihrer linken Hand, im Wasser schleifen und streift dabei den rechten Handrücken des Jungen. Sie berühren einander, wach und schlafend und wach, bis der Himmel ein dünnes Blau zeigt und die Sonne ihr Bestes gibt, um die Schiffspassagiere zu wärmen, die sich langsam strecken und räkeln.

Cleveland, der Name des Jungen lautet Cleveland Seward Munson, schläft nicht. Er hat nicht mehr geschlafen, seit das sehr damenhafte chinesische Mädchen ihre grauen Handschuhe und die weiße Bibel auf ihren Mund gepresst hat und an die frische Luft gerannt ist und das andere Mädchen, die Schwester mit den roten Lippen und dem dicken Zopf, ihren Platz eingenommen hat. Sein Körper steht in Flammen – er kann die fünf goldenen Engel von Joseph Smith spüren, die um seinen Oberkörper tanzen und sein Herz mit ihren schönen perlweißen

Händen wie ein Schraubstock zusammendrücken, und seine unteren Regionen sind so erregt und seine Hose ist so eng, dass er sich die Jacke über den Schoß zieht, um dieses schöne Mädchen ja nicht zu erschrecken, auf dessen Schulter er zu schlafen vorgibt.

Clevelands Tante und Onkel, die Missionare, erwarten ihn; sie werden weiter nach Norden ins wilde Ketchikan gehen und Goldgräber und gefallene Frauen und Heiden wie Chinky Chang und ihre Familie bekehren. Cleveland weiß schon nach dem ersten Blick auf den gewölbten Mädchenmund, der einem leuchtend roten Bonbon ähnelt, und auf ihre kleine Hand, die durch harte Arbeit an den Rändern aufgeraut ist, dass sie keine Heidin ist, nicht von der Sorte, die seine Tante und sein Onkel vor Augen haben. Cleveland überlegt, dass sie vielleicht wie er auf einer Farm aufgewachsen ist, auch wenn er noch nie von chinesischen Farmern gehört hat und auch nicht von chinesischen Christen, doch es muss welche geben. China ist ein großes Land – es müssen Sachen dort angebaut werden –, und mormonische Missionare gibt es überall, und wer würde zugeben, sie hätten kein Glück gehabt in China, das so viele Heiden hat, dass, selbst wenn man der ungeschickteste Missionar auf der Welt wäre, wie Cleveland es von sich annimmt, so einer, der eine zerknitterte Broschüre über die Kirche der Heiligen der Letzten Tage hinterlässt, eingeklemmt unter der Tür, weil er sich nicht überwinden kann, den Leuten ins Auge zu blicken und sie zu bitten, ihre heidnischen Gewohnheiten abzulegen – dass man selbst dann einige Chinesen bekehren könnte. Ein hübsches goldenes Kreuz liegt in der Mulde zwischen ihren Brüsten, wo Schweißperlchen herunterkullern, und er könnte sich dieses langsame Ins-Mieder-Hineingleiten ewig anschauen. Er würde weder essen noch schlafen, wenn er deswegen auf das Heben und Senken ihrer Brüste und die seidige Schweißspur verzichten müsste.

Chinky und der Rest der Changs stehen für eine Bekehrung nicht zur Verfügung. Sie sind schon seit vierzig Jahren Vorzeigemethodisten und seit zweihundert Jahren hundertprozentige Gauner. Mr Changs älteste Cousine war in Hongkong berühmt dafür, dass sie immer wieder Jungfrauen vorweisen konnte; sie hatte zwei Häuser in der Flower Lane, Jungfrauen in jedem Zimmer, sagte Mr Chang. Du kannst die Gliedmaßen aufs Äußerste straffen, du kannst den jungfräulichen Schrei aus Überraschtheit und Schmerz darbieten, aber das ist alles nichts Rechtes ohne Blut, und das war das Problem, dem sich die Cousine widmete. Sie tröpfelte ein paar Tropfen Hühnerblut in ein Beutelchen aus Gelatine und erschuf Jungfrauen. Bordelle auf der ganzen Welt kopierten sie, sagte Mr Chang. Französische Königinnen kopierten sie, italienische Herzöge. Hätte sie in einer Welt gelebt, in der man seine Unterlagen zur Anmeldung an das amerikanische Patentamt schickt, statt Arsen in den Tee der Konkurrenten zu schütten, wäre seine Cousine vielfache Millionärin gewesen, sagte Mr Chang. Mr Chang verehrte seine verstorbene Cousine.

Chinky kann diesen süßen Milchbuben nicht den Changs preisgeben; sie kann sich schon vorstellen, wie ihr Vater ihn in den ersten fünf Minuten abschätzt. Ist der Junge besser als Taubstummer zu gebrauchen, der von den christlichen und mitleidigen Changs aufgenommen worden ist und dem das Sprechvermögen geschenkt wird unmittelbar vor den Augen und Ohren der Leute auf der Suche nach exotischen Heilmitteln, wenn bei ihnen Hustensaft und klare Tonika versagt haben, oder könnte er als junger, liebenswerter Methodistenprediger dienen, der sie alle vor Kurzem bekehrt hat, und Mr Chang wäre der frohgemute Stumme, der die Almosen für die armen Unglücklichen aus China sammelt, für die Mr Chang selbst ein so sympathisches Beispiel abgibt?

Als Cleveland seine Hand auf Chinkys Schenkel presst, lässt Chinky ihren Kopf nach vorn sinken, und Cleveland kann ihren Nacken riechen, den Schweiß und das gestohlene Rosenwasser. Er bewegt seine aufgesprungenen Lippen auf ihrer nicht ganz sauberen Haut bis zu ihren kleinen Ohren mit den faszinierenden Goldringen, nicht dicker als ein Faden, und sie lässt ihre Hand auf die Innenseite seines Knies fallen, und ihre Herzen pochen in ihrer Kehle, in ihrer Brust, zwischen ihren Beinen, und sie öffnen schließlich die Augen und küssen sich.

Sie küssen sich, als wären sie dafür geboren, sich zu küssen, als hätten sie nur den rechten Augenblick abgewartet in diesem Morast aus Christen und Heiden und Gaunern aller Art. Die *Derblay* stampft jetzt in Richtung Küste – die Passagiere sammeln ihre Taschen und Koffer, ihre Mäntel, all ihre notwendigen Dinge. Dies ist eine der Lieblingszeiten ihres Vaters, die sich scharende Menge, die nervösen, sich aufgeregt drängelnden Menschen, die begierig sind, dort anzukommen, wo sie hinwollen. »Tu, was die anderen auch tun«, sagt Mr Chang. »Nimm, was du willst, und geh in die andere Richtung.« Chinky hat schon seit ihrem dritten Geburtstag den Bogen raus mit Zusammenstoßen, Hinfallen, Aufhalten und Sich-Entschuldigen, und wenn sie dieses große Frachtstück samt etwas Bargeld nicht fortschaffen kann, ohne von ihrem Vater entdeckt zu werden, der versuchen wird, Beute zu machen, während er auf seine Töchter wartet, hat sie es nicht anders verdient, als auf ewig mit den Changs zu reisen, dabei Leute zu schröpfen und einen fetten, alten Mann zu heiraten oder auf Jahre hinaus die Rolle der Invaliden zu spielen, nachdem sie dem Mädchen und der Miss entwachsen ist.

Die Menge am Kai wird größer. Cleveland kann jetzt Hüte sehen, Hunde, Tonnen und Behälter ausmachen, Bärte von Dreck unterscheiden. Er kann sich nicht vorstellen, wozu es gut sein soll, aber er sagt: »Ma'am, ich bin Cleveland Munson, zu Ihren Diensten.«

Das Mädchen sagt: »Chinky Chang«, und nimmt seine Hand und drückt sie an ihre Brust; eine ganz außergewöhnliche Geste, und er würde ihr unmittelbar bis in den tiefsten Höllenschlund folgen und den ganzen Weg über lächeln, und wahrscheinlich, denkt er, wahrscheinlich steuern sie darauf zu.

Chinky muss etwas sagen; sie kann ihn nicht einfach wie einen Packesel durch die Menge führen, ohne jegliche Vorbereitung. (Einen flüchtigen Augenblick lang verspürt sie Mitleid mit ihrem Vater, der nachts lange aufbleibt und fünf Züge im Voraus plant, spontane Gefühlsausbrüche und zufällige Begegnungen plant, damit alles sich zusammenfügt und die Changs ihren flinken, goldenen Weg durch die Welt machen, unbemerkt, bis es zu spät ist.) Während Cleveland seine Weste zuknöpft und ungeschickt Chinkys Lederranzen auf die Bank hebt (es ist kein korrekter Name, und er wird sie sicherlich nie Chinky nennen, denkt er, aber das wird er; sie wird nicht zulassen, dass er sie anders nennt), hat Chinky ihren flachen Filzhut mit einem blassblauen

Haarnetz vertauscht, unter das sie ihr Haar steckt, und hat sich ein verlottertes blaues Tuch um die Schultern geschlungen, das nicht im Geringsten an die ordentlichen Jacken ihrer Schwestern aus grauem Wollstoff erinnert, an denen jeder schon aus einer Meile Entfernung die christliche Bescheidenheit erkennt. Cleveland hat gerade gesehen, wie Chinky sachte eine Handtasche vom Gelenk einer schlafenden Frau gleiten lässt und dann den Gang entlangflitzt, um mit einem großen braunen Mantel und einer dreckigen braunen Tuchmütze zurückzukehren.

»Warten Angehörige auf dich?«, fragt sie und hält ihm den Mantel hin. Er muss Angehörige haben, die auf ihn warten. Wer würde diesen Schatz mutterseelenallein in die Welt hinausschicken? Sein Gesichtsausdruck ruft geradezu, schröpf mich, denkt Chinky. Cleveland zieht den Mantel an und stellt den Kragen hoch, neigt die Mütze in einen kecken Winkel und sieht nicht mehr wie ein Schatz aus, er sieht nicht wie ein Mormonenmissionar aus, der den Heiden, die gerade ihren Ruhetag halten, den Engel Moroni nahebringen will; er sieht wie ein junger Rabauke aus, breitschultrig und ohne Angst vor Schwierigkeiten.

»Versuch dich links zu halten, wenn wir aussteigen, immer links bleiben, und dann geh, so weit du kannst, über das Hafenamt hinaus«, sagt Chinky.

»Schau die Leute an«, sagte ihr Vater immer. »Alle Welt geht nach rechts, jedes Mal. Die Leute nehmen die Pille von der rechten Seite der rechten Handfläche, sie wählen sich die Walnussschale ganz weit rechts. Wenn man drei Tassen in einer Reihe aufstellt, nehmen sie sich die auf der rechten Seite, und das ist diejenige, die man mit Teeblättern in Form eines Kreuzes oder eines Dreiecks oder eines Gesichts präpariert hat.«

Chinky verstaut mehrere Artikel in der Handtasche, die sie sich gerade angeeignet hat, und Cleveland packt sich ihren Lederranzen unter den Arm. »Ich folge dir einfach«, sagt er und tut es. Seine Tante und sein Onkel halten Ausschau nach einem blühend aussehenden, sonnenverbrannten Jungen in einer Latzhose, und fälschlich haben sie ihn kleiner und rundlicher in Erinnerung. Mr Chang hält Ausschau nach seinen Töchtern, und er sieht Xiu-mei, er sieht nur eine graue Jacke und einen schwarzen flachen Hut. Er zögert noch, aufzuschreien; er hat seine linke Hand auf einer massiven Golduhr, und mit der rechten hat er die Spange einer Gold- und Granatbrosche aufgehakt. Er denkt: Wahrscheinlich ist nichts Schlimmes passiert, aber er weiß es besser. Sein jüngstes Mädchen ist weg. Seine Frau wird wochenlang weinen, und es gibt bestimmte Nummern, die sie nie wieder ausführen werden. Er nickt Xiu-mei zu, als sie die Rampe herunterkommt. Sie senkt den Blick, als schämte sie sich, ihre Schwester verloren zu haben, aber es ist ihr auf die Stirn geschrieben: Sie ist nicht traurig, liest Mr Chang dort, sie ist froh, sie sieht sich schon mit den Schildpattkämmen ihrer Schwester im Haar. Mr Chang steht einen Augenblick lang mit Xiu-mei unten an der Rampe und kneift sie am Ellbogen, bis Tränen hervorquellen und fallen.

»Ich weiß nicht«, sagt Xiu-mei. »Sie ist mir entwischt.«

Cleveland und Chinky reisen weiter nach Fairbanks, Alaska. Die Stadt steht allen offen, die etwas anzubieten haben, und Cleveland ist ein guter Schweißer, und Chinky scheint sich mit Krankheiten auszukennen. Als sie ein Haushaltswarengeschäft eröffnen, Munson's All-Purpose, steht Chinky in Schürze und einer Hose aus Elchleder am hinteren Ladentisch (es kann nicht schaden, findet sie, dass die Leute meinen, sie sei eine Inuit, und sie nimmt etwas an Gewicht zu und flicht sich das Haar straff zu Zöpfen und steckt sie hoch und schaut die Menschen genauso an, wie es die einheimischen Frauen tun: entschieden und unverfroren, mit einem schwarzen, schwarzen Humor, der sie an die Familie ihres Vaters erinnert). Sie weiß sofort, wie viele Fuchsfelle man für zwei Hammer nimmt, sie weiß, wie man ein Baby zur Welt bringt, sie weiß genau wie ihre Mutter, was zu tun ist, wenn ein Baby nicht kommen soll. Sie pfeift den lieben langen Tag »Wicked Polly« und christliche Kirchenlieder. Cleveland kümmert sich um die schwierigen Kunden und die Registrierkasse, und er amüsiert sich jeden Tag über das Ausmaß menschlicher Dummheit. Sie wohnen für den Rest ihres Lebens über Munson's All-Purpose, selbst dann noch, als ihre Töchter an die Westküste nach Kalifornien ziehen und sie bitten, mitzukommen und dort zu leben, wo es das ganze Jahr über Orangen gibt und den Ozean zum Anschauen. Cleveland und Chinky haben sich vielleicht drei Orangen in fünfzig Jahren geteilt, und sie würden eher zum Tanana-Fluss runterfahren, um dort zu fischen, als in zwei Plastikstühlen zu sitzen und das Meer anzusehen, als wäre es eine Kulisse und nicht das wilde Tier, das sie kennen. Als Cleveland an Altersschwäche stirbt, wird Chinky sich ihre langen grauen Zöpfe abschneiden und sie zur Leichenhalle tragen, damit sie auf ihm liegen, wenn er beerdigt wird.

Chinky wird alle Fingerhutpflanzen aus ihrem Blumengarten, den sie sich hinter dem Munson's All-Purpose angelegt hat, pflücken, die rosafarbenen, purpurnen und blauen Blüten zerhacken, und da sie ihrer Erinnerung nicht traut, wird sie auch die Stängel und die Staubblätter zerkleinern, Hände voll davon essen und mit einem Whiskey nachspülen. Der Inuitjunge, der ihr die Lebensmittel bringt, findet ihre Leiche aufrecht auf handbestickten chinesischen Seidenkissen, und über ihr Nachthemd sind rosafarbene und purpurne Blütenblätter verstreut.

Brot der Welt

Es gibt zwei Überraschungen für Lillian in Prince Rupert. Arthur Gilpin ist glücklich, und die neue Mrs Gilpin ist eine leidenschaftliche Kartenspielerin. Sie spielt 66, sie spielt Crazy Eights, was Arthur Schwedisches Rommé nennt, und er macht für Crazy-Eights-Abende schwedische Pfannkuchen, klein wie eine Vierteldollarmünze und ausgefranst, bedeckt mit Lingonbeeren. Die neue Mrs Gilpin ist keine begnadete Köchin, wie sie Lillian sagt, aber sie weiß gutes Essen zu würdigen, und Mr Gilpin hat sich zum Küchenexperten gemausert. Mrs Gilpin spielt Oklahoma Gin, und sie spielt Räuberskat (und sie ist froh, Lillian im Haus zu haben, denn man braucht drei für Räuberskat, den Mrs Gilpin allen anderen Kartenspielen vorzieht, da ihr Vater einer der Gründer der Amerikanischen Skatliga war, und Skat sei im Begriff, ihr Heil zu werden, sagt sie). Bevor Lillian weggeht – nachdem die Gilpins ihr eine Stelle als Hausangestellte angeboten haben, nachdem Arthur Gilpin ihren Lederranzen eingeölt und ihr ein Paar schöne österreichische Wanderstiefel gegeben hat, fast ihre Größe und mit Kaninchenpelz gefüttert (die von der ersten Mrs Gilpin, sagt er, und ich muss ja nicht gerade bei meiner Braut damit angeben, denke ich) –, bringt Mrs Gilpin Lillian Napoleon-auf-St.-Helena bei, was, wie sie sagt, »eine Patience ist für Menschen, die es brauchen«.

Es ist unmöglich, diese Leute zu bestehlen. Lillian schaut sich flüchtig die Kerzenständer an, sie blickt allzu oft auf Arthurs pralle Geldbörse, die zuerst auf der Anrichte liegt, dann auf dem Küchentisch, dann auf dem Bücherschrank, so demonstrativ, dass es fast schon beleidigend ist, wie unerschütterlich sie an Lillians Redlichkeit glauben. Eines Abends beim Essen sagt Arthur, er werde Lillian am nächsten Tag zum Maultierzug bringen; entweder morgen oder erst in drei Wochen, und morgen sei es am besten. Spät in der Nacht sagt er, er müsse ins Bett, und er gibt seiner neuen Frau einen herzhaften Kuss, und sie hält ihn eng um die Taille gefasst. Arthur klopft Lillian verlegen auf die Schulter, und Lorena küsst ihn auf die Stirn. Er wirft ihr den fragenden Blick des Jungvermählten zu, und sie schüttelt kaum sichtbar verneinend den Kopf, und er zuckt mit den Achseln und geht nach oben, seine schweren Schritte wie ein Vorwurf, und die beiden Frauen blicken sich an und lächeln.

»Wir sind alte Narren«, sagt Lorena Gilpin. »Ich hab gar nichts dagegen. Mein erster Mann sah umwerfend aus, und er hatte Geld.« Sie mischt einen Pack von zweiunddreißig Karten und teilt jeweils sechs für Klaberjass aus. »Hat mich zu Tode gelangweilt, Schätzchen. Du weißt doch, was unsere Mütter immer gesagt haben: ›Leg dich auf den Rücken und denk an England‹? Ich bin das kleine und große Einmaleins durchgegangen, und dann hab ich dividiert und dividiert, und als er immer noch am Machen war wie ein Mann beim Holzsägen, habe ich das Vaterunser gebetet, vorwärts und rückwärts, bis es vorbei war. Du lieber Himmel!«

Lillian findet sich gerade mit Klaberjass zurecht, als Lorena Gilpin sagt: »Arthur hat mir erzählt, was du vorhast. Ich hatte ein kleines Mädchen. Die Grippe hat sie weggerafft.« Und sie sagt: »Da sind Stiefel, die seiner ersten Frau gehört haben, hübsch und kuschelig – ich glaube, die könnten passen. Du nimmst dir einfach, was du brauchst. Wir haben Geld.«

Sie lehnt sich zurück in ihrem großen Sessel, Spitzenschoner auf beiden Lehnen und ein weiterer auf dem blauen Brokatrücken, und sie zupft an Lillians Hand. Lillian geht zu ihr und sinkt auf ihren Schoß.

»Ich muss wirklich gehen«, sagt sie und denkt, dass dies ein guter Zeitpunkt wäre, mit ihr genau darüber zu diskutieren.

»Das musst du wohl«, sagt Lorena. » Ganz bestimmt musst du das. Gott weiß, was für Leute …« Sie stockt und beginnt von Neuem. »Denk immer daran, dass du irgendwann dein kleines Mädchen in den Armen hältst und wie gut das sein wird.«

Lillian denkt daran, an Sophies runde, warme Ärmchen, die sich zu ihr hochstrecken, und an ihr rosiges Gesicht und die dunklen Augenbrauen; ihr Gesicht ist manchmal so klar wie eine Fotogravüre, und manchmal bleicht es aus und ist plötzlich verschwunden, wie Kreide, die vom Bürgersteig weggewaschen wird.

Sie sitzen eine Stunde lang so da, die Karten sind auf dem Parketttisch verstreut; Lillians Tränen fließen auf Lorenas Hemdbluse, einige wenige von Lorena fallen auf Lillians Ärmel.

Sie weinen über ihre Töchter und über Freundlichkeit und über die Dinge, die man aus Liebe tut.

Am Morgen begleiten Lorena und Arthur Gilpin Lillian bis vor das Winslow Hotel und übergeben sie dem Führer des Maultierzugs.

»Das hier ist unsere Tochter«, sagt Lorena, und Arthur Gilpin ist überrascht, nickt aber bestätigend. Lillian küsst beide, als wäre sie deren tapferes Mädchen, und sie berührt das perlenbesetzte Retikül, ein Geschenk von Lorena, in dem ein Glasfläschchen mit Geranienöl gegen Moskitos ist, zwei Kartenspiele (falls jemand etwas für Spoons oder Canasta übrighat, sagt Lorena), fünf Dollar und von Arthur eine lederne Streichholzschachtel, in die A.G. eingebrannt ist, und alles in allem ist es genauso schwer, wie sich von Yaakov zu trennen. Der Führer des Maultierzugs nickt und erbietet sich nicht, ihren Ranzen zu tragen. Lillian schwingt ihn sich auf den Rücken und schaut nach vorn. Lorena ruft: »Küss die kleine Sophie von uns«, und Lillian geht nicht zuletzt deshalb so aufrecht wie möglich.

Lillian sitzt oben auf einem Maultier, zweihundert Pfund Waren an jeder Seite, viele Kilo Nägel, Drahtspulen und Nebenpacken stützen ihre Beine wie Polster ab. Die anderen Maulesel hinter ihr tragen Bücher und Speck, Brettspiele, ein Radio, das am Telegraph Creek auseinanderfällt und wieder zusammengesetzt wird, zwei Nähnecessaires, sechs Kästen Rum. Sie gehen den Telegraph Trail entlang nach Norden, zwölf langsame Kilometer am Tag, und jeden Abend reicht jemand Lillian zwei in Elchfett gebackene Maismehlpastetchen oder glänzendes, nach Wild riechendes Bärenfleisch in einem weichen Brötchen, und jede Nacht reden die Männer darüber, wer gestorben ist (Hank Boss durch Kentern im Kitselas Canyon, Little Jack Waller im Fluss Skeena, Gilbert McDonald an Lebensmittelvergiftung oben am Yukon Crossing) und mit wem sie schlafen wollen (Lillian Russell, sagt einer der alten Männer, mit Bill Morrisons Witwe in Lower Laberge oder der Bardame mit den großen Titten im Second Crossing).

Lillian hüllt sich fest wie eine Mumie in ihre zwei Decken und legt den Kopf auf Yitzak Nirenbergs Ranzen. Sie hört, wie die Männer um das Lagerfeuer streichen, hört ihr Reden und ihr Lachen und hört auch ihren Namen, und einer der Treiber sagt: »Sie ist Constable Gilpins Tochter, und Arthur Gilpin ist ein anständiger Mann«, und ein jüngerer sagt: »Kümmert mich einen Scheißdreck, wem seine Tochter sie ist«, und Lillian schläft mit einem Stein in jeder Hand. Jeden Morgen um drei Uhr rüttelt jemand an ihr, oder sie hört das Knallen des Leders auf den Mulis, fünfzig Tiere und zehn Männer, und die Maultiere werden beladen, und Lillian wird draufgepackt. Viel Unterhaltung ist nicht möglich, aber Lillian bekommt Bruchstücke mit: ein Claim nahe Dawson hat sich endlich ausgezahlt, doch erst so spät, dass der Mann es seinem Schwachkopf von Schwager verkaufen musste, damit er seine Schulden tilgen konnte; welche Telegrafisten wieder in die Welt zurückgekehrt sind, auf und davon bei den ersten Anzeichen des Frühlings; die nützlichen Auswirkungen einer Essigspülung, wenn ein Gummi platzt; das drahtlose Experiment und warum es nur eine Frage der Zeit ist, bis Radio und Telefon die Telegrafenleitungen ganz überflüssig machen. Es gibt einen Radioturm in Whitehorse, sagt ein Mann, und jetzt verrotten die Telegrafenmasten auf der ganzen Strecke bis nach Blackwater. Der Mann, der direkt neben ihm reitet, sagt: »Scheiß drauf – das sind doch uralte Geschichten. Es gibt jetzt Touristen, die in Dawson auftauchen und vierzig Dollar zahlen, um zurück nach Atlin zu laufen und dabei Karibus zu erlegen.« »Das wär was für mich«, sagt der erste Mann. »Ich könnte so einen Haufen Weicheier nach Atlin führen und ihnen einen verdammten Elch vor die Nase setzen«, und die beiden Männer nicken. Sie kommen an einem toten Maultier vorbei; das Knochengerüst zeichnet sich unter einem grauen Schwanz ab, der Kopf schwarz und voller Fliegen.

Eine weitere Nacht mit Bärenfleisch im Brötchen, und Lillian wartet und hält Ausschau nach dem athabaskischen Treiber und einer Zigarette. Sie braucht beides, wenn die Sonne untergeht. Er zündet sich seine eigene Zigarette mit einem langen Streichholz an, das er an seiner Stiefelsohle angerissen hat, und dann eine für Lillian, und wenn Lillian in der Lage wäre, mehr zu tun, als jedermann aus dem Weg zu sein, würde sie versuchen, ihn zu zeichnen oder zu fotografieren, so gut sieht er aus. Reuben Burstein würde ihn engagieren. Es würde ihm nicht gefallen, dass sie so vom Äußeren eines anderen Mannes eingenommen ist (Reuben hatte eine Art, gut aussehende Männer abzutun, indem er ihre positiven Merkmale überschwänglich lobte: »So ein männliches Kinn«, sagte er; »ein verführerisches Lächeln«, und er lachte ein bisschen dabei und überließ es dem Bewunderer, zu folgern, wie unbedeutend diese Dinge in Wirklichkeit waren), aber er würde diesen Mann binnen einer Woche auf die Bühne stellen, und Rudolph Valentino würde sich vor Neid umbringen. Der Athabaske reicht Lillian ihre Zigarette. *Ihre*, so sieht sie das nämlich. Es ist eine kleine Liebe; sie versengt ihre Kehle und weckt ein heißes Prickeln auf ihrer Zunge; ihre Lippen schwellen an. Der Rauch steigt ihr sofort in den Kopf und ins Herz, und sich die Beine zu vertreten und diese Zigarette zu rauchen sind die Freuden ihres Lebens.

»Gut am Ende des Tages«, sagt der Mann.

Lillian nickt. Seine Schönheit macht sie vorsichtig. Es gibt vielleicht keinen Grund für diese Vorsicht – er könnte freundlich und treu sein, mit sechs Kindern und einer Frau, von der er weinend Abschied nimmt –, aber seine Schönheit berechtigt ihn zu mehr und Schlimmerem, und Lillian denkt, dass sie nicht besser wäre als Mrs Mortimer, die versucht, heißes Wasser in zwei hohlen Händen festzuhalten. Lillian zieht an den Blättern einer fetten, klebrigen Pflanze mit transparenten rötlichen Rosetten.

»Bei denen bist du den Finger gleich los«, sagt der Mann, und Lillian umklammert ihre Hände wie ein Kind. »Ich mach nur Spaß. Fleischfressender Sonnentau. Der frisst Insekten. Die Fangblätter rollen sich sofort zusammen.«

»Das habe ich nicht gewusst«, sagt Lillian. Sie kann ihn nicht bitten, zu bleiben und sich sein langes schwarzes Haar, das nach Bärenfett riecht, von ihr kämmen zu lassen. Sie kann nicht sagen: »Berühr mein Bein.«

»Viel Glück«, sagt der Mann und geht zu seinem Tier zurück.

Ein anderer Mann schreit von seiner Schlafstätte: »Du da drüben, brauchst du Gesellschaft? Einsam?« Lillian ruft betont munter: »Nein, aber danke fürs Fragen«, was mit einigen Lachern quittiert wird, und sie denkt wieder an Reuben. In letzter Zeit hat sie kaum an ihn gedacht, auch nicht an Yaakov, der inzwischen vielleicht an einem neuen Stück schreibt, das Reuben vielleicht ins Theater bringt und in dem Meyer vielleicht eine

Hauptrolle spielt, vielleicht sind die drei am Sonntagmorgen im Royale: Bialys, aufgetürmt wie dünne Pfannkuchen, Dampf wölkt aus den Samowaren, und vielleicht vermisst man sie. Sie sind in ihrem Herzen, und sie ist in deren Herzen, und es sollte genügen, dass sie geliebt worden ist, selbst wenn ihr jetzt etwas verkehrt vorkommt an der Art, wie die Männer sie geliebt haben: so verkrampft und verdreht, aber man kann nicht sagen, Reuben habe sie nicht geliebt oder Yaakov. Genug, um in Erinnerung zu bleiben, falls die Männer sich an sie erinnern, und Lillian glaubt daran, auch wenn Reuben eine neue Näherin hat und Yaakov eine neue Schülerin. Es muss diese Augenblicke noch geben, wo sie an Lillian denken, etwa in der Kostümwerkstatt, wenn Reuben in seinem alten braunen Sessel sitzt und sich von einem neuen Mädchen seine dicken Schultern nach seinem Gusto massieren lässt, oder bei Petits Fours im Royale. Aber jetzt, da sie anderthalb Meter vom Lagerfeuer entfernt sitzt, ihr Nacken und Rücken angespannt von der Nachtluft, ist die Vergangenheit wie eine Kerze aus großer Distanz; zu nah, um einen gehen zu lassen, zu weit weg, um einen zu trösten.

Der ältere Mann, der glaubt, sie sei Arthur Gilpins Tochter, hockt sich neben sie und sagt: »Wir machen eine Weile Rast am Echo Creek und überlassen die Tiere den Treibern. Es ist eine kurze Reisesaison, Mädchen.«

»Sie meinen, ich sollte auf eigene Faust losziehen?«, fragt Lillian. Wieder mal, denkt sie.

»Am schnellsten reist, wer allein reist. Gilt vermutlich auch für eine Frau. Ich habe ein paar Kumpel weiter oben, die helfen dir. Eine Menge zu laufen, aber wenn du es wirklich eilig hast …«

»Habe ich«, sagt sie.

Es hat keinen Zweck, zu sagen, dass sie es wirklich eilig hat, mit dem Schiff den Yukon hinauf bis zur Beringstraße zu fahren und nach Sibirien hineinzuwandern, um ein Kind zu finden, das sie fast zwei Jahre nicht gesehen hat, aber kühn dort zu finden hofft, wo Stalins zionistisches Paradies Gestalt angenommen haben könnte. Lillian selbst würde so etwas wie traurige Verachtung für jeden fühlen, der einem solche Dinge erzählte.

Guy Gagneaux hasst es, Frauen zu fragen, wohin sie gehen und warum; die Antwort ist fast immer Mann oder Kind, und das voraussichtliche Ergebnis ist so offenkundig, dass einen allein das Zuhören tief betrüben würde. Er gibt Lillian ein Tlinglit-Messer und sein zweites Paar Handschuhe aus reiner Schafwolle und sagt ihr, alles, was sie tun muss, wenn sie in Echo Creek angekommen sind, ist, sich nach Norden orientieren und losgehen.

Das Licht fällt in schmalen, grünen Speeren durch die Wälder, um sich im Freien wie ein heller Farbfleck auszubreiten, wie ein unheilvoller, weißer Baldachin, rein und strahlend. Größtenteils ist es schön, zu wandern, aber die Luft ist schwarz von Moskitos, einige so groß, dass Lillian ihre Schatten neben sich sehen kann. Zu den frisch geschlüpften Moskitos, den eifrigen mit dem hohen Flugton, kommen noch die Wintermoskitos, die zurück sind, nachdem sie unter dem Schnee in totem Laub oder abgefallener Rinde oder moosigen Baumstümpfen überwintert haben. Sie wachen im April auf, unbeholfen und gereizt, aber verbissen, wie Leute, die zu lange geschlafen haben. Tausende von ihnen schwärmen herum und begatten sich in der Luft. Ihre Flügel sirren in ihren Ohren wie kleine Furien (Alecto, Megära, Tisiphone, und sie hätte sich ihre Namen auf die Hüfte tätowieren lassen, wenn sie gewusst hätte, was ihr bevorstand), und sie nisten sich in ihren Haaren und in ihrer Kopfhaut ein, in ihren Ohren, in der weichen Stelle hinter den Ohrläppchen, unter ihren Augenlidern. Sie tupft den Rest des Geranienöls dorthin, wo es am meisten nützt (um Mund und Augen), und beschmiert ihre gesamte Haut mit Dreck, selbst unterm Hemd und der Hose, und es hilft nichts. In dem Moment, bevor der Moskito ihre Haut durchdringt, kann sie spüren, wie seine eingeschränkte Intelligenz sie auf die Probe stellt, die Beine setzen sich zwischen die feinen Härchen an ihrem Nacken oder ihrem Handgelenk, bereiten sich auf das scharfe, schnelle Einbohren vor und ziehen sich nach dem Stich gemächlich zurück, und Lillian ertappt sich, wie sie die Mücken anschreit und heult, während sie weiterläuft.

Wenn möglich, geht Lillian im Walzerschritt. Sie geht sechs Kilometer wie in einer Mazurka, weitere sechs im Foxtrott. Sie läuft im Ragtimestil, soweit sie sich daran erinnert. Sie singt »Bicycle Built for Two« und »If you Knew Susie« und »The Battle Hymn of the Republic« und singt lauter, als das Sommerlicht schwächer wird, ohne je ganz zu verschwinden. Die Räume zwischen den Bäumen füllen sich langsam, bis der Wald um sie herum zu einer grauen Mauer mit Spitzen wird, und Lillian hat gelernt, in der endlosen, beunruhigenden Dämmerung einzuschlafen. Sie singt die traurigen, rauen Wiegenlieder, die ihre Mutter ihr und sie selbst später Sophie vorgesungen hatte: von verlorenen Kindern, getrennten Liebenden, missratenen Ernten, alles Klagelieder und seltsam aufmunternd. Sie singt den ganzen Tag für Sophie. Sie wacht jede Nacht auf, sobald sie einen knackenden Zweig hört, das federnde Gleiten eines Schwanzes über ein Blatt, das schwache Platschen, wenn sich im Bach etwas bewegt. Sind die Moskitos, ihre ständigen Begleiter, einmal nicht da, ist die Luft unmittelbar um sie herum sehr still, und die anderen Geräusche, drei oder sechs Meter entfernt, zerreißen die Luft.

Lillian schafft fast dreißig Kilometer am Tag, obwohl es schwerfällt, den Überblick zu behalten. Sie zählt die Schritte, wenn sie zu müde zum Denken ist, und vergisst das erreichte Tagespensum beim Schlafen. Sie hat eine münzgroße, schorfige Blase an ihrer rechten Ferse, die immer wieder aufgeht, und zwei an ihrem linken Fuß, die nicht so oft aufplatzen, aber von denen sich eine dünne Hautschicht nach der anderen wegschiebt, sodass sich an jeder Seite ihres Fußgewölbes eine tiefe, rosafarbene, wässrige Mulde bildet, und diese Blasen beanspruchen so viel von ihrer Aufmerksamkeit wie die wilden Tiere, wie deren unglaubliche physische Schönheit. (Sie sagt sich ein Dutzend Mal am Tag: »Erinnere dich an dies hier.« Solange sie lebt, kann sie, wenn sie die Augen schließt, nur drei Bilder von den tausend heraufbeschwören, die sie behalten wollte: eine Reihe von niedrig wachsenden purpurnen Blumen, spärlich und zart, zwischen umgestürzten Bäumen verstreut; grünes Licht, das geräuschvoll über den Nachthimmel wogt; eine rosafarben und korallenrot gestreifte Morgendämmerung nahe bei Tagish.) Sie fängt zwei Baumstachler, indem sie ihren Mantel über sie wirft, und es gelingt ihr, sie mit ihren Stiefeln niederzutreten, und sie schlägt wild auf sie ein, als sie sich zu stachligen, verängstigten Bällen formen und versuchen, vor dem Tod davonzurollen. Es ist eine ernste, schmachvolle, notwendige und befriedigende Angelegenheit, und sie ist froh, dass niemand sieht, wie sie die Tiere tötet oder die Hände in ihren blutigen Mantel einwickelt, um sich vor den Stacheln zu schützen, oder wie sie ihnen die Haut abzieht auf eine Art und Weise, die nichts mit der Eleganz zu tun hat, die sie bei Männern gesehen hat; es ist unangenehm und holprig, als zerreiße man einen schweren Stoff mit der Hand, und sie muss Teile versengter Haut von den gebratenen Tieren abtrennen, bevor sie essen kann. Sie tut es, und als ihr übel wird, trinkt sie Wasser, bis alles wieder aus ihr heraus ist. Zweimal hat sie einen großen, langsamen Vogel erlegt, der sich auf die unteren Zweige niederließ oder auf dem Boden herumpickte, während sie regungslos blieb. Sie hat die Vögel gebraten, bis sie wie Hähnchen aussahen, und bevor sie weiterzog, hat sie ihre Skelette zu beiden Seiten ihres Lagerplatzes von Kopf bis Fuß wieder zusammengesetzt. (Die merkwürdigen Beerdigungsriten der Indianer, hatte Yaakov gesagt.) Bis zum Nachmittag sind ihre Socken durchnässt von Blut und Eiter, und sie hat einen Kranz infizierter Mückenstiche auf ihrem Nacken zwischen Hemdblusenkragen und Hut, der mit ihrem Pulsschlag pocht.

Die meisten der Blockhütten auf dem Trail sind leer. Lillian entdeckt verlassene Telegrafenämter in Stewart, Iskoot, Raspberry, Telegraph Creek und Sheslay. Der Overland Telegraph Trail hat seine Bedeutung schon lange verloren, wie die Männer in dem Maultierzug gesagt haben, auch wenn es noch nicht jeder weiß. Männer und Hunde starben, als er angelegt wurde, private Gesellschaften stahlen öffentliche Gelder, die Glasbatterien zersetzten sich, und Kupfervitriolwasser lief über die Böden und die Füße der Telegrafisten. Die Zeit des wilden Goldrauschs am Klondike war vorbei. Der Telegraph Trail war bei großzügiger Berechnung fünfundfünfzig Jahre von Nutzen gewesen; ab 1935 sprach man nur noch von Radio und Telefon. Der Trail hatte seine Verteidiger (altmodische Männer und einige junge, die eine radikale Sehnsucht nach Dingen hatten, die nutzlos für die moderne Welt waren), und sie bedrängten die Welt, den Trail noch ein Weilchen länger als nützlich anzusehen. Der Trail erfuhr eine kurze Wiederbelebung während des Zweiten Weltkriegs, als Kanada sich wegen des pazifischen Kriegsschauplatzes Sorgen machte und anordnete, dass Telegrafisten die Landlinie nördlich von Atlin und südlich von Hazelton in Betrieb nehmen sollten. Ruhige, trinkfeste Männer, die allein lebten, Männer, die sich auf nichts anderes verstanden als aufs Morsen und ihre Pflicht, kamen für eine Zeit lang zum Arbeiten in ihre alten Blockhütten zurück.

Neun Jahre nachdem Lillian gekommen und wieder gegangen ist, wird es am 1. August 1935 ein Telegramm vom Staatsamt für öffentliche Arbeiten geben: POSTENAUFGABE. VERSORGUNGSSPERRE. Und die Telegrafisten nehmen ihre Kleidung und ihre Schachbretter, ihre Tagebücher, ihren Lemon-Hart-Rum, ihre Schneeschuhe und ihre Kochrezepte und gehen. Sie werden ihre Blechteller und -becher zurücklassen, ihre zersprungenen Spiegel, ihre Stickereien, ihre handgeschnitzten Puzzlespiele, ihre Torfbeerenmarmelade, die angestrichenen Kieferbohlen, die wie persische Teppiche wirken sollten, ihre über jede Zweckmäßigkeit hinaus geflickten Hemden und all die Telegrafenapparate.

19. Mai 1926

In Kanaan, in Kanaan, da werden wir uns sehn

O gottverdammter Himmel, o gottverdammtes Meer, o gottverdammter ewiger Schnee, sagt Lillian beim Laufen zu sich. Sie könnte die Kreuzwegstationen ausrufen oder die Kreise der Hölle benennen, während sie hinabsteigt. Alles Weiße ist ihr Feind. Die Sonne über dem Schnee Alaskas ist grell und schrecklich; sie wäre mittlerweile schon blind, hätte sie nicht das Tuch um den Kopf und über die Augen gewickelt. Sie muss ständig auf die Büschel roter Beeren schauen – das Rot ist ein kleiner Trost und beruhigend für ihre Augen. Und in den letzten drei Tagen trösten sie auch die plumpen braunen Elche, eine müde Gruppe von zehn, immer einige Meter vor ihr. Es ist, als folgte man einer Schar Großväter, ihre großen müden Augen, hängende rote Lider, ihre grauen Mäuler, voller Runzeln, als hätte die Welt sie schon fast abgeschrieben, wenn auch noch nicht ganz. Die Tiere wittern sie, wenn der Wind wechselt, und sie drehen den Hals in ihre Richtung, aber sie ignorieren sie.

Lillian sieht klar und deutlich ihren Platz in der Größenordnung dieses Landes, sieht, wie mühelos die gesamte Lower East Side in den Gletscherspalten vor ihr verschwinden würde. Sie ist eine Mücke, und was ihre Welt einst war, ist nicht mehr als ein kleiner Trödelhaufen, alte Stiefel und Körperteile, ein umgekippter Korb mitten auf der Durchgangsstraße der Welt. An einem guten Tag verdunkelt sich um zwölf oder ein Uhr der riesige Himmel, so blass wie das Ei einer Wanderdrossel, zu einem warmen Türkis und überzieht sich bei Nachtanbruch mit einem pockennarbigen, endlosen Grau. An den meisten Tagen ist der weiße Himmel nicht vom weißen Land zu unterscheiden. Himmel, Meer, Schnee. Das Licht kommt von nirgendwoher, eine schwache, matte Beleuchtung hinter einem dreckigen Schirm, eine fast abgebrannte Kerze in einiger Entfernung. Es könnte sein, dass die Welt sich auf den Kopf gestellt hat, während Lillian in einer kleinen Mulde, ausgemeißelt zwischen großen Felsen, schlief; es könnte sein, dass diese leere aschfarbene Himmelsdecke in Wirklichkeit die eisige Furche ist, in der sie geschlafen hat, und dass das glatte, blaustichige Weiß, das sich vor und unter und hinter ihr ausbreitet, der Himmel ist, nicht der Schnee.

Lillian hält den Blick auf die grauen Felsblöcke gerichtet, um gegen die Benommenheit anzukämpfen. Die Felsblöcke geben ihr ein wenig Halt, aber sie beginnen sich zu bewegen. Sie sind Elefanten, sie sind Häuser, sie sind bewaffnete Männer, sie sind gescheckte Pferde. Sie geht durch das weiße Feld hinein in eine riesige Ebene, die einfach nur aussieht wie der Grund eines verschwundenen Meeres, braunes und grünes Gestrüpp in abgeflachten Kreisen und wilde, sich windende Riffe mit staubgrauen Föhren, dünne, starre Speere, die sich nach oben recken. Es ist eine furchtbare, finstere Hässlichkeit, aber für Lillian hat sie all das, was ein Zuhause ausmacht; sie könnte kaum froher sein, wenn sie den Feldweg zu ihrem Haus in Turov entlangginge, zu ihrer lebenden Familie, ihrem gefundenen Kind.

Vor ihr in Sichtweite steht ein Haus. Es ist eine Blockhütte, und kein Rauch steigt aus dem Schornstein, aber es ist eine Hütte, und Lillian macht sich bereit, wieder in die Welt einzusteigen. Sie sieht, wie ihr Schatten neben ihr über die fette, zähe Erde fliegt, wie er wankt, wenn sich ihre Stiefel schmatzend in den Lehm eingraben. Es zieht ihr die Füße aus den Stiefeln und fast aus ihren Socken. Plötzlich scheint es vernünftig, ja es scheint nötig, die Füße aus den Stiefeln zu befreien, die groben Schmuddelsocken loszuwerden und barfüßig auf gefrorener Erde zu dem Haus zu laufen, und Lillian weiß, dass daran nichts Vernünftiges ist. So zu rennen heißt sterben. Sie wird in ihren Stiefeln gehen, mit ihrem Ranzen – sie wird, bei Gott, einherstolzieren –, in Meyers Mantel gegürtet und die Wollhandschuhe in ihren Ärmeln, und sie wird diese letzten anderthalb Kilometer zurücklegen, wie sie all die letzten Kilometer zurückgelegt hat. Sie hat nur Land vor sich, nicht die Furien aus Himmel, Meer und Schnee. Man braucht sich vor nichts zu fürchten. Lillian hört, wie Yaakov sie berichtigt: »Man muss sich vor vielem fürchten, Mädelchen, aber das soll dich nicht abhalten.«

Hier ist das Haus, nicht einen Kilometer, nicht mal einen halben entfernt, und Lillian befiehlt sich, ruhig und zuversichtlich zu sein (kühn, furchtlos, ohne böse Ahnungen, sagt sie sich, und gleich darauf sagt sie: unschlüssig, unsicher, schwankend, und es beruhigt sie etwas, als sie auf das graue, fensterlose Haus inmitten des braunen Tals in einem weiten, weißen Meer zugeht, darauf gefasst, getötet oder vergewaltigt oder als Nahrung für die Bären hinterlassen zu werden, dass sie zumindest drei treffende englische Wörter für das kennt, was sie fühlt).

Ein kleiner Junge, von der Taille abwärts nackt, öffnet die Tür. Sein runder, hellbrauner Bauch steht unter seinem Hemd ab, und sein Penis steht unterhalb seines Bauchs hervor. Er tritt von der Tür zurück, um Lillian hereinzulassen. Ein Baby schreit in den Armen eines zweiten kleinen Jungen, älter als der nackte Butler. Der große Bruder blickt Lillian an und umklammert das Baby so fest, dass sein Gesicht rot wird und es zu brüllen beginnt. Dann heulen alle drei Kinder, und Lillian hat noch nicht einmal ihren Ranzen abgelegt.

»Sind eure Eltern da?«

Die Kinder schauen sie an. Lillian räuspert sich. Seit zwei Wochen hat sie überhaupt nicht gesprochen. Sie stellt den Ranzen auf den Boden und zieht die Handschuhe aus. Sie wickelt den dicken Wollschal auf und steckt ihn in ihren Gürtel. Sie blickt sich in dem großen Raum nach einer Antwort um, und sie fragt erneut auf Russisch, auf Jiddisch und in ihrem besten Amerikanisch.

Der größere Bruder macht einen Schritt nach vorn und hält inne. Das kleine Mädchen scheint auch innezuhalten. Es schiebt die Schultern zurück wie ein Boxer nach einem Kampf und wischt sich das Gesicht an der brüderlichen Brust ab. Lillian streckt die Arme aus. Der Junge ist dem Umfallen nahe; das Baby ist fast schon ein Kleinkind und groß für sein Alter, und dieser Junge hat den zähen, verdrossenen Ausdruck des ältesten Kindes in einer Umgebung, wo es nicht genug Essen oder Licht oder Hilfe gibt. Er reicht ihr das Baby, das erstarrt und sich dann an Lillians Schulter presst, wobei es eine fette Patschhand zwischen ihre Wange und den rauen Mantel legt. Wie schlimm kann das werden?, scheint das Baby zu denken.

»Wo ist eure Mutter?«, fragt Lillian.

Die beiden Jungen rücken näher zusammen. Lillian gibt dem älteren Jungen das Baby zurück, der es anscheinend ungern wieder an sich nimmt, zieht den Mantel aus und hängt ihn an einen Nagel. Die Augen der Jungen werden groß. Sie haben nichts gegen ihre Wollhose und die hohen Stiefel, auch wenn sie noch nie eine weiße Lady in Hosen gesehen haben, aber sie hat ein großes Buckmesser in einem hübschen Lederfutteral aus Schwarz und Rot mit einem Tlinglit-Donnervogel an ihrem Gürtel stecken. Ihr Vater hat so eins, und es könnte sein, dass diese Lady von ihm geschickt worden ist (»eine Mutter«, denkt der kleine Junge; er hat gesehen, wie sie gleich Sally aufgenommen hat, gesehen, wie sie auf die kalte Feuerstelle blickte, gesehen, wie sie in Windeseile die Regale überprüfte, gesehen, wie sie auf ihn selbst in seiner Nacktheit schaute, besorgt zwar, aber nicht böse). Es könnte sein, dass sie ihren Vater getroffen und er mit ihr gesprochen und sie vorausgeschickt hat, während er sich um eine Reihe von Fallen kümmert.

Lillian nimmt das kleine Mädchen zurück und dreht sich mit ihr im Kreis herum. Der ältere Bruder verhält sich abwartend, weil er weiß, wonach sie sucht, und er möchte nicht, dass sie es findet, noch nicht. Um sie ein wenig hinzuhalten, sagt er: »Sally«, und Lillian sagt: »Sally«, und Sally hebt den Kopf und zwinkert mit ihren wasserblauen Augen, als wollte sie sagen: »Du hättest nur zu fragen brauchen.«

Lillian zeigt auf sich und sagt: »Lillian.« Die Jungen zeigen auf sich, und der Ältere sagt: »Ned«, und der Jüngere sagt: »Billy.«

Offensichtlich sind sie weder taub noch stumm, und Lillian glaubt, dass sie Englisch wahrscheinlich mindestens so gut wie sie sprechen, sie aber irgendetwas daran hindert, sich zu unterhalten. Lillian überlegt: Wo ist sie? Väter kommen und gehen mit den Jahreszeiten, Mütter aber bleiben. Es gibt genug zu essen, Büchsenmilch und Schiffszwieback für ein oder zwei weitere Tage. Der Boden ist gefegte Lehmerde, und die Wände sind aus Holz und Lehm mit einigen Fellstücken. Eine angeschlagene Tasse liegt auf dem Boden, mit etwas Dunklem und Holzigem unten drin.

»Kannst du Sallys Windeln wechseln?«, fragt Lillian.

Ned nickt. Er weiß, sie weiß, dass er es kann. Sally wäre elendig krank, wenn sie einen verdreckten Popo hätte und Ned in den letzten Tagen die Windeln nicht gewechselt, gewaschen und getrocknet hätte. Ned nimmt Sally und legt sie auf das Elchfell. Billy spreizt Sallys Beinchen auseinander, was seine Aufgabe ist, seit Sally mit dem Fuß Neds Kiefer einen Hieb versetzt hat. Es ist nicht so schlimm, bloß nass, und es zeigen sich nur einige größere Rötungen auf ihrem Popo, und Ned wischt sie mit dem trockenen Zipfel der alten Windel ab. Billy reicht Ned die saubere Windel, steif wie ein Brett, da sie draußen getrocknet ist, und Ned schlägt mit der Faust ein paarmal drauf und klatscht sie gegen den Boden. Sally lacht. Dass Ned ihre Windel prügelt, ist eines der lustigsten Dinge, die sie je gesehen hat, und sie wird dessen nie müde.

Lillian steht auf dem Weg von der Blockhütte zum Abort und lauscht Sallys Lachen. Der Leichnam der Mutter liegt dort auf halber Strecke. Lillian kann ihn von hier aus riechen, und die Moskitos umringen ihn wie eine schwarze Wolke. Lillian kann sie aus drei Meter Entfernung hören. Die Füße der Frau sind geschwollen und angebissen, und ihre Mokassins sind abgefallen. Sie liegen direkt neben ihren Füßen, als hätte sie die noch gerade rechtzeitig für ihre Himmelfahrt ausgezogen. Ihre Fingerspitzen sind angekaut. Der Körper wölbt sich unter dem Nachthemd, und die Jungen haben eine schmale Decke über Gesicht und Schultern gelegt. Ihr schwarzes Haar quillt halb geflochten darunter hervor. Lillian hebt die Decke nicht auf. Es gibt keinen Grund, dass sie sieht, welchen Schaden Sonne und Nacht und Tiere dem Gesicht von Neds Mutter zugefügt haben, und es gibt keinen Grund, warum diese Frau sich von einer Fremden anschauen lassen soll. Es gibt überhaupt keinen Grund für all das hier.

Ned und Billy und Sally stehen am Eingang; Sally, nur in Windel und Schal, saugt an einem Schalzipfel und guckt neugierig auf den Leichnam ihrer Mutter. Ihre Unterlippe zittert, und Lillian drängt die drei zurück ins Haus. Falls Sally nach ihrer Mutter rufen sollte und Lillian dieses verzweifelte Wimmern hören müsste, diesen Schrei aus tiefster Seele, wo alle Hoffnung vernichtet ist, wäre sie gezwungen, die drei Kinder dem Tod in diesem Haus anheimzugeben, da sie so stark nicht ist.

Lillian schließt die Tür hinter ihnen und tätschelt Neds und Billys Kopf. Sie verstehen, dass ihre Mutter tot ist und man sie nicht zurückholen kann, und sie verstehen, dass Lillian das Baby nicht schreien hören will. Lillian lässt Sally auf ihren Knien hüpfen und singt, was sie den Mann in der Great Northern Railway seiner Tochter hat vorsingen hören: »Hoppehopp, nach Boston. Hoppehopp, nach Lynn. Pass auf, Kindchen, sonst fällst du noch hin.« Sie öffnet die Beine und lässt Sally beinahe durchfallen. Selbst die Jungen lachen. »Hoppehopp, nach Boston.

Hoppehopp, nach Roover. Pass auf, Sally, sonst fällst in den Zuber.« Und Lillian schwingt Sally weit nach rechts und dann weit nach links. Billy möchte auch herumgeschwungen werden, und er kommt zu Lillian und legt die Hand auf ihre Schulter. Lillian macht einige »Hoppehopp« mit Billy. Sie schaut Ned an, der den Kopf abwehrend schüttelt, und Lillian lächelt ihm zu wie einem erwachsenen Mann.

Lillian bringt Sally ins Bett und bittet die Jungen, neben ihrer Schwester zu sitzen, bis sie einschläft. Lillian geht zur Hintertür hinaus, um die tote Frau zu meiden, und klettert die Leiter hinauf zu dem geheimen Vorratslager. Sie findet einen Topf mit Honig, Drei-Pfund-Säcke mit getrockneten Bohnen und sogar zwei große Wildkeulen. Sie bringt die Bohnen und das Wild und einen kleinen Beutel Mehl ins Haus. Sie säubert Billy, so gut sie kann, gibt ihm Kondensmilch mit Honig und hüllt ihn in den Schal. Lillian deckt ihren großen Mantel über ihn, und während er einschläft, hält er den Wollhandschuh an sein Gesicht gepresst. Jetzt sind es nur Lillian und Ned. Es ist eisig kalt in der Blockhütte.

»Euer Holz?«, sagt Lillian.

Ned deutet darauf. Es gibt einen kleinen Stapel am Herd. Morgen kann sie eine Axt suchen, sie kann einen Baum schlagen, sie kann Holz spalten. Sie hat noch nie im Leben eine Axt in der Hand gehalten, einen Baum geschlagen oder Holz gespalten, doch das lässt sich nicht ändern. Lillian macht unter Neds Aufsicht ein Feuer und backt für sie beide Krapfen. Schmalzgebäck, sagt Ned. Klar doch, sagt Lillian, *knoedlach*. Wenn sie die Axt gefunden und den Baum gefällt und ihn Ast für Ast zur Blockhütte gezogen hat, wenn sie das Holz gespalten und Wasser erhitzt hat, um sie alle zu waschen, wird sie die Mutter begraben müssen. Lillian steigt ins Bett und legt Sally zwischen sich und Billy. Ned klettert hinter ihr hinein und legt den Kopf auf ihre Schulter und seinen Arm um ihre Taille, als hätten sie jahrelang zusammengeschlafen.

Lillian büßt beim Fällen einer dünnen Kiefer fast eine Hand ein, aber sie schafft es. Sie hackt den Baum in grobe Klötze und zieht die Klötze zu dem Hackklotz und hackt drauflos, dass die Holzstücke wild herumfliegen, und sie schreit den Kindern zu, sie sollen reingehen, damit sie kein Auge verlieren. Ihre Hand blutet wie Jesus am Kreuz, und sie entschuldigt sich bei der toten Mutter und hofft, dass die Bären sie diese Nacht nicht holen, denn sie kann entweder die Kinder der Frau waschen oder die Frau beerdigen, aber sie kann nicht beides tun.

In der Nacht im großen Bett, nachdem Lillian für Billy eine Hose aus einem Flanellmännerhemd genäht hat (die Jungen erzählen ihr nicht, was mit Billys eigener Hose geschehen oder wie lange er mit nacktem Hintern herumgelaufen ist) und nachdem Sally mit dem anderen Wollhandschuh eingeschlafen ist, der jetzt als Kuschelpuppe herhält, sagt Lillian zu den Jungen: »Wir könnten ein Gebet für eure Mutter sprechen.«

Die Jungen zucken mit den Achseln.

»Betet ihr?«

Sie zucken wieder mit den Achseln, und Lillian findet, dass sie noch nie so fromm oder so dumm im Leben geklungen hat.

Ein Gebet wäre hier draußen ja nicht unbedingt eine schlechte Idee. Eigentlich sogar eine gute, optimistische Idee, aber Lillian glaubt nicht an so etwas wie Gott. Sie hat in letzter Zeit spezielle Götter angerufen (den Gott der essbaren roten Beeren, den Gott der langsam fließenden Flüsse), aber sie wendet sich nicht an den Schöpfer des Universums oder erhofft sich, von ihm gehört zu werden. Lillian glaubt an Glück und Hunger (und Gier, die eigentlich nur der Hunger der Reichen ist – sie hat nicht einmal mehr etwas gegen Gier; dass Menschen von ihren Bedürfnissen beherrscht werden, scheint eine verlässliche Wahrheit zu sein). Sie glaubt an Angst als Antriebskraft, und sie glaubt an Neugier (ihre eigene sollte inzwischen in sich zusammengesunken sein, doch nährt sie sich von etwas, worauf Lillian sich keinen Reim machen kann), und sie glaubt an den Willen. Er ist nachts so zerbrechlich und schwach, dass sie sich nicht einmal den nächsten Morgen vorstellen kann, aber sobald der nächste Mittag naht, ist er so stark und zwingend, dass sie sich an die schreckliche Nacht nicht einmal mehr erinnern kann. Es ist, als brächte sie jeden Tag ein Kind zur Welt.

Und die gewaltigen Königreiche, die sie durchquert hat, das fortwährende Weiß, das endlose Dunkel, haben wochenlang alles geschluckt, aber Ned und Billy und Sally wieder ausgespuckt und als Freundlichkeit oder als nachträglichen Einfall auch Lillian. Haben sie auf den Weg zu der kalten Blockhütte geworfen, zu Kindern, die gestorben wären, zuerst Sally, einfach nicht mehr da an einem sonnigen Tag, dann Ned, das Genick gebrochen beim Versuch, Billy zu retten, der auf der Suche nach Sally in eine Schlucht gefallen ist. Und Billy, zwei Tage und zwei Nächte unter einer Kiefer mit zertrümmertem Rücken, während der Schnee ihn zudeckte. Alle drei tot, zwölf Tage nachdem ihre Mutter ein verdorbenes Stück Fleisch gegessen hat, aus der Welt gerissen. Aber nun ist Lillian hier, und alle vier sind sicher im Bett, und ihnen ist weder kalt, noch sind sie hungrig. Wir leben, und wir lieben die Welt, denkt Lillian, und wir machen uns vor, dass die Welt uns ebenfalls liebt.

»Jungens«, sagt sie. Sie werden beten, egal woran ein jeder glaubt. Sie sagt das *Schma Koleinu* auf Hebräisch und stottert ein bisschen, wobei ihr die Formulierungen ihres Vaters nicht immer einfallen, und sie sagt auf Englisch: »Höre unsere Stimme, Herr, unser Gott, hab Mitleid mit uns, rette uns, nimm unser Gebet mit Erbarmen und Güte an.« Sie fährt mit dem nächsten Stück fort, das sie übersetzen kann. »Verlass uns nicht, Herr, unser Gott, sei nicht fern von uns.« Oh, sei nicht fern von mir, denkt sie, und kümmere dich nicht um meinen Mangel an Glauben. »Auf Dich warten wir, unsern Gott; Du, o Herr, wirst antworten.«

Billy liegt mit seinem rechten Bein über Lillians Taille, sein Gesicht auf Lillians Brust, und saugt an seinem Daumen. Ned stützt sich auf einen Ellbogen und schaut Lillian direkt an. Er versteht, dass sie Gott anrufen, dass Lillian jemanden bittet, den sie nicht sehen können und nie gesehen haben, ihnen zu Hilfe zu kommen, bevor Lillian ebenfalls umfällt und wie ihre Mutter stirbt. Ned schaut Lillian an und lächelt bitter. Er schmiegt sich an sie, legt sein linkes Bein über ihre Beine, seinen linken Arm um ihre Taille und drückt sich gegen die Schulter seines Bruders, während Lillian zwischen ihnen tief atmet.

Es hätte passieren können, dass der Vater der Kinder der Mann wäre, den Lillian sich vorzustellen begonnen hatte, ein Mann, von dem sie nach einer weiteren Nacht mit Schlaf und Essen zu träumen hoffte, gut aussehend wie ein Filmstar, aber Athabaske und von ruhigem Begehren. Lillian liegt auf dem Bett und denkt an Reubens Hände auf ihr, und sie bewegt sich leicht und sieht rosafarbene Samtsessel und riecht alles, was sie bei ihrem Abendessen mit Meyer im Ye Olde Chop House genossen hat, und sie könnte vor Verlangen nach ihrem Rahmspinat und dem Eiscremebecher schreien, und sie kann den pelzartigen Rand des rosafarbenen Samts fühlen, wie er sich an diesem Abend gegen den dünnen Stoff ihres Kleides drückte und die Unterseite ihrer Oberschenkel liebkoste, wo jetzt Sallys Fuß und geflickter grober Stoff sind.

Es zeigt sich schließlich, dass Mr Mason nicht gut aussehend ist. Er ist gesund und kräftig, gedämpft in seinem Kummer und dankbar. Er bittet um Lillians Hilfe, sagt er, er habe kein Recht, mehr von ihr zu erbitten, aber er tut es, und Lillian denkt, dass sie genauso ist – wer denn nicht –, wir sind alle wie Katzen, die zu demjenigen zurückkommen, der Milch hinstellt. Sie ist verpflichtet, Mr Mason zu helfen, weil sie es vorher schon getan hat, weil sie ihn dazu gebracht hat, das zu erwarten, denn sie hat ihm Hoffnung gegeben, und darum schuldet sie ihm alles. Sie wickeln den stinkenden Leichnam von Mrs Mason in Segeltuch ein und beerdigen sie auf dem Hügel links vom Abort, wobei Mr Mason und Lillian sechs Stunden lang ein Loch graben. Mr Mason sagt: »Er weidet mich auf grünen Auen«, und Lillian schaut auf ihre dreckigen Hände und die abgerissenen Nägel und schmutzigen Stiefel und denkt, sie müsste ihre Schlüpfer waschen und ihre Wollsocken stopfen und dass Mr Mason ihr Proviant geben wird und die Elchfellgamaschen seiner Frau, wenn sie ihn darum bittet. Mr Mason hält den Kopf gesenkt und sagt: »Und wenn ich auch wanderte im finsteren Todestal, so fürchte ich kein Unglück …«, und Lillian denkt, dass sie jeden Tag durch das finstere Todestal wandert und alles fürchtet.

Unser kurzes Leben

Es ist der bis dahin wärmste Sonntag im Juni, die Sonne geht gerade unter. In dem Augenblick, als die Sonne hinter ihr am hellsten und der Schatten vor ihr am tiefsten ist, kommt Lillian über den Bergkamm und steht keine hundert Meter weg von der Veranda einer schiefen Blockhütte. Meyers Mantel flattert ihr um die Fußknöchel, die Schulterpartien hängen ihr runter bis zu den Ellbogen, und sie hat sich Mr Masons Brechstange wie einen Köcher umgehängt. Sie trägt zusammengerolltes Bettzeug auf dem Rücken, außerdem noch Yitzhak Nirenbergs Ranzen, um dessen Schlaufen sie Gras geflochten hat. Sie sieht keine Menschenseele; durchaus möglich, dass auch diese Hütte leer steht, was nicht das Schlimmste wäre. Sie könnte ein Bad gebrauchen, sie könnte anständiges Essen gebrauchen, sie könnte mehrere Tage Ruhe gebrauchen; all diese Dinge, die sie gebrauchen könnte, befinden sich auf der anderen Seite der Hüttentür.

Es ist neuerdings leichter, allein zu sein, mit Sophie und Yaakov zu reden und mit den verschiedenen Facetten der Einsamkeit fertig zu werden (sie erinnert sich an das Wort Vereinsamung, auch Vereinzelung, Abgeschiedenheit – was etwas Besonderes und sogar Angenehmes besagt – und Verlassenheit, welches das richtige, melancholische, westliche Wort für das ist, was sie fühlt), und wenn sie denn einmal einen Telegrafisten im Dienst antrifft, der ihr bereitwillig etwas zu essen gibt und der sich freut, sie aufzunehmen, so lange sie es will (einige von ihnen tun das anscheinend gern, vor allem diejenigen mit einheimischen Frauen, die nach Einbruch der Dunkelheit kommen und am Morgen verschwinden, bevor Lillian auf ist, und neben ihrem Lager ein kleines, mit Perlen verziertes Armband oder eine Tasse voll Birkenrindenteer für Umschläge hinterlassen), bleibt sie ein wenig länger. Andere sagen klipp und klar, dass sie ein oder zwei Nächte bleiben kann, aber dass die Hütte zu eng ist und sie aus sehr guten Gründen beschlossen haben, allein zu sein, und Lillian muss nicht mal eine Nacht mit diesen Männern verbringen, um zu wissen, was die Gründe sind. Als Lillian fast schon an der Stufe steht, ist das Knarren eines Schaukelstuhls hörbar, und eine Schrotflinte schimmert dunkel im Schatten der Veranda. Lillian schiebt ihren Ranzen langsam von der Schulter, damit sie ihre Hände heben kann, wie sie es die Verbrecher in den Filmen hat tun sehen, und sie schubst ihren Hut vom Kopf. Ihr Haar fällt herab, und sie drängt es hinter die Ohren. Es ist unangenehm, irgendjemanden, selbst einen Mann mit Gewehr und einem blutbefleckten Unterhemd, sehen zu lassen, wie dreckig ihr Haar ist.

John Bishop lebt in der Verbannung; Schutzhütte Nummer

neun ist sein Elba. Jeder Morgen enthüllt mehr Traurigkeit; jeden Abend sitzt er auf der Veranda und schaut in Richtung Heimat. Nachrichten treffen ein, und er schickt welche hinaus, und in neun Monaten hat es nichts Spezielles für ihn gegeben, Dick Bauers Rezepte, Ben Bensons Fantasien und vor zwei Tagen die Mitteilung, dass eine Frau auftauchen wird.

Er beobachtet, wie die Frau den Ranzen hinstellt. Die feinen Härchen auf ihrem Nacken leuchten golden von der Sonne, ihr Nacken hat einen Schmutzring und ist zwischen dem großen Mantelkragen und ihrer Bluse gebräunt. »Rühr dich nicht«, sagt er zu ihr und richtet die Schrotflinte weiter auf ihre Brust. Das Beste, das Klügste wäre es vielleicht, sie da, wo sie steht, abzuknallen und sie überhaupt nie kennenlernen zu müssen.

»Ich trage keine Waffen«, sagt Lillian. Sie hält die Hände hoch.

Sie trägt keine Waffen, sie klingt fremdländisch (Deutsche oder Russin, war Dicks sicherer Tipp, aber Dick hatte auch überlegt, ob sie eine kommunistische Spionin sei), und sie ist zu Tode erschrocken. Er sieht keinen Grund, die Flinte auf sie gerichtet zu halten, außer dem, dass er es kann und es den Augenblick verzögert, wo er mit ihr reden muss. Sie hat jetzt so schwere Schlagseite nach rechts hin, dass sie fast auf ihrem Ranzen kniet; sie muss die letzten fünfzehn Kilometer gehumpelt sein. Helle, weiße Nissen kleben an ihrer Kopfhaut, und die Läuse wandern auf ihren Haarsträhnen. Es wäre geradezu ungerecht, ja bekloppt, von einer Frau in so schlechter Verfassung ein Gespräch oder ein passables Damespiel zu erbitten oder gar zu erwarten. Sie hätten Gin Rummy oder sogar Schach spielen können, wenn sie es denn konnte, und falls dieser Teil nicht ganz übel abgelaufen wäre oder selbst wenn, was sie aber mit einem Scherz abgetan hätten, dann, so hatte er sich vorgestellt, hätte er sie gefragt, ob sie sich für die Nacht zu ihm legen würde, bevor sie wieder aufbrach. Er hatte sich eine saubere, blonde, hübsche Frau vorgestellt, die eine adrette Jacke trug und vielleicht einen Hosenrock, der über ihren glänzenden Stiefeln aus Korduanleder flatterte, als wäre sie für eine Tageswanderung hierhergekommen. Er hatte sich ein paar Weidenröschenstängel als Schmuck in ihrem Haar vorgestellt, Grübchen, Unterwäsche mit Rüschen, eine Neigung, anderen zu gefallen oder selbst an etwas Gefallen zu finden.

John Bishop legt die Flinte behutsam ab, macht eine richtige Schau daraus; er dreht die Mündung zur Blockhütte hin und verschränkt die Arme. Lillian fasst es als Hinweis auf, dass sie ihre Hände herunternehmen kann. Sie macht eine Bewegung, um ihren Ranzen aufzuheben, ihr Mantel bauscht sich hinter ihr wie ein steifes, dunkles Segel, und als sie versucht, einen genaueren Blick auf ihn zu bekommen, stolpert sie (ihr wundes Knie, ihr steifer Knöchel) und fängt sich gerade noch am Verandageländer. Er macht keine Anstalten, ihr zu helfen.

Doch er sagt: »Du könntest wohl ein Bad gebrauchen«, und es ist ein Angebot, ohne eine Einladung zu sein.

Lillian sagt: »Ich wäre dankbar dafür.«

»John Bishop.« Er tippt mit der Hand an die Hutkrempe.

»Lillian Leyb«, sagt Lillian, und sie duckt den Kopf, wie sie es bei Frauen im Westen gesehen hat. Es ist der letzte Rest eines Knicks. Die Formalität stößt ihnen beiden auf, aber sie lächeln nicht darüber; die Leute hier oben sind berüchtigt dafür, einander wegen einer unüberlegten Bemerkung oder des Versäumnisses, eine Kuchenplatte zurückzugeben, umzubringen.

»Willst du nicht reinkommen«, sagt John Bishop, als würde sie vielleicht lieber weiterziehen und als wollte er sie nicht halten.

Lillian betrachtet den verhangenen Himmel, die Wildnis, die sich in alle Richtungen erstreckt. Sie lässt ihren Ranzen und ihr Bettzeug zu Boden sinken, setzt sich und legt die Brechstange über ihren Schoß.

»Ich will schon«, sagt Lillian und bleibt noch eine Minute sitzen, damit sie hineingehen kann; ihre Beine haben einfach unter ihr nachgegeben.

Schutzhütte Nummer neun gleicht jeder anderen Blockhütte, in der sie gewesen ist. Die Wände aus aufeinandergesetzten nackten Stämmen, die Lücken mit Lehm gefüllt, einige Töpfe und Pfannen, die von den Balken hängen, Kleidung an Nägeln und Kiefernbrettregale. Fast reglos sitzt Lillian in dem Schaukelstuhl, und John Bishop hängt seine Jacke an einen Nagel und macht mit einem großen Eimer vier Ausflüge zum Fluss. Lillian breitet ihre Sachen sorgfältig um sich herum aus, wegen der Behaglichkeit und auch wegen der Ordnung. Sie faltet ihren Mantel zusammen. Sie postiert die Brechstange auf den Mantel, legt ihren Ranzen daneben und quetscht ihren Hut in den Ranzen.

»Das würde ich nicht tun«, sagt er. »Du hast Läuse.«

»Ich weiß.«

Man kann mühelos sehen, wie die Läuse Akrobaten gleich über die Krone des Huts purzeln und an den Haaren hochklettern, die sich auf dem Innenband verfangen haben. Lillian hat sie an jedem der letzten fünf Tage gesehen und damit gelebt, und sie denkt, ein anderer Typ von Mann hätte die Aufmerksamkeit nicht darauf gelenkt, und John Bishop denkt dasselbe. Er denkt, er ist so lange von den Menschen weg, dass er nicht mehr mit einer anderen Person reden kann, wie es sich gehört. Lillian dreht ihr Gesicht weg und schluckt. Sie hat nicht vor, sich durch diese Peinlichkeit um ihre Ruhe und ihr Bad und das Essen bringen zu lassen.

»Es ist ein schöner Hut«, sagt er, und er nimmt ihn mit zwei Fingern am Rand und platziert ihn, nicht weit von der Veranda entfernt, auf einen Holzklotz im Sonnenschein.

»Da sieht er gut aus«, sagt er.

»Zweifellos«, sagt Lillian, und John Bishop denkt, dass er den Verstand verloren hat.

So schlimm die Läuse auch sind, noch schlimmer sind ihre Füße, und die lassen sich nicht verstecken. Ihre Blasen nässen rosa, rot und gelb. Ihre Fußknochen sind seit zwei Tagen kaum noch sichtbar. Selbst nachdem sie ihr letztes Unterhemd entzweigerissen und jeden einzelnen Fuß wie ein Baby gewickelt hat, haben die Blasen den Musselin durchtränkt, wie feuchte Münder. Es ist furchtbar, ihr zuzuschauen, wie sie ihre Stiefel von den Füßen zerrt, wie die Wollsocke an der eiternden Haut klebt, und sie dabei keuchen zu hören. Er erhitzt das Wasser auf der Feuerstelle und schüttet es in den kleinen Kupferbottich, worin er seine Kleidung wäscht und den er dazu benutzt, das Blut aufzufangen, wenn er die mit Fallen gefangenen Tiere ausnimmt und ihre Felle einweicht. Er wirft eine Handvoll Pfefferminze in den Bottich, um von seiner sonstigen Verwendung abzulenken, und vielleicht tut die Minze ihr ja irgendwie gut. Ihre Knöchel sind blau von Prellungen, ihre Füße zeigen überall dort ein gräuliches Weiß, wo keine roten Streifen einer Infektion und keine schwärzlichen Schorfflecken sind. Sie riechen wie verwesendes Fleisch, was sie auch sind. Ihre Blasen sind entzündet, ihre Mückenstiche sind entzündet, ihr Schweißgeruch ist widerlich und dunkel, und falls sie lieber nicht davon spricht, soll ihm das recht sein.

»Es tut mir leid«, sagt Lillian.

»Nur rein in den Bottich«, sagt er. »Ich habe Schlimmeres gesehen. Zum Teufel, ich selbst war schlimmer dran.«

Ihr Körper ist eine Landkarte des Schmerzes, jedes Zeichen erzählt deutlich seine Geschichte, und John schaut sie alle an und dann weg; lieber beschäftigt er sich mit einem Schmorgericht, während sie badet. Er schält Zwiebeln und Kartoffeln, und er schiebt zwei gehäutete Kaninchen mit dem Ellbogen zur Seite. Lillian beobachtet ihn über die Schulter, während sie lauwarmes Wasser aus einem großen Schwamm presst und sich fragt, wie jemand auf diese gehäuteten Tiere schauen kann, ohne Gemetzel und tote Kinder vor Augen zu haben, und denkt dann, dass sie, hätte sie nicht Menschen wie Fleisch ausgebreitet gesehen, sich wahrscheinlich über ein Kaninchengericht keine Sorgen machen würde. Kein Grund also, den Mann zu kritisieren, der Essen kocht.

Sie ist überrascht, als sie sich sagen hört: »Diese Kaninchen da sehen wie Tote aus. Tote Kinder«, fügt sie hinzu, als würde das die Sache klären.

John schaut auf die glatten, schönen elfenbeinernen und rosafarbenen Körper und nickt.

Lillian sagt: »Ich bin Jüdin«, und sie denkt, ich bin nicht recht bei Trost.

Er hatte schon überlegt, ob sie Jüdin ist, nicht dass er viele kennt – ein guter Boxer und dessen hübsche, wilde Schwester hatten gesagt, sie seien Juden, aber beide hatten auch gesagt, sie seien die illegitimen Kinder von Harry Houdini, und er hatte das nicht weiter verfolgt.

»Jüdisch. Dann bist du weit weg von zu Hause.«

Lillian öffnet den Mund, um zu sagen, ganz im Gegenteil, Juden trifft man von China bis sonst wo an, aber es stimmt, sie ist weit weg von zu Hause.

»Ihr Leute landet noch immer in der Bratpfanne.«

Das ist entweder die Sorte von nicht unfreundlicher Bemerkung, an die Lillian sich im Westen gewöhnt hat (in seinen dunkleren Versionen: »Euresgleichen hat doch immer das ganze Geld«; »Euresgleichen hält doch immer zusammen«), oder bloß eine Tatsachenfeststellung und so bemerkenswert wahr in dieser Welt, dass kein Jude auf der Erde daran dächte, dem zu widersprechen.

»Ja, das tun wir«, sagt Lillian, und sie sagt nicht: »Und was halten Sie von diesen Bratpfannen, Mister?«

Lillian droht den Halt zu verlieren. Sie richtet sich auf und ruft laut aus: »Ich fühl mich gut. Ich fühl mich gut«, als wäre er nicht gerade mal zwei Meter entfernt, nah genug, um zu sehen, wie das Wasser aus dem Schwamm die Unebenheiten ihrer Wirbelsäule hinunterläuft, über ihren Hintern, der von Wanzenbissen übersät ist, und an ihren hübschen Beinen entlang. Ohne noch ein Wort zu sagen, damit beide so tun können, als wäre er nicht im Zimmer, legt er ein großes quadratisches Leinentuch hinter ihr hin und eine Hose von Little Jack Waller, die nach dessen Ertrinken zurückgeblieben ist. Lillian steigt aus dem Bottich, ihre nassen Füße neben seinen Stiefeln, Schmutzwasser tropft an ihr hinab.

John bringt den Bottich, einen Schemel und ein weiteres

Leinentuch nach draußen, und Lillian folgt ihm. Er schüttet warmes Fett und dann kühlen Essig über ihr Haar gegen die Nissen und verjagt die Läuse mit einem Stahlkamm, und sie streckt sich aus, hält den Kopf an die Kante des Bottichs, und er rollt noch ein Tuch zusammen und legt es ihr unter den Nacken, als wäre sie das Kind und er die Mutter.

Lillian sitzt in einer langen Männerunterhose da, ihre Füße stecken in einem Bottich mit grünem, grauem, violettem Wasser (John hat jede getrocknete Heilpflanze und Knospe, die er finden konnte, hineingeworfen), und nippt an heißem Rum. Sie sind an dem Punkt des Abends angelangt, wo sie ihn über ihn selbst ausfragen sollte, aus Höflichkeit, doch will ihr nicht einfallen, wie sie das, was sie wirklich wissen möchte, formulieren kann.

John Bishop dreht den Becher in seinen Händen und sagt: »Du weißt sicher, nun ja, vielleicht auch nicht … ich kann mir nicht vorstellen, dass du allzu viele erlebt hast … zu Schlägereien kommt es in Bars ganz schnell. Eine Schlägerei in einer Bar dauert nicht zehn Runden; verdammt noch mal, eine Schlägerei in einer Bar dauert zwei Minuten. Man sitzt da und kümmert sich um den eigenen Kram, so gut, wie es eben geht, Männer stehen in Dreierreihen an der Theke – es ist ein beliebter Ort. Es ist Freitagabend, jeder, der Geld kriegt, hat's gekriegt, und wir amüsieren uns alle im Golden Swan. Ich hab mein Bier – es ist nicht das erste des Abends –, und ich bin mit dem Mädchen da, das ich heiraten werde …«

Genau danach hatte Lillian fragen wollen, und sobald er sie erwähnt, hätte Lillian es lieber nicht gehört.

»Und The Golden Swan ist ihr Lieblingslokal, weil niemand von der Polizei dort trinkt – ich war Polizist –, und der Mann zu meiner Rechten beugt sich vor, um sie zu bewundern, und er beugt sich ein bisschen zu nah heran, und er sagt etwas, das mir nicht gefällt; ich werde es nicht wiederholen …«

Später verrät er Lillian aber doch, was der Mann gesagt hat, und sie fragt: »Und deshalb habt ihr euch geprügelt?«, und sie legt ihre Hand auf seine Brust, als wollte sie es ungeschehen machen.

»Und das Dumme ist, es ist eins von den Dingen, die ein Mann, glaube ich, nicht ignorieren kann. Also stehe ich auf, will ihm nur klarmachen, dass er klein beigeben sollte, dass das eine gute Idee wäre, und er senkt den Kopf, als würde er sich schämen und nach den richtigen Worten suchen, um sich zu entschuldigen, und der Scheißkerl schlägt mir so eine rein, genau hier« – und er legt Lillians Hand auf sein Brustbein –, »und ich lande schwer atmend auf dem Boden. Als hätte mich ein Pferd getreten. Und er rührt mich nicht an, während ich da unten bin, nach Luft hechelnd wie ein Fisch. Er sagt – und er ist so was von Engländer, dass ich kaum verstehen kann, was er sagt –: »Marquis of Queensbury«, sagt er, »Sie haben zehn Sekunden, wieder hochzukommen.« Ich raffe mich auf. Ich kann nicht die ganze Nacht so liegen bleiben, auch wenn ich das lieber täte, und er sieht erfreut aus, als wäre ich irgendein Geschenk – seine Augen brennen darauf, mich richtig zu verdreschen, und ich denke, mein Bruder kann meine alte Schrotflinte haben und meinen Dienstrevolver, meine Mutter bekommt die Besoldung für meine letzte Woche, und Polizeihauptmann werde ich auch nicht mehr. Ich bin auf einem Knie, und der Engländer schüttet mir Bier in die Augen und fegt mich wieder zu Boden, und ich steh noch mal auf, schwanke wie ein Betrunkener, aber ich muss rauf, und ich schlage ihn so hart, wie ich noch nie jemand geschlagen habe, ein Haken an die linke Schläfe, und er weicht ein wenig zurück, nicht viel – der Mann hat einen harten Schädel und einen Nacken wie ein Stahlseil. Ich schlage wieder zu, solange ich das noch kann, und er schüttelt es ab und kommt auf mich zu mit riesigen Händen, Knöchel, groß wie Walnüsse. Ich schlage noch einmal zu – wenigstens habe ich getan, was ich kann –, und er stolpert, verstehst du, sein Fuß verfängt sich unten in der Fußstange, und er schlägt mit seinem harten Schädel auf die Kante einer Packkiste, die die Jungs nicht ganz ausgepackt hatten, und der Mann steht nicht auf. Er liegt einfach da auf dem Boden. Er ist bleich, etwas Blut sickert aus seinem Ohr, aber nicht so schlimm. Ich hab Schlimmeres gesehen – ich selbst war schlimmer am Bluten. Und mein Mädchen weint, und sie sagt zu mir: ›John, mein Gott, du hast ihn umgebracht‹, und ich sage: ›Natürlich habe ich ihn nicht umgebracht – der Typ ist bärenstark –, warte eine Minute.‹ Doch der rührt sich nicht. Ich denke mir, besser, wir gehen, so oder so, bevor der Kerl aufsteht und mich fertigmacht – er hat den Jack-Dempsey-Blick an sich, und eine Schlägerei in einer Bar ist nicht das, was den oberen Herrschaften gefällt. Wir brechen auf – die Leute gehen uns aus dem Weg, als wäre ich ein gefährlicher Mann, was zum Lachen ist.

Als sie das Krankenhaus erreichten, war er tot. Todesursache: Riss der Blutgefäße im Gehirn durch Gewalteinwirkung. Am frühen Morgen schickt der Barkeeper seinen Neffen, um mir die Nachricht mitzuteilen.«

»Das Gehirn«, sagt John Bishop, »ist wie eine Schale mit Gelee in einer Büchse, also dem Schädel. Du schlägst jemanden knallhart, der Schädel bewegt sich nicht mehr, aber das Gehirn bewegt sich noch eine Weile, vor und zurück oder von einer Seite zur anderen, je nachdem, von wo der Faustschlag gekommen ist. Contrecoup, heißt das. Rückstoß.«

Er legt die Hand auf Lillians Kopf und schüttelt ihn nur ein klein bisschen.

»Ich liege also im Bett im Haus von meinem Bruder; er hat seine eigenen Schwierigkeiten gehabt, etwas Alkoholschmuggel, ein paar illegale Geschäfte, auf diese Art ist er zu seinem Haus gekommen, aber jetzt ist er auf dem Pfad der Tugend, er ist ein guter Mensch, er war immer ein guter Mensch. Er hat eine Frau, ein nettes Mädchen, kompakt wie ein Ziegel, aber eine herzensgute Seele, und was Kleines ist unterwegs. Ich bin nicht allein im Bett, wie du dir wahrscheinlich denken kannst – mein Mädchen hat Angst um mich und um unsere Zukunft –, und der Neffe vom Barkeeper sagt: ›Tibby Kunish ist tot, und jeder hat gesehen, wie Sie ihn niedergeschlagen haben.‹ Der Junge sagt noch: ›Mein Onkel hat gesagt, besser, Sie verduften.‹ Und der Junge überreicht mir zehn Scheine, und ich nehme sie. Ich kann sie nirgendwo unterbringen, wie ich so dastehe in meiner Unterhose, aber der Junge stiert auf mein Mädchen in meinem Bett – Alice heißt sie –, wahrscheinlich das erste Mal, dass er eine Frau gesehen hat mit nichts an als dem Laken, und er sagt zu mir: ›Sie haben ihn mit einem einzigen Schlag getötet, Mister – ich hab's gesehen.‹ Und Alice sagt: ›Das ist Mord, oje.‹ Während ich mich anziehe und meinen Revolver einpacke, sage ich: ›Alice, Liebling, ich möchte nicht weggehen, aber ich muss – es ist im besten Fall Totschlag, und ich hätte ihn nicht schlagen sollen.‹«

»Ich hatte schon davor Ärger«, sagt er, und Lillian gießt ihnen beiden ein wenig Rum nach.

»Ich sage zu dem Jungen: ›Richte deinem Onkel aus, es tut mir leid – es war ein Unfall.‹ Und der Kleine macht sich davon. Ich gehe für eine Weile nach Mexiko, sage ich zu Alice, um zu sehen, was sie dazu meint. Sie legt sich im Bett zurück, heult ein bisschen und zieht die Decke hoch, was eine Einladung sein könnte, so als will sie das Bett für mich warm halten, aber wie du dir vorstellen kannst, ist es auch die Antwort darauf, ob sie mit mir kommen will oder nicht«, und Lillian kann es sich vorstellen. »Und wir haben den Abschied des Helden, wenn du verstehst, was ich meine.« Und Lillian versteht.

»Und ich ziehe mich an und nehme einen Koffer und das zusammengerollte Bettzeug meines Bruders aus der Zeit, als wir in den Sierras zelteten. Ich gehe in mein Zimmer zurück, um mir noch einen Kuss von Alice abzuholen, und sie ist verschwunden, als wäre sie nie da gewesen, also mache ich mich schleunigst aus dem Staub, und ich höre, es gibt Arbeit oben am Yukon, also komme ich hier rauf, in eine Gegend, wo, das hast du sicher bemerkt, die Leute sich nicht allzu viel nach der Vergangenheit erkundigen.«

»Das habe ich bemerkt«, sagt Lillian und schiebt die Kaninchenknochen zur Mitte ihres Tellers.

»Und du. Wie geht deine Geschichte?«

Lillian leert den Bottich an der Nebenseite der Veranda, füllt ihn wieder mit Wasser und spült die Essensteller. Sie hätte nichts dagegen, wenn er Bescheid wüsste, aber sie kann sich nicht überwinden, Sophies Namen je wieder öffentlich zu sagen; in Hazelton hatten sie alle gelitten – verschwundene und tote Kinder waren so normal und so furchtbar wie Zahnschmerzen. Draußen in der Welt lief sie Gefahr, wie die armen Frauen zu werden, die zur Mittagszeit auf der Essex Street entlanggingen und die Bilder ihrer Männer jedem vor die Nase hielten, der hinschaute. »Haben Sie meinen Moishe gesehen?«, fragten sie, und keiner war so herzlos, ihnen die Wahrheit zu sagen, dass es nach fünf Jahren keine Rolle spielt, ob jemand Moishe gesehen hat oder nicht. Ob in Kalifornien oder bloß fünf Häuserblocks weiter mit neuer Frau und neuem Baby, der Mann war futsch, auf Nimmerwiedersehen.

Sicher ist irgendwo hinten im Bulfinch, in einem Teil, zu dem Lillian nicht vorgedrungen war, eine finstere (abstruse, geheimnisvolle, düstere und sogar geheime) Version von Proserpina in der Unterwelt, worin eine müde jüdische Ceres sich durch die Randgebiete des Tartarus schleppt, durch ein hässliches Dorf mit erschöpften Huren, die gleichzeitig als Wäscherin und Friseuse arbeiten müssen, einer Reihe Spelunken, einem fast leeren Ramschladen und Menschen, die zu arm sind, um ihre Zelte abzubrechen. In dieser Version sucht Ceres überall im Land nach ihrer Proserpina, die den Fluss Cyane in einem hübschen Segelboot mit Pluto überquert hat, nachdem sie so klug gewesen war, vorher mit dem König zu einer Einigung zu kommen. Sie machen ein Picknick in einem bezaubernden Park mit stattlichen, breiten Bänken wie die im Central Park und funkelnden Lichtern über ihnen. Als Ceres erscheint, sich fast in ihrem Kleidersaum verheddert, während sie durch das weiche Gras schreitet, und murrend versucht, Proserpina auf die Füße zu ziehen, damit sie die lange Heimreise nach Enna und zum Tageslicht antreten können (was viel von seinem Glanz verloren hat, jetzt, da Proserpina die Königin all dessen ist, was sie überblickt), springt das Mädchen beim Anblick ihrer Mutter nicht etwa auf, sondern lässt sich Zeit beim Verteilen der Schnittchen und schenkt für sie drei gesüßten Tee in die Tassen. Sie legt eine fein gebügelte Serviette auf ihren Schoß und eine zweite auf den Schoß ihres neuen Ehemanns, des Königs. Proserpina isst die Granatapfelsamen nicht versehentlich oder in einem Augenblick verzweifelten Hungers oder aus Angst oder Missverständnis. Sie nimmt das Granatapfelstück aus der dunkel glitzernden Hand ihres Mannes und steckt sich die Samen in ihren offenen, lachenden Mund; sie isst nur sechs Fruchtsamen, da ihre Mutter ihr das Stück aus der Hand schlägt, bevor sie das ganze schimmernd rote Samengebilde schlucken kann.

»Wir müssen nach Hause«, sagt Ceres.

»Ich bin zu Hause«, sagt ihre Tochter.

»Ein andermal«, sagt Lillian zu John.

»Okay«, sagt er. »ein andermal.«

Um Mitternacht spürt Lillian ihn, bevor sie ihn sieht, ein dunklerer Umriss in einem dunklen Raum, sein Körper sperrt das schwache Mondlicht aus. Lillian faltet sich zusammen, ganz langsam, verschränkt die Arme auf der Brust, presst die Oberschenkel aneinander und versucht, ihren Atem dem seinen anzugleichen (wie damals, als sie unweit der Blockhütte fünf in Atlin auf einen Fuchs gestoßen war; er hatte dagestanden, angespannt, mit gespitzten Ohren, nur Zentimeter von ihr entfernt, und sie war zu erschöpft gewesen, um einen Kilometer rückwärtszugehen, was man tun sollte, wenn man auf ein Tier mit Zähnen und Klauen stößt; sie und der Fuchs beobachteten einander, bis der Fuchs gähnte, schwarzes Zahnfleisch, weiße Zähne, und mit peitschendem Schwanz davonlief). Lillian liegt still da. Sie tut so, als schliefe sie, und weil es warm ist unter der Decke, neben ihrem regungslosen und unsicheren Gastgeber, und sie sich im Dunkeln nicht zurechtfinden kann, schläft sie ein.

Wenn sie die Augen öffnet, wenn sie dabei annähernd froh wirkt, ihn an ihrer Seite zu sehen, dann, so hat John Bishop sich vorgenommen, wird er Lillians Hand halten und mit seinem Daumen über den glatten, runden Teil ihrer Handfläche streichen. Er wird die Steppdecke nur ein klein wenig heben, damit nicht zu viel kalte Luft über sie hinwegweht, und sie wird ein bisschen rücken, um ihm Platz im engen Bett zu machen. Er wird neben sie schlüpfen, und sie könnte den Kopf auf seine Schulter legen und das Gewicht ihrer Brüste auf seiner Brust ruhen lassen und dabei ihr schlimmes Knie auf sein Bein stützen. Lillian öffnet die Augen nicht. Er schiebt ihr feuchtes geöltes Haar weg von dem kleinen, sonnenverbrannten V unten am Nacken, und sie scheint sich auch etwas in seine Richtung zu bewegen – es scheint, als lächelte sie im Schlaf –, aber nichts weiter. Er geht zurück zu seinem Bettlager auf der anderen Seite des Raums.

Sonnenlicht überflutet den Raum, und Lillian ist bereit, sie ist angezogen und hat nur darauf gewartet. Sie steigt über John Bishop hinweg, der flach auf dem Bauch liegt, ausgestreckt wie ein Bärenfellteppich, und bewegt sich leichtfüßig wie eine Diebin über den kalten Holzboden zu ihrem Ranzen, ihrem Mantel, der neuen Hose vom verstorbenen Jack Waller und Helen Gilpins Stiefeln. Der Mann hat ihre Socken gewaschen, ihre Bluse, die Lappen, mit denen sie ihre Füße umwickelt hatte, und hat sie, fast sauber, feucht noch und nach Pfefferminz duftend, über die unebenen Kanten des Herds gehängt. Es erscheint unmöglich, einen Mann zu verlassen, der so etwas tut, aber am nächsten Tag wird es schwieriger und am übernächsten Tag noch schwieriger, und dennoch muss sie weggehen, bald schon, nicht später. Ihr Hut thront noch auf dem Hackklotz vor der Veranda, wo er ihn hingelegt hat, als er es so bedauerte, dass er ihre Gefühle verletzt hatte. Er ist feucht vom Tau, und sie sollte ihn mitnehmen, das weiß sie, aber ein flüchtiges Gefühl der Freude durchdringt sie bei dem Gedanken, etwas zurückzulassen, damit er es sieht und an sie denkt.

Lillian geht zwanzig Minuten, und das nicht in ihrem üblichen Tempo; sie setzt in Gedanken einen Brief auf. (Miss Eriksen hat gesagt: Grüße in der Anrede, erkläre im Hauptteil, schließe höflich. Lillian verspürt plötzlich Sehnsucht nach Miss Eriksen. Jedes Mal, wenn sie das Klassenzimmer betrat, stand dasselbe untereinander an der Tafel: DAS NOMEN (DAS DING), DAS VERB (DIE HANDLUNG), DAS ADJEKTIV (DIE EIGENSCHAFT EINES DINGS) und DAS ADVERB (WIE DAS DING GETAN WIRD).

Jedes Mal, wenn Lillian zum Englischkurs für Erwachsene ging (Miss Eriksens Englisch verhielt sich zu Judiths Englisch wie Judiths Englisch zu Lillians: Es war weißer Satin, nicht eine Unebenheit, kein Riss, kein verdickter Faden darin), kam sie an der Familie Fishbein und Mrs Arbitman auf der kleinen Veranda vorbei.

Jedes Mal blinzelte Fishbeins Junge Lillian zu und meckerte wie eine Ziege: »Ma, ma, ma«, wobei er an dem Kleid seiner Mutter herumzerrte, bis der Saum fast über ihre Pantoffeln rutschte, und dann fuhr Mrs Fishbeins kräftiger Arm hoch und schirmte die Sonne ab.

»Ma«, sagte Louie, »warum gibt es Luft?« Oder: »Warum ist der Ofen heiß?«

»Heiß?«, sagte Ada Fishbein. »Ich zeig dir, was heiß ist. Er ist heiß, weil Feuer drin ist. Er ist heiß, um Essen drauf zu kochen, und wenn du bloß die Tür anpatschst, macht er dich zu einem Brathähnchen. Er könnte einen kleinen Jungen verbrennen; das Feuer, es springt heraus in Flammen, und du wirst ganz knusprig.«

Sie hob ihren Rock bis zum Oberschenkel (sie tat das, sobald die Sprache auf Öfen oder Kinder oder Verhältnisse im Mietshaus kam), und sie zeigte ihrem Sohn und Mrs Arbitman und Lillian ein großes, dreieckiges dunkelrotes Stück Hautgewebe von der Größe eines Bügeleisens, wo sie verbrannt war. Sie hatten es alle schon früher gesehen; es war ihr Schatz. So wie Mrs Arbitman den Totenschein ihres Mannes, Frieda ein blaues und ein braunes Auge und ihre Kostgänger hatte, hatte Mrs Fishbein ihre schreckliche Narbe.

Lillian ging gerade an den furchtbaren Fishbeins und der schonungslosen Mrs Arbitman vorbei, als die Sozialarbeiterin auf die Veranda kam und Kleidung für die Grossmans brachte. Die Grossmans mochte sie besonders, weil die so dankbar waren. Sie dankten der Sozialarbeiterin, wenn sie die Treppe hinaufstieg, sie dankten ihr, wenn sie die Kleidung aus der Tasche holte und wenn sie die Kleidung verteilte und wenn sie die Treppe wieder hinunterstieg; und wenn sie sich von dem Gebäude entfernte, rief Mrs Grossman aus dem Fenster: »Vielen Dank, vielen Dank, Gott segne Sie, Lady.« Und Ada Fishbein und Mrs Arbitman verdrehten die Augen.

An der Veranda sagte die Sozialarbeiterin zu Mrs Fishbein, deren Arm immer noch über Louie wogte wie der Zorn Gottes: »Ich glaube, Sie machen Ihrem Sohn Angst, Ma'am.« Louie legte seine Hand auf die Narbe und vergrub das Gesicht im Bein seiner Mutter, nicht aus Scham und gewiss nicht aus Furcht. Der ganze Körper seiner Mutter war eine Wohltat für ihn, ihre fetten weißen Arme, stark wie die eines Mannes, ihre rissigen, dreckigen Füße, ihre wilden ukrainischen Augen. Alles, was sie hatte, alles, was sie war, gehörte ihm. Louie fuhr mit der Hand zum Hals seiner Mutter hinauf und streichelte dann ihre Brust. Mrs Arbitman lachte.

»Sehr verängstigt, der Junge«, sagte sie.

Die Sozialarbeiterin zog ihre kleine rote Jacke fester um sich (sie war genau wie die von Judith, und Lillian hatte es Judith sagen wollen; es hätte ihr gefallen). Sie öffnete den Mund, um eine schlaue Antwort zu geben, und schloss ihn wieder – geschlagen.

Mrs Fishbein sagte, dass zwei ihrer Kinder im Feuer starben, weil es kalt gewesen war, und sie hatten den Ofen angemacht, und das Gebäude brannte ab mit ihnen drin, und wenn diese Lady irgendwann mal die Mutter von toten Kindern sein würde, könnte sie Mrs Fishbein sagen, was Sache ist.

Die Sozialarbeiterin hastete, rosa angelaufen wie ein Sonnenuntergang, davon, und es war ein großer Tag für Mrs Fishbein; sie erzählte in den nächsten Monaten jedem die Geschichte, wie sie es der Sozialarbeiterin von Pearl Grossman gegeben hat. Lillian glaubt, dass sie noch immer von ihrem Triumph erzählt; und sie vermisst Ada Fishbein und ihren Sohn und ihre Freundin Mrs Arbitman und Miss Eriksen in ihrer hellblauen Hemdbluse, als wären sie ihre liebsten Freunde.

Lieber John, danke für den Kaninchenschmortopf und für deine Freundlichkeit. Ich habe meinen Hut zurückgelassen, wie du sehen wirst. Du möchtest ihn vielleicht verbrennen. Nochmals danke. Herzlich, Lillian Leyb.

Kürze und Takt, hatte Miss Eriksen gesagt, und wir haben nicht vor, eine flüchtige Bekanntschaft auszunutzen.

Lieber John Bishop, danke für deine liebenswürdige Freundlichkeit. Ich weiß deine Gastfreundschaft und dein köstliches Schmorgericht zu schätzen. Mit freundlichen Grüßen, Lillian Leyb. (Vielleicht erwähnt sie den Hut besser nicht.)

Lieber John, danke für deine großzügige Gastfreundschaft. Das Bett war sehr bequem. Du kannst den Hut verbrennen. Dein dankbarer Gast, Lillian Leyb. (Vielleicht sollte man die Kaninchen lieber nicht erwähnen.)

Sie denkt an die Mädchen in der Mythologie, die ihrer Väter Feinde lieben, die Rivalen ihrer Brüder, Männer lieben, die nicht einmal ihre Sprache sprechen oder ihre Götter verehren. Sie zwingt sich dazu, bis zum nächsten Fichtengehölz zu gehen, dann noch ein wenig weiter, bis sie den Bergkamm nicht mehr sehen kann, selbst wenn sie auf einem Felsen steht, um zurückzublicken, hoch zu dem schlammigen Hügel.

Es muss eine ganze Latte von Fehlern geben wie diesen: die Büchse öffnen, die nicht geöffnet werden darf, über die Schulter blicken, wenn zurückblicken gerade das ist, was man nicht tun darf, Psyche, die Cupido mit dem heißen Lampenöl verbrennt, weil sie unbedingt sehen will, wer es ist, der sie so lieben kann. Lillian dreht sich um.

Sie kommt an ihrem Hut mit seinen Läusebewohnern vorbei, der immer noch auf dem Hackklotz liegt. Sie kann unauffällig hineingehen und die besten Dankeszeilen auf dem braunen Papier hinterlassen, das er neben dem Bohnentopf aufbewahrt (wo auch einige Bleistifte liegen), und in dem Moment, als sie sich das alles ausmalt, öffnet sie tatsächlich die Tür, und sie knarrt laut, und John Bishop, dem das blonde Haar lose auf die Schultern fällt, stützt sich auf einem Ellbogen auf, liegt lang und schmal und mit nackter Brust unter der Decke.

»Du hast mich vermisst«, sagt er, und er lächelt, als wäre dies ein alter Scherz zwischen Verheirateten, als hätten sie sich über die Jahre hundertfach getrennt und wären wieder zusammengekommen und hätten nach gezahltem Lehrgeld die Erfahrung gemacht, dass das Maß der Liebe nicht darin besteht, wie viele Trennungen man durchlebt, sondern dass es immer wieder eine Versöhnung gibt.

»Hab ich wohl«, sagt Lillian. Die Dankesbriefchen muss sie ja nicht erwähnen oder wie weit sie auf dem Weg schon gekommen war, denn sie hat ihn wirklich vermisst, und da sie so gut wie fort ist und es keinen Grund (logische Grundlage, Erklärung, ausgewiesene Ursache, auch das Warum und Weshalb) zu der Annahme gibt, dass sie ihn in gerade mal einer Stunde schrecklich vermisst haben könnte, kann sie ihm auch ruhig die Wahrheit sagen.

Lillian lässt ihren Ranzen und ihren Mantel und ihr Bettzeug fallen und legt ihre Brechstange obendrauf. Sie setzt ihre Stiefel neben die seinen, in dieselbe Richtung, und stellt sich über ihn.

»Du könntest ein klein bisschen näher kommen«, sagt er.

Lillian schlüpft unter die Decke neben ihn in ihrer Wollhose und grasbefleckten Bluse und streckt die Hand aus, um sich bequem aufstützen zu können, und stößt auf die glatte Haut seiner Hüfte. Sie zieht ihre Hand weg.

»Tut mir leid«, sagt John. »Ich kann mir etwas anziehen.«

Lillian schüttelt den Kopf und legt sich an seine Seite. Sie greifen sich an den Händen und liegen mit dem Gesicht nach oben starr da, wie Gemahl und Gemahlin auf einem etruskischen Grabmal, bis John ganz behutsam seine Hand auf ihren Oberschenkel legt. Lillian zuckt zusammen.

»Oje. Da war eine Prellung, stimmt's? Sah aus wie die Landkarte von Afrika, runter bis hierhin«, und er fährt mit dem Zeigefinger ihr Bein entlang. »Ich habe sie gesehen, als du dich gewaschen hast.«

»Ich weiß«, sagt Lillian, und sie weiß es wirklich – sie hatte seine dunklen Augen warm auf ihrem Rücken gespürt. Sie hatte immer wieder Gänsehaut bekommen, als sie bei ihrem Zuberbad so dastand, und sie hatte gedacht, guck doch nur, wenn du willst, denn wer wollte das schon. Und dann tat er es, und was er sah, schien ihn nicht abzustoßen. Und jetzt ist es so weit.

Lillian zieht ihre Bluse über den Kopf und schubst die Hose und den Gürtel mit dem Fuß ans Ende der Decke.

»Danke«, sagt John.

Wenn es dunkel wäre, hätte Lillian vielleicht die Beine geöffnet und die Augen geschlossen, und John hätte sich über sie geschoben und wäre in sie eingedrungen, und sie hätten nur getan, was sie tun mussten, und es so schnell getan, um ja keine Spur zu hinterlassen, die von Bedeutung wäre. Wenn es dunkel wäre, hätten sie einen passenden Ort frei von Schuld gefunden, um sich zu verbergen. Aber am Morgen kann und muss alles gesehen werden. Tageslicht überfällt uns; es schält uns wie Früchte. Ihre beiden Körper sind rau und gebräunt an Arm und Nacken, überall sonst scheues Weiß, und sie sind durch Reisen und Mühsal ganz und gar gezeichnet, wie bei Menschen, die doppelt so alt sind wie sie. Es gibt Spuren von falscher Einschätzung und Missgeschick: schwarz gewordene Zehen, abgerissene Nägel, eiternde Wunden, ihr Kreis von Insektenstichen, purpurrot mit weiß punktierten Zentren, seine zwei schwarzen, schorfigen Erfrierungen, dicke, kohlenähnliche Ovale mit roten Rissen, sich öffnende Spalten, eine Stacheldrahtnarbe, noch bläulich verfärbt, die sich um sein Handgelenk legt; wunde Haut unter ihren Armen, lila, malvenfarben und purpurrot.

Lillian legt ihre Finger auf das tiefe Zickzack seines Schlüsselbeins, gebrochen und nie behandelt, auf die Reihe Pockennarben an seinem Kiefer, auf die winzigen, dunklen Brustwarzen mit braunen Härchen ringsum, auf seinen dunkel-pelzigen Bauch; sie senkt das Gesicht, um sich allem zu widmen, und John zieht sie hoch.

»Küss mich«, sagt er ein wenig barsch.

Er küsst sie nicht, um Zärtlichkeit zu demonstrieren, wo vielleicht keine ist, oder um die Situation ein bisschen leichter zu machen oder um ihr ein inniges Einvernehmen zu beteuern, das bis zum nächsten Tag dauern mag oder auch nicht, aber all das ist noch zu viel für Lillian, und sie küsst ihn auf die Stirn, verlegen, als wäre er der Freund eines Freundes. Sie drückt ihre Wange an die seine und blickt auf die Wand. So bleiben sie liegen, ganz nahe, doch unfähig, einander zu sehen, ihre Brüste an seine scharfen Rippen gepresst, ihre Hüften reibend gegen die seinen, aneinandergeschmiegt wie zwei ungeborene Zwillinge.

»Ich bin wohl nicht besonders romantisch«, sagt Lillian.

»Vielleicht nicht«, sagt John. »Das kann ich bis jetzt noch nicht sagen. Wie willst du das wissen?«

Wie will sie das wissen? Lillian fährt mit der Hand zärtlich seinen Hals entlang, bis sie auf die verkohlte, kranzförmige Erfrierung stößt, die ohne Gefühl ist außer an den Rändern, wo sie in sein lebendes Fleisch übergeht. Sie umkreist mit dem Finger vorsichtig den Rand.

»Hässliche Sache«, sagt John. »Pass auf.«

Lillian nimmt die Hand weg und verlagert wie zur Entschuldigung ihr Gewicht. »Nein, nein«, flüstert er. »Ich möchte dich näher.« Sie schlingt die Arme um seine sommersprossige Brust, auf der die blauen Adern sich unter der Haut, an Muskeln und Knochen entlangschlängeln. »Noch näher«, sagt er. »Komm schon.«

Lillian schlingt die Beine um seine Taille. Seine Hände sind in ihrem Haar (»Schön und sauber«, sagt er. »Ich könnte ein Geschäft eröffnen.«) Ihre rechte Hand wölbt sich über sein Schulterblatt wie ein ruhender Flügel, und sie fährt mit der linken Hand sein Rückgrat entlang und drückt fest gegen das Kreuz, bis er sich in sie hineinkrümmt. »Näher«, sagt sie. »Küss mich.«

Sie haben so lange auf dem Boden gelegen, dass der Raum dunkel geworden ist, und jetzt scheint der richtige Zeitpunkt zu sein, die Geschichte von Sophie zu erzählen, aufs Wesentliche reduziert.

Lillian erzählt es ihm, so schnell sie kann, und er weiß ganz genau, dass er nicht versuchen darf, mehr zu erfahren oder anderes. Und er hört zu, ohne seine Hand zwischen ihren Brüsten wegzunehmen.

Er sagt: »Ich komme mit dir. Zwei sind besser als einer.«

Er wird mit ihr kommen. Lillian steht auf, um Wasser für den Tee zu kochen, und er beobachtet, wie sie es abmisst und eingießt mit den abrupten Bewegungen einer verletzten Frau. Trotz all seiner amtlichen Hilfsbereitschaft als Polizist und seines guten Einflusses auf die Familie ist er Tausende von Kilometern weg von zu Hause, am Arsch der Welt, und sein Bruder, das schwarze Schaf, ist jetzt das Familienoberhaupt. Alice ist zu einem geeigneteren Ehemann übergewechselt, wer kann sie dafür tadeln, und ein großer Teil seines Tages vergeht damit, Telegramme zu senden, die weniger dringlich sind, als er sich vorgestellt hatte (gesunde Babys, lang erwartete Todesfälle, geplatzte Geschäfte), und der Austausch von Rezepten mit anderen Außenseitern. Er baut etwas Gemüse an und isst die Tiere, die er fängt; für nichts davon schämt er sich, aber nichts davon ist in der Welt draußen von Bedeutung, und natürlich kann nichts davon Lillian Leyb als Geschenk dargebracht werden.

Nichts an ihm, nicht seine frühere Verlobung mit Alice, nicht seine fahrlässige Tötung von Tibby Kunish, nicht seine zeitweilige Arbeit als Telegrafist, lässt ihn in Lillians Augen ungeeignet erscheinen. Sie hört ihn bloß nicht wirklich. Er sagt noch einmal, dass er mit ihr kommt, er sagt, dass es nicht leicht wird. Er streckt einen Arm aus, um zu zeigen, wie sie gemeinsam den Yukon entlangziehen und Deadman's Corner zu zweit bewältigen werden, und sie schüttelt den Kopf, als wäre eine Mücke zwischen sie geflogen. Es passiert manchmal, dass, wenn man hört, was man am liebsten hat hören wollen, man es einfach nicht aufnehmen kann. Hoffnung ist jedermanns Fata Morgana, und jeder, der zufällig diesen grünen und grasigen Ort findet, die sich wiegenden Dattelpalmen und die sprudelnde, blaue Lagune, lässt sich zeitweise einlullen, selbst Leute, die zuvor da gewesen sind, und selbst wenn bei näherer Betrachtung die Oase nichts anderes als ein Sandriff ist; selbst wenn Sandkörner uns leicht übers Gesicht wehen, sehen wir uns auf dem weichen Gras eines hartnäckigen, unsinnigen Grüns stehen.

Es dauert einige Stunden, bis Lillian ihn hört.

»Oh«, sagt sie, und sie legt den Kopf auf seine Brust und weint, und John weint auch. Sie gehören zu den Menschen, die ihre Tränen rasch abwischen. Er legt seine nasse Hand auf ihr nasses Gesicht.

»Erzähl's mir«, sagt er.

Sie erzählt es ihm, während sie miteinander schlafen. Sie sagt seinen Namen und danach Sophies Namen, als stellte sie die beiden einander vor. Er hält sie gegen einen Baum, die Rinde drückt sich in ihre nackte Haut, und sie erzählt ihm all die schlauen, süßen Dinge, die Sophie je gemacht hat, bis es dunkel wird. Wenn sie essen müssen, kochen sie, und wenn sie nackt auf der großen Pendleton-Decke sitzen und Eierkuchen essen, zündet Lillian sich eine Zigarette an und nimmt ein Kartenspiel heraus. John knackt mit den Fingern. Sie spielen Crazy Eights.

Lillian bot an, die Schlagnetzfallen im Fluss zu überprüfen, während John arbeitete, und zurück hat sie eine Abkürzung über den Berg genommen, und als sie aus einem Dickicht mit Fichten kommt, schaut sie auf einen Nachmittagshimmel, der viel dunkler ist, als er es im Juni sein sollte. Jetzt ist sie beinahe verloren; sie bewegt sich schnell in der Hoffnung, dass das, was in der Luft ist, die Angst vor kommendem Schnee ist, nicht aber der Schnee selbst. Sie kann nichts anderes tun, als zum Fluss zurückzukehren und denselben Weg noch einmal zu gehen, bis sie wieder auf dem richtigen Pfad ist. Und dann ist sie es, schwindelig von dem Gefühl unverdienten und unwahrscheinlichen Triumphs, für das Menschen ohne Orientierungssinn anfällig sind, wenn sie richtig geraten haben; als zwei Schneeflöckchen auf Lillians Gesicht landen, sieht oder fühlt sie nicht das Dutzend, das sich in ihrem Haar einnistet. Ein Schnee im Juni ist das kürzeste Schneegestöber, wobei die Flöckchen schon im Fallen schmelzen und einen glatten, trüben Glanz auf dem Boden hinterlassen, wenn die Sonne ihn nicht vor Anbruch der Nacht trocknet. Der Schnee kommt in einer massiven und wütenden Welle, bahnt sich eisig den Weg, und fällt so rasch und dicht, dass er über Büschen und Dickicht hängt wie nasse Wäsche und sich um Lillians Knöchel auftürmt. Der Schnee sollte sich in nichts auflösen – er sollte in einer Stunde wegschmelzen. Aber dieser Schnee hier ist keine Bö wie im Frühling – es ist ein Sturm, über den die Menschen von Nakeena bis Dawson noch jahrelang reden werden: erfrorene, umstürzende Bäume, Vögel, tot auf den Zweigen in eisigen Leichentüchern, stundenlange Winterdunkelheit an einem Juninachmittag. Der Schnee füllt den Himmel völlig aus, und es ist unmöglich, weiterzugehen, so ins Nichts hinein, und es ist erschreckend, innezuhalten und auf die Welt zu schauen, die ihre Gestalt und ihre Schatten verloren hat. Lillian findet ein etwas trockeneres Plätzchen unter einem Paar herabgefallener Fichten und ballt sich kompakt zusammen wie ein Baumstachler, und sie denkt: Such ja nicht nach mir.

Als es endlich zu schneien aufhört, spät am Abend, hellt sich der Himmel auf, und die Welt um Lillian glänzt gläsern. Das Mondlicht streut Silber über den Anhöhen aus, auf jedes juwelenbesetzte Blatt, auf die glitzernden Baumstämme selbst, alles funkelnd wie eine Leuchtschrift.

Unter dem Schnee nützen Lillian ihre Orientierungspunkte nichts. Jeder Kiefernhain und Fichtenbestand scheint der Weg zu Johns Blockhütte zu sein, aber sie sind ihr so unbekannt, wie sie ihr vertraut sind, alles scheint verändert oder entwurzelt unter dem Schnee.

»Ich bin wieder da«, sagt Lillian, als sie durch die Tür tritt, und sie weint, noch bevor sie den Mantel auszieht. In zwölf Stunden hat ihr alles im Raum den Rücken gekehrt: Johns Jacke, die nachdunkelnden Kaninchenfelle, der Topf mit den eingeweichten Bohnen. Sie sucht nach einer Nachricht und entdeckt sie in ihrem gereinigten Hut, der nach Apfelessig riecht. ICH GEHE DICH SUCHEN. BLEIB HIER, BIS ICH ZURÜCKKOMME. JOHN BISHOP.

Lillian sitzt vierundzwanzig Stunden auf der Veranda in Johns Schaukelstuhl, bis es Sonntagabend ist. Sie lauscht dem hellen Geräusch des steigenden Flusses, der breiter wird und über die Ufer tritt. Lillian sucht sechzehn Quadranten im Umkreis der Blockhütte ab, gründlich wie ein Landvermesser, vom

Entferntesten zum Nahesten, und es gibt keinerlei Spur von John Bishop. Jeden Tag bewältigt sie ein größeres Quadrat und bindet blaue Stofffetzen an verschiedene Bäume. Nachts rollt sie eine Decke zusammen und schläft, die Arme darumgeschlungen, ein. Sie trinkt Johns Rum aus, und es kommt ihr wirklich zum ersten Mal in den Sinn, wofür Schnaps gut ist.

In den Wäldern ist rein gar nichts, das wie ein Körper, ein Stiefel, ein fortgezerrter Kadaver aussieht, und Lillian bleibt noch einundzwanzig Tage, bis es fast nichts mehr zu essen gibt. John würde ihr sagen, sie solle gehen, und Sophie, da erst vier Jahre alt, würde ihr sagen, sie solle kommen. Und Tante Mariam würde sagen: »Dieser Ort ist für dich jetzt verflucht.« Und es kann sein, dass es einfach keinen Ort gibt, der es nicht ist.

Als der Alaskasommer seinem Ende zugeht, heftet sie eine Notiz an die Hüttentür, die zwei weitere Wochen dort hängt, etwas ausgeblichen, aber lesbar: JOHN BISHOP, IM SCHNEESTURM VERLOREN, 18. JUNI 1926. BITTE SUCHEN SIE NACH IHM – LILLIAN LEYB, UNTERWEGS NACH DAWSON, 11. JULI 1926. Sie hinterlässt eine zweite Nachricht neben dem Bohnentopf und vertraut darauf, dass er sie bei seiner Rückkehr findet und liest, dass sie ihn liebt. Sie nagelt eine dritte Nachricht an die größte Fichte, obendrauf die Herzdame, und die Mitteilung samt der Spielkarte wird vom Baum geweht, noch bevor sie vier oder fünf Kilometer weit auf dem Trail gekommen ist. Sie schlägt den Weg nach Dawson ein und bringt alle fünfzehn Kilometer eine Nachricht an und beneidet die Toten.

1926 ist Dawson City nicht mehr das Paris des Nordens, wenn es das je war. Man hätte es einige wenige Jahre um 1900 so bezeichnen können, aber nur, wenn Paris gleichbedeutend mit einer Menge Französisch sprechender belgischer Huren ist. François und Moise Mercier, ein Bruderpaar, *coureurs de bois*, welche die Interessen der Alaska-Handelsgesellschaft vertreten, bevor sie weiter nach Fort Yukon ziehen, Josephines französische Wäscherei und eine Handvoll Zuhälter, die tatsächlich alle in Paris geboren sind.

Lillian kommt mit dem Dampfboot an. Die Reise auf dem Yukon nach Dawson unterscheidet sich kaum von einem auf eine Woche ausgedehnten Spaziergang über die Canal Street an einem Samstagmorgen: Leichter und Schaluppen, Raddampfer, die für die Touristen herausgeputzt sind und das Wasser aufpeitschen, Flöße, beladen mit Brennholz; und alle wetteifern und hetzen einander, drosseln das Tempo bei unsichtbaren Signalen, ziehen sich ans Ufer zurück angesichts großer Pferdestärken und der zu erwartenden Wellen, und Männer schreien wie Fahrer in einer Großstadt (»Weg da, du blinder Dreck von einem Hurensohn! Was denkst du, was ich hier habe, kannst du die Baumstämme nicht sehen?«) und helfen sich gegenseitig, wenn etwas schiefgeht (eine Kuh fällt in den Fluss, eine Woge schwappt übers Ruderhaus und spült einen jungen Burschen über Bord).

Lillian hört John hinter sich. Sie sieht ihn in jedem anderen Mann, der vorbeikommt, sie riecht auch seinen Tabak, sie fühlt seine Hand auf ihrem Nacken. Der Besitzer des Cozy Lunch Room erlaubt ihr, eine Nachricht an die Hintertür zu heften, und sagt: »Wenn du einen Platz zum Übernachten brauchst, da drüben gibt es einen.« Und Lillian geht über den Hinterhof zu einer Pension. Im Salon sitzen vier Lehrerinnen, eine Dame mittleren Alters und drei Frauen in Lillians Alter, die das Ende des Schulsemesters feiern; zwei von ihnen bereiten sich auf ihre Heimreise nach Vancouver vor. Ob sie Lehrerin sei, fragen sie, und Lillian verneint. Ob sie sich denn mit ihrem Verlobten verabredet habe? Lillian schüttelt den Kopf, da es hier keinen Raum für die Geschichte von John Bishop gibt. Chinesischer Tee wird in schwere weiße Becher geschenkt, Mandelplätzchen werden herumgereicht und Blicke zwischen den Lehrerinnen ausgetauscht. Ist sie vielleicht da, um einen Herrn zu treffen – sie wollen es nur wissen –, und Lillian sagt wieder Nein. Die jüngste Lehrerin mit welligem braunem Haar und hellgrünen Augen sagt: »Denn Sie wissen ja, was man sagt, wenn man als junge Frau hier oben ist: ›Die Nachfrage ist gut, aber das Angebot lässt zu wünschen übrig‹, und ich schwöre, das stimmt.«

Sie bieten Lillian wieder Tee an, und die ältere Frau packt kleine glasierte Törtchen aus, die sie aus dem Cozy Lunch Room mitgebracht hat.

»Ich suche nach einem Boot«, sagt Lillian.

Die Frau mittleren Alters sagt: »Es gibt eine Werft, da, wo die Harper zur Sackgasse First Avenue wird – Sie können dort nach Mr Henry fragen.«

Die junge Lehrerin mit dem welligen braunen Haar sagt: »Mr Henry ist Miss Yardleys Zukünftiger.« Miss Yardley, die Frau mittleren Alters, nickt feierlich und zeigt Lillian ihren Verlobungsring und lässt den Kuchenteller noch einmal herumgehen.

Sie tätschelt Lillians Hand, und Lillian muss denken, dass das Getriebe ihres Lebens, das oft genug von einem Stock blockiert ist und das sie, zum zweiten Mal tief verzweifelt, hierher gebracht hat, jetzt tadellos funktioniert, wie ein frisch geöltes Uhrwerk.

In der Dawson-Werft sagt ein kleiner Mann mit großem Schnurrbart: »Bill Henry ist betrunken, nicht da. Was kann ich für dich tun?« Und als Lillian ihm nichts weiter sagt, als dass sie den Yukon hinauffahren und den Weg von der Kleinen Diomedes-Insel über die Große Diomedes-Insel bis nach Sibirien zurücklegen will, nimmt er einen langen Zug von seinem Bier und studiert sie ganz ungeniert. Er lacht fies. Lillian holt zwei ihrer Landkarten heraus, und der Mann fegt sie beiseite.

»Da brauchst du ein verdammt stabiles Boot und einen Außenbordmotor«, sagt der Mann. »Außerdem eine Mannschaft. Und selbst dann wärst du noch verrückt.«

Und bevor Lillian sagen kann, dann kaufe ich eben einen Außenmotor, verschränkt ein junger Mann, dünn und aufgebracht, die Arme und sagt: »Wir haben keinen – kriegen bis Oktober auch nichts, und dann ist überall Eis, und es bringt dir nichts. Ich denke, nächstes Frühjahr.«

Die Männer setzen sich auf die Fässer und zünden sich Pfeifen an. Jetzt, da allen klar ist, dass sie ihr nichts verkaufen werden, dass sie mit leeren Händen nach Hause gehen wird und dass man sie vielleicht den ganzen Winter über in der Stadt sehen wird und einer von ihnen sich bei dem Wunsch ertappt, er könnte, wenn erst einmal Oktober ist, mit ihr anbandeln, sagt der schnurrbärtige Mann freundlich: »Wir sind auf der Liste für einen Evinrude – das ist ein guter Motor.«

Sie könnte sich in Dawson niederlassen – das wäre nichts Ungewöhnliches. Etwa achttausend Menschen wohnen in den schmucken Puppenhäusern auf der Duke und der Albert Street oder in den schäbigen Wohnhäusern auf der Princess und der Queen Street. Es gibt überall Schilder, die zeigen, dass hier einmal eine blühende Stadtgemeinde existiert hat: zwei Shriners – Krankenhäuser, die Flora Dora Dance Hall, das Yukon College für Ärzte und Chirurgen, vier Kirchen und dreiundsechzig Restaurants. Was noch übrig geblieben ist seit dem Feuer von 1899, sind schiefe Gebäude, die mit Metall abgestützt sind, eine Handvoll Cafés und weit mehr Zigarrengeschäfte (die gleichzeitig als Bordell fungieren) und drei Textilwarenhandlungen (Mac's Groceries, Arctic Sundries und Margie's Five Cent Store). Und dann, genau vor ihr, quer oberhalb der Tür angenagelt: ISAAC ROSEN. FEINE SCHNEIDEREI. ÄNDERUNGEN FÜR JEDEN ANLASS.

Isaac Rosen klingt nach einem Witwer mit einer hübschen, pummeligen, schwarzäugigen Tochter um die acht, deren dunkelbraune Haare straff von einer weißen Schleifenspange zu einer Seite gezogen sind. Isaac Rosen klingt nach günstiger Gelegenheit. Lillian versucht sich seine Kleine vorzustellen, wie sie mit Sophie im Wohnzimmer spielt, während sie selbst das Essen macht, und sie sieht Isaac Rosen mit braunem, dünner werdendem Haar und einer goldrandigen Brille die Zeitung lesen. Er schiebt die Füße zur Seite, um Platz für die auf dem Boden spielenden Mädchen zu machen. Er gleicht ein wenig Lev Pinsky, und Sophie lenkt einen Holzwagen um seinen Stuhl herum. Lillian fühlt so etwas wie Überdruss bei ihren eigenen Tränen; seit sie John kennt, kommen sie ihr bei jeder Gelegenheit. Sie geht weiter.

An der Ecke von Princess und Front Street entdeckt Lillian hinter einem alten Mann und einem Jungen ihr Boot, das auf einem Paar Laufschienen ruht. Es ist breit und tief und unförmig, eher ein fünf Meter großer Kürbis, von dem man den Deckel abgeschnitten hat, als eine Schaluppe. Lillian fährt mit der Hand über die Reling.

»Die liegt gut im Wasser – kein Schlingern.« Der Mann ist alt, etwas angetrunken und möglicherweise Norweger, er hat eisblaue Augen und faltige rote Haut. »Wenn man die schwimmen sieht, könnte man meinen, die macht nicht viel her, aber sie liegt tief – die kentert nicht so schnell.«

»Gut«, sagt Lillian.

»Ist keine Jolle. Ja doch, Sie könnten die allein lenken, junge Dame.«

Der Sohn oder der Enkel, klein, aber forsch, wahrscheinlich der Einzige in der Familie, der noch mit dem alten Mann redet, sagt: »Wir könnten Bares gebrauchen.« Der alte Mann nickt zustimmend: »Das kann man wohl sagen, aber sie ist ein gutes Boot«, und Lillian sagt: »Ganz bestimmt.«

»Arbeit oder Vergnügen«, fragt der Mann, auch wenn das Boot nicht danach aussieht, als könnte es eins davon bieten.

»Ich will den Yukon rauf, über die Beringstraße, an den Diomedes-Inseln vorbei und weiter nach Sibirien.«

Der kleine Junge lacht. Der alte Mann schlägt sich auf den Hinterkopf und spuckt.

»Dreiundfünfzig Meilen«, sagt er. »Das hat schon mal einer geschafft. Ich habe einen Freund, der hat da draußen einen Grönlandwal getötet. Die Zähne hat er noch.«

»Oh, gut«, sagt Lillian, und sie sieht sich, genau wie die anderen sie sehen: zum Scheitern verurteilt, töricht und sonderbar.

»Drei Wochen«, sagt der Mann, und er stützt sich auf die Schultern des Jungen. »Dann ist sie startklar.«

»Fein.«

Darauf muss sie die ganze Zeit über zugesteuert sein.

John Bishop hat sich beide Beine gebrochen. Er wusste es in dem Augenblick, als er kopfüber den Hang hinunterfiel und fühlte, wie sich seine Füße unter kreuz und quer liegenden, schweren Kiefernästen verhakten. Es sind nicht die schlimmsten Brüche, und kein Knochen bohrt sich durch die Haut, was sein Aus gewesen wäre, aber seine Füße stecken fest im Schlamm, zwischen Ästen und rutschenden Felsen, nutzlos wie Flossen. Er wird, verkeilt unter einem Kiefernriff, sterben, Lillian oder seine Mutter nie mehr wiedersehen (sie wird dann zwei Jungen begraben haben, 1912 war sein kleiner Bruder an Krupp gestorben). Alice wird wahrscheinlich bei der Beerdigung singen, so stolz, wie sie auf ihre Singstimme ist, und es tut gut, vor dem Tod zu wissen, dass es, anders als er im letzten Jahr geglaubt hatte, Alice nicht gelungen ist, sein Herz zu brechen. Sie hat nur ein bisschen reingeschnitten, so wie man den unteren Teil eines Steins abschleift, um den richtigen Winkel zu erhalten, und Lillian kam vorbei und nahm den oberen Teil mit. Wenn Lillian nicht tot ist, dann muss sie krank vor Sorge sein.

Er wacht auf und schaut auf Streifen von Birkenrinde. Er liegt in einem Kanu, klar bei Verstand und nicht unbequem, außer wenn er den Rumpf ein wenig dreht, um zu sehen, auf welchem Teil des Flusses sie sind. Als er sich bewegt, um über die Birkenrinde zu sehen, durchfährt ihn der Schmerz auf zweierlei Art, ein Blitz in seinem Schienbein und ein glühend heißes Netz über seinem Sprunggelenk. Zwei Männer paddeln das Kanu, das für zwei kleine Männer und eine Ladung Fisch gebaut ist. Keiner spricht zu ihm, als er versucht, sich aufzurichten; der Mann hinter ihm legt eine Hand auf seine Schulter, um ihn nach unten zu drücken und das Kanu ruhig zu halten. Sie sind Tr'ondeck Hwech'in, vom Han-Volk, den Telegrafisten bekannt als das indianische Volk, das am Fluss lebt. Die Telegrafisten sind ihnen als Männer ohne Frauen bekannt, und sie bringen diesen Mann in ihr Dorf, so wie ein Kind einen streunenden Hund nach Hause bringt, in einer Anwandlung von Freundlichkeit und Neugier.

John Bishop ist in dem Monat, den er im Dorf Twelve Mile verbringt, immer der streunende Hund. Wenn jemand wirklich eine hilfreiche Hand braucht, wenn selbst eine weiße, verkrüppelte Hand besser ist als nichts, bitten sie ihn mitzuhelfen. Frauen stellen ihm seine Mahlzeiten auf die Veranda. Zwei Wochen lang tragen sie ihn zu seinen Aufgaben. Er hilft, das Birkenkanu eines anderen Mannes abzudichten, indem er mit den Frauen Klumpen aus Fichtenharz kaut und damit kleine Fugen im Rumpf verstopft; er hilft Walter Isaacs, einen Außenmotor an seinem Boot anzubringen. Wenn die Männer Äschen und Weißfische angeln, bitten sie John wegen seiner Hautfarbe und seinem körperlichen Zustand nicht um Hilfe. Er hängt die Fische zum Trocknen auf und schaut sich eingehend die Birkenkörbe der Frauen an, die anscheinend so robust wie welche aus Gummi sind; er wirft den Hunden getrockneten Lachs hin und setzt sich auf den Boden, um für Jerry Woods die Kartoffeln zu sortieren. Nachts findet Lillian ihn in den Wäldern, oder er findet sie in Dawson, und aufzuwachen ist das Einzige, was er nicht ertragen kann.

Es gibt zehn Häuser in Twelve Mile. Das Wasser ist sauber, und die Han überlassen John die Hütte eines alten Paares, das genau vor zwei Monaten an der Grippe gestorben ist. Sobald er weiß, wer Englisch spricht, bittet er um einen Bleistift, er bittet um Papier, er erkundigt sich, ob einer vorhat, nach Dawson zu fahren. Die Han sind ständig in Dawson – es heißt, sie sind die Juden vom Yukon: Sie treiben Handel, sie bringen Pelze an und Tonnen von Karibufleisch und die Fäustlinge und Parkas, die ihre Frauen herstellen; sie nehmen Gewehre und Segeltuch und Tee mit. Es gibt in Dawson die anglikanischen Internate, die darauf lauern, ihre Kinder zu schnappen, und die Königlich-Kanadische Berittene Polizei, die den neuen Gesetzen Geltung verschafft; Jagdlizenzen und Anglerscheine kosten hundert Dollar. Keiner in Twelve Mile ist geneigt, gerade jetzt mit illegalem Fang in der Stadt aufzukreuzen. Im Winter, erzählt einer von Johns Rettern, sind die Weißen glücklich, wenn sie das Fleisch sehen. Jerry Woods konstruiert John ein Paar Krücken, die oben mit Elchfell gepolstert sind. Er geht jeden Tag damit herum, jedes Mal ein wenig weiter, und zwei kleine Jungen laufen hinter ihm her und tun so, als wären ihre Fichtenzweige Krücken. »Bald«, sagt Jerry, »mache ich dir einen Spazierstock«, und John dankt ihm für die Anteilnahme.

»Du hast eine Frau«, sagt Jerry Woods.

»Ja. Ist wahrscheinlich nach Dawson gegangen.«

Jerry sagt: »Dawson ist nicht weit. Ich könnte einen Abstecher dorthin machen. Ich mag das Nachtleben.«

Er blinzelt John zu, der zurückblinzelt und sich denkt, dass, was immer dieser Mann unter dem Schutz der Nacht tun will oder muss oder zu tun vorzieht, er wird es mit ihm tun, wenn ihn das nur nach Dawson bringt.

Der alte Mann und der kleine Junge erlauben Lillian, ihnen in ihrem verkümmerten Gemüsegarten zu helfen und auf ihrem Zwei-Platten-Kocher das Essen zu machen. Der kleine Junge erwähnt weder eine Mutter noch einen Vater, weder die Schule noch irgendein Leben, das nicht damit zu tun hätte, diesem alten Trinker dabei zu helfen, Lillians Boot herzurichten. Sie geben einen Teil ihres Geldes für Reparaturen aus, und genau drei Wochen später reiben sie die Laufschienen mit Fischöl ein, bis sie glänzen und stinken. Lillian heftet ihre letzte Nachricht für John Bishop an den Zugang zur Werft. Sie befestigen eine Kette vorn am Bug und stoßen das Boot, Stupsnase voran, ins Wasser, wobei das Deck überspült wird. Und Lillian nimmt Kurs nach Norden, um südwärts zu kommen, wie es auf dem Yukon erforderlich ist. Der Schnurrbärtige von der richtigen Werft hat eine Seilrolle und einen Sack Mehl beigesteuert (»Da Sie nun mal auf Teufel komm raus fahren wollen«, sagte er), dazu eine Schwimmweste aus Wachssegeltuch vom Schiff seines Vaters, der *Lindeman*, die vor fünfundzwanzig Jahren in den White-Horse-Stromschnellen unterging.

Torbjörn Jensen und der kleine Junge, Oyvind, winken mit beiden Händen, und Lillian winkt zurück, die eine Hand am langen Ruder, ihr Ranzen zwischen den Füßen. Die Männer schütteln einmütig den Kopf, als sie Lillian aus den Augen verlieren.

Der Yukon ist ein breiter, ruhiger Strom mit dunkelbraunem Wasser, mild wie Schokolade, aber die Strömung ist gegen Lillian. Der Fluss zieht sie in die falsche Richtung, und die wenigen Menschen am Ufer können mit ihr Schritt halten. Sie hat die kleine, auf Glanzpapier gedruckte Karte der Beringstraße, die Yaakov aus New Yorks Öffentlicher Bibliothek gestohlen hat, und sie hat Torbjörn Jensens Bleistiftskizze, die aufzeigt, dass sie nahe bei St. Michael ankommt, dann die enge, durchquerbare Beringstraße bis nach Chukot fährt, wo sie auf Indianer treffen wird, die wie die Han und die Athabasken sind, aber laut Mr Jensen zufällig Russen.

Es gibt unendlich viele Biegungen in dem Fluss, und das Boot scheint zum Ufer zu drängen, selbst wenn Lillian es wie ein Maultier zur Flussmitte hin zerrt. Junge Bäume am Ufer des Flusses beugen sich zum Wasser hinunter, und es sieht aus, als wollten sie bündelweise mit dem Gesicht hineinwachsen, ihre Äste winken wie Frauen in großer Not. Das Ruder ist nutzlos; das Boot hüpft vom Ufer zur Strommitte und zurück, und als es sich gerade wieder beruhigt, sind da Strudel, auf die Mr Jensen Lillian vorbereitet hat (»Halt dich fern von dem, was du nicht bezwingen kannst«, hatte er gesagt. »Lass dich nicht täuschen von der Ruhe«, und Lillian denkt, dass alle Ratschläge so wie die von Mr Jensen sind: völlig richtig und doch nutzlos wie Titten bei einem Bullen, ein weiterer Spruch, den sie von ihm gelernt hat).

Lillians Boot bekommt einen Stoß, und sie rammt gleich zwei Mal einen Felsen, wobei die Strömung die Bootseite fest gegen den Felsen drückt, der aus sechs Meter Entfernung wie eine Schildkröte ausgesehen hatte und sich jetzt wie ein Buckelwal erhebt, unnachgiebig und wütend, als wäre sie ihm im Weg. Lillian bewegt das lange Ruder, sie lenkt das Boot von dem tückischen Felsen weg und ist wieder in der Strommitte, aber mit Schlagseite, und aus einem Strudel spuckt Wasser, spritzt hoch und über das Deck. In dem Zeitlupentempo aller Unfälle steht Lillian schließlich bis zur Taille im kalten Wasser, ihr Ranzen anderthalb, dann drei Meter, dann neun Meter stromabwärts wie auch ihr Mehlsack, ihr gepökeltes Karibufleisch, ihre versiegelte Stange Zigaretten, ihre Landkarten. Direkt unter den fünf Zentimetern sonnenerwärmten Wassers ist der Fluss das kalte, massive Etwas, das er ist. Lillian strampelt wild mit den Beinen; sie kann fühlen, wie sie sich versteifen und träger werden, das Herz pocht ihr bis in die Ohren, und sie bricht sich einen Zahn an einer Metallkante ab, als das Boot an ihr vorbeigleitet. Es bleibt gekippt auf einer länglichen Sandbank liegen, wie ein Pferd, das auf einem Feld schläft.

Ihre Kleidung klebt an der Haut, kaltes Wasser läuft ihr vom Kopf zu den Stiefeln und sammelt sich in dem nassen Kaninchenpelz um ihre Knöchel. Lillian zieht sich die Bluse aus und reißt dabei alle Knöpfe ab, sie wringt sie aus, schlüpft dann wieder hinein und lässt die Bluse offen, damit sie schneller trocknet. Vor Kälte keuchend, wringt sie die Ärmel von Meyers Mantel aus und dreht und windet den schweren Stoff von der Schulter bis zum Saum, bis so viel Wasser wie möglich raus ist. Sie leert die Taschen, in denen sie nach wie vor ihren Streifen mit Sicherheitsnadeln hat und Snookys voll Wasser gelaufene goldene Taschenuhr samt Kette, aber nicht das Kreuz aus Kirschbaumholz, das Mary Hornsmith ihr geschenkt hat. Sie besitzt jetzt weniger als damals, als sie auf Ellis Island mit Friedas Adresse an ihrer

Bluse registriert wurde. Von Dawson ist sie siebeneinhalb Kilometer weit gekommen.

Alles, was Raisele erzählt hatte, stimmte: Die Pinskys fanden die weinende Sophie auf der Treppe zum Hühnerstall; sie legten eine Bettdecke auf den Boden der Schubkarre und bedeckten Sophie mit Lumpen, damit sie keinerlei Interesse weckte. Sie gingen in östliche Richtung (Lev Pinsky sagte: »Jeder geht nach Westen. Bis wir dort sind, wohin wir wollen, werden die Leute die Türen vor den Juden verschließen; sie werden uns satthaben« – und er hatte recht damit). Mariam hatte sich tatsächlich getäuscht. Sie dachte wirklich, sie habe die Haarbänder der kleinen Sophie im Pripiat treiben sehen, so wie sie ihre toten Verwandten im Wasser treiben sah, und den Rest ihres Lebens saß sie in Cafés, bestellte Felder in Turov und spazierte gelegentlich nackt durch die Straßen von Wilna.

Die Pinskys gelangten tatsächlich nach Tichonkaja, ins zionistische Paradies, das kein Trinkwasser hatte, aber rundherum Sümpfe und Kasernen für die Familien, die nicht das Glück hatten, ein in die Bergseite gegrabenes, mit Moos bedecktes Haus zu bekommen, was große Ähnlichkeit mit den Winterdörfern der Han hatte, nur nicht so hübsch war. Tichonkaja wurde zu Birobidschan umbenannt. Überall wurden Schilder aufgestellt, um die Siedler daran zu erinnern, wo sie waren, und Birobidschan erhielt eine eigene Lotterie, damit Geld zusammenkam für Abwasserkanäle, landwirtschaftliche Geräte und öffentliche Beleuchtung; es erhielt das jüdische Kaganovich-Theater, und es erhielt seine eigene Zeitung, in der es den Schreibern freistand, Verachtung für alles Jüdische und Begeisterung für alles Sowjetische auszudrücken, und zwar auf Jiddisch. Birobidschan wurde zur Hauptstadt des Jüdischen Autonomen Gebiets proklamiert. Wie M. I. Kalinin es in einer seiner Rundreisen als Wahlredner feststellte: »Ihr Leute seid die Kolonisatoren eines freien, reichen Landes, Leute mit großen Fäusten und starken Zähnen.«

Lev Pinsky ließ sich nicht zum Narren halten. Er sah Rechnungsprüfer, Schneider, Buchhalter und Klempner konfrontiert mit uralten Pflügen und Moschusochsen, er sah viertausend koreanische Einwohner, die genauso bestürzt waren wie die Juden. Er registrierte die Nähe zu den Grenzen feindseliger Völker. Er wartete auf einen weiteren Tag heillosen Durcheinanders, auf einen weiteren Zug, der Juden auf einem Flecken Dreck ablud und wieder wegfuhr, während Frauen und Kinder ungläubig schluchzten angesichts der Verwüstung um sie herum. Er sah, wonach das alles dringend verlangte, und er gab sich einen Ruck. Er brachte einen kleinen Eisenbahner um, nahm dessen Papiere und stieß die Leiche in eine leere Hütte. Nachts hinter der Kaserne sagte er zu Rivka und der kleinen Sophie (die niemals erfahren wird, dass sie adoptiert ist, die sich an Lillian als die lächelnde, dunkelhaarige Cousine erinnern wird, die ihr ein blaues Wolltuch gab): »Wir sind jetzt die Bugajenkos, und wir gehen nach Wladiwostok.«

Sophie ist Rivka Pinskys Lebensmittelpunkt; sie ist das Juwel ihrer Mutter, versteckt und unverdient. Sie wächst auf als Tatjana Bugajenko, Atheistin, Rote Pionierin, als ihr Vater meint, es sei die richtige Zeit dafür gekommen; und es ist Levs Instinkt, günstige Gelegenheiten beim Schopf zu packen, sein kalter Opportunismus, der ihr das Leben rettet. Das gibt Sophie die Möglichkeit, die Beste ihrer Klasse in Wladiwostok zu werden, im Botanischen Garten mit gut aussehenden nicht jüdischen Jungen zu picknicken, die von ihrer Intelligenz nicht allzu eingeschüchtert sind. Levs Opportunismus ist der bestmögliche; Lev sagt zu Sophie: »Geh zur Universität«, und als sie im Herbst des Jahres 1939 Zweifel daran äußert, ob eine Achtzehnjährige an die Staatsuniversität in Leningrad gehen kann oder sollte, sagt Rivka: »Es gibt nichts, was du nicht tun kannst, mein Liebling«, und Lev sagt: »Tu's für mich, und studiere Naturwissenschaft – über Naturwissenschaft lässt sich schwer streiten«, und sie tut es. Was die Sicherheit von Naturwissenschaft angeht, hat er nicht ganz recht, aber sie stellt sich als weniger gefährlich heraus als Philosophie oder Dichtkunst oder Journalismus. Es gibt ein Gedicht von Tatjana Bugajenko, das in den frühen Sechzigern auftaucht und sehr beliebt bei jungen Leuten ist, in dem die Dichterin ihrem Vater dankt, dass er ihr die Wahrheit über die Universität gesagt habe. Sophie hält Vorträge über Lyrik und schreibt Gedichte, sie übersetzt Mallarmé ins Russische; sie heiratet einen Wissenschaftler, und sie bleiben kinderlos, aber sie haben drei Neffen, die sie verwöhnen. Sie führen ein verhältnismäßig behagliches und sorgenfreies Leben, und sie verraten niemanden. Sie ziehen sich im Alter nach Wladiwostok zurück und sitzen auf einer kleinen zementierten Terrasse mit zwei geschwungenen gusseisernen Stühlen und einem Bistro-Tischchen. Sie trinken jeden Tag um vier Uhr Tee, nach jenem englischen Brauch, den ihr Mann besonders liebt. Sie schauen aufs Meer.

Die Fichte vor Lillian ist dicht, und dahinter kann sie die leuchtenden Birken sehen, und hinter dem Birkenbestand bewegt sich etwas, das Aufblitzen eines warmen Brauns, ein

Tier. John Bishop geht vorbei. Er hat nicht mehr den schönen schwungvollen Gang von früher, und es ist nicht die Schuld seines Spazierstocks mit dem Bärenkopfknauf. (»Kleine Störung der Gehwerkzeuge« ist alles, was er dazu sagt.) An seinem linkisch entschiedenen Gehen wird Lillian ihn in Menschenmassen ausfindig machen. An seinem Gang und an seinem langen blonden Haar, und selbst als es grau wird, kommt es ihr so vor, als wäre immer so viel Gold darin, dass sie ihn finden kann, solange es Licht gibt.

Lillian wird noch zwei Mal in einem besseren Boot und zusammen mit John den Yukon befahren, und sie werden jedes Mal weiter kommen, aber nie richtig weit weg. Sie verkaufen das Boot und haben zwei Kinder, und als ihre Tochter auf ihren Schoß klettert und sagt: »Mama, erzähl mir, wie du ein kleines Mädchen warst«, sagt Lillian: »Oh, *shainele punim,* du, hübsches Gesichtchen, das ist schon so lange her, wer kann sich daran erinnern?« Und sie holt ihren illustrierten Shakespeare, sodass sie die drei Hexen spielen können oder die Balkonszene.

Als sie alt sind, als Lillian aufgehört hat, den Kindern von Skagway Englisch beizubringen, räumt sie ihr Klassenzimmer auf und bringt ihre sieben Wörterbücher nach Hause, ihren Thesaurus, ihr Exemplar des Bulfinch, die gesammelten Werke von William Shakespeare und zwei Regale voll mit anderen Dichtern. (Sie liest russische Literatur im Original, Anna Achmatova und Ossip Mandelstam, aber sie stößt nicht auf die Gedichte von Tatjana Bugajenko, und selbst wenn …) Ist der Nachmittag warm und heiter, spaziert sie zum Fluss; sie sitzt da mit einer Decke und einem Buch; sie liest Sophie etwas vor.

John geht als Polizeihauptmann nach fünfundzwanzig Jahren in den Ruhestand und dann ein weiteres Mal als Sheriff. Ihr Sohn und ihre Tochter ziehen weg, und John und Lillian besuchen die Kinder und Enkelkinder jeden Winter, bis auch das zu schwerfällt. Sie machen eine letzte Reise nach Kalifornien. Sie bummeln langsam wie Touristen, wie alte Leute, für die ein Ausflug zu San Franciscos Fisherman's Wharf ein Abenteuer ist, und ihre Hände lösen sich. Sie werden durch die Menge auseinandergerissen, von Besuchern, kleinen Gaunern, von Leuten, die Probepralinen austeilen und Wegbeschreibungen zu Restaurants, von kleinen Mädchen mit blauen Haarbändern, die auf den imposanten, breiten Schultern ihrer jungen Väter sitzen. Lillian sucht nach John, sie schaut rechts und links, hält Ausschau nach seinem Spazierstock mit dem Bärenkopfknauf und seinem glänzenden Haar, und ihre Tochter sagt: »Alles in Ordnung, Ma, wir finden ihn schon.«

Lillian stößt sie weg, als hätte sie nie einen so grausamen, überflüssigen Unfug gehört, und stürzt sich in die Menge. John blickt suchend von Gesicht zu Gesicht nach Lillians großen Augen, er sucht nach einem schmalen geraden Rücken und einem grauen Zopf und entdeckt nichts. Lillian taucht hinter ihm auf. Sie steckt die Hände in seine Taschen. Sie umarmen einander in der sich vorwärtsschiebenden Menge, und sie sagt in seine Brust hinein: »Ich dachte, ich hätte dich verloren.« Sie stehen da mit feuchten Gesichtern, lächelnd, die Arme umeinandergeschlungen, als ihre Tochter zu ihnen stößt. Ihr Vater sagt zu ihrer Mutter: »Das kannst du nicht, selbst wenn du es versuchst.«

Lillian trocknet Gesicht und Hände am Birkenlaub ab. Sie zieht ihre nassen Stiefel aus und steht barfuß in einer Wehe von totem Laub. Sie drückt das Gesicht gegen einen Baum, bis sie spüren kann, wie die Rinde sich in ihre Wange drückt. Früher hat sie gedacht, dass sie es nicht ertragen könnte, dass sie vor Verzweiflung auf der Stelle umfallen würde, aber sie hatte unrecht. Es war furchtbar, aber nicht vergleichbar mit dem hier, und sie streckt beide Arme vor sich aus wie ein Schwimmer und biegt die niedrigen Zweige auseinander, um einen Platz zum Hinlegen zu finden. Das Licht im Wald ist ein starkes, wiegendes Grün. Sie hört das Hämmern eines Spechtes über ihrem Kopf, und die Blätter rascheln ihr entgegen. Es ist Johns Hand, die sie als Erstes sieht.

Anmerkung der Autorin

Dies ist von Anfang bis Ende ein Werk der Fiktion. So gut ich es vermochte, habe ich mich dabei an die besonderen Gegebenheiten und Fakten von Geografie und Chronologie, von Sitten und Gebräuchen der Vergangenheit gehalten. Wo es der Handlung zuträglich war, habe ich Gegenstände und Menschen versetzt, ein wenig geändert und neu arrangiert.

Danksagung

Kate Medina, Programmleiterin bei Random House, die umfassende literarische Intelligenz, Höflichkeit und elegante Stärke verkörpert, sage ich ebenso Dank wie meiner Literaturagentin Phyllis Wender, furchtlose, einfallsreiche Fürsprecherin, kluge Beobachterin und unschätzbarer Heimathafen. Der Bogliasco Foundation, der Yaddo Foundation, der MacDowell Colony und Gil Kelman's Stone Cottage bin ich dankbar, da ein guter Teil dieses Buchs dort geschrieben wurde.

Großen Nutzen habe ich vor allem aus folgenden Büchern gezogen, die von Bibliotheken der Anchorage's Municipal Libraries und der Rasmussen Library der Universität von Alaska, Fairbanks, an die Yale's Sterling Memorial Library geliehen wurden: *Wires in the Wilderness*; *The Woman Who Walked to Russia*; *Gamblers and Dreamers*; *Stalin's Forgotten Zion* (über das ich nichts gewusst hätte, wäre da nicht Andrew Gould); und *The Matinee Idol of Second Avenue*. Danken will ich auch Mark Slobin für sein reiches und unausschöpfliches Wissen über Musik im Allgemeinen und das Jiddische im Besonderen sowie den Studenten und der Anglistikabteilung der Universität von Alaska in Anchorage, Homer und Fairbanks, die mich willkommen hießen, sich um mich kümmerten, als ich krank war, und mir dabei halfen, zu erkunden, was von der schönen Wildnis noch vorhanden ist.

Joy Johannessen ist und bleibt der Erzengel der Lektoren. Sie ist unfehlbar, unbeirrbar, aufmerksam, genau wie ein Laserstrahl und immer, immer dem Schriftsteller, dem Satz und dem bestmöglichen Buch verpflichtet.

Mein Freund Malcolm Keith, der so viel von meiner Arbeit beeinflusst und beurteilt hat, ist jetzt nur noch in meiner Erinnerung bei mir, aber Kay Ariel und Bob Bledsoe, Freunde und wohlwollende Leser, haben an meiner Seite gestanden und gesessen, sind mit mir gelaufen und haben mit mir geredet, spät in der Nacht und früh am Morgen, mit Leib und Seele, und ließen es nicht an intelligenter Kritik fehlen.

Mein Redaktionsassistent und Freund Blake Gilpin ist ein Fels, wenn man einen braucht, ein Kamerad und Resonanzboden, ein guter Musiker, ein guter Schriftsteller und das Maß für Sekretäre in der Welt.

Und ich danke Brian Ameche, dass er mir und Lillian auf der letzten Etappe unserer Reise durch solch schwieriges Gelände Gesellschaft geleistet hat.

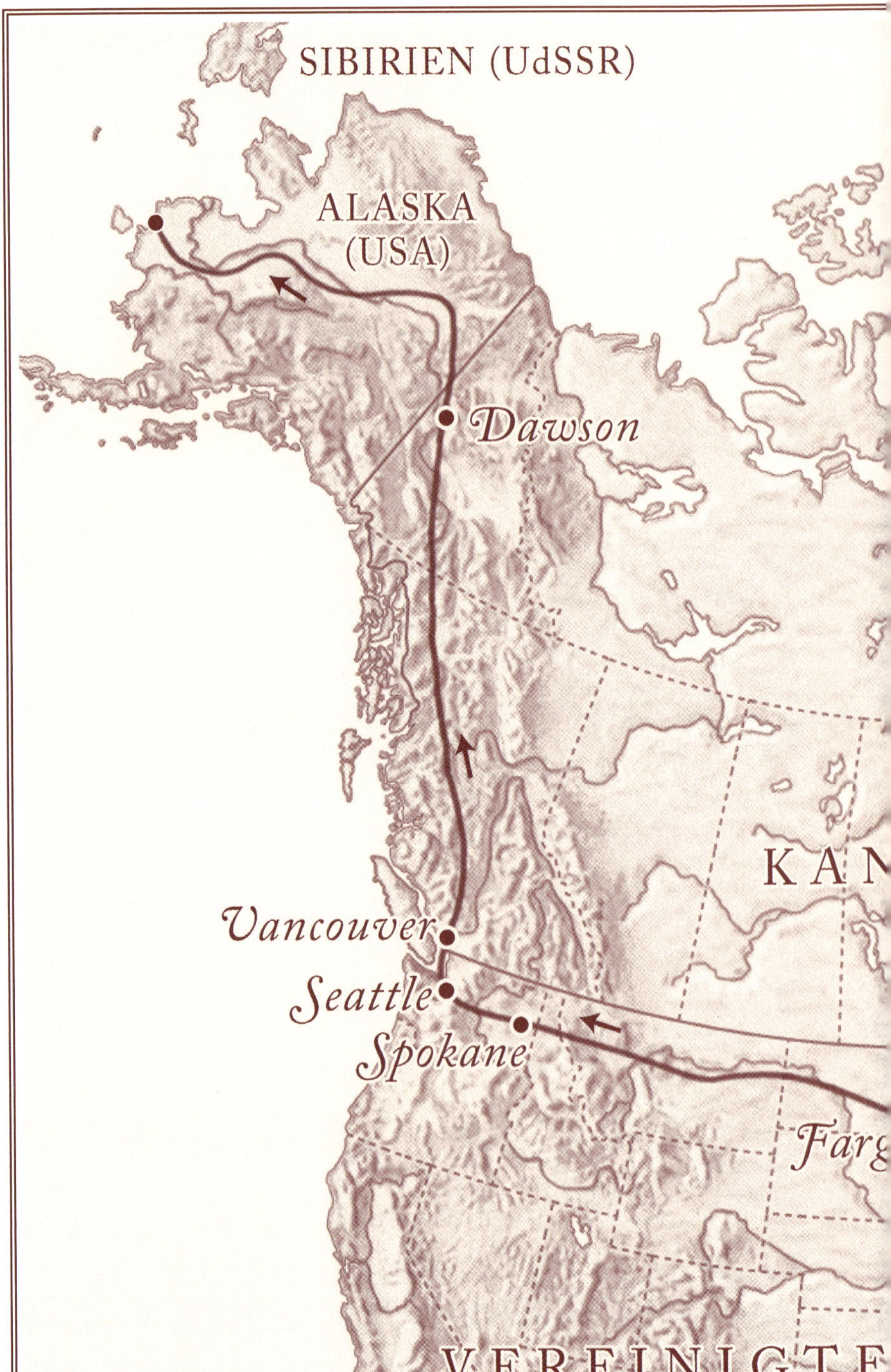
SIBIRIEN (UdSSR)
ALASKA
(USA)
Dawson
KAN
Vancouver
Seattle
Spokane
Farg
VEREINIGTE